马本立 著

清澄的回忆

马本立作品选

汤涛 编

上海三联书店

目 录

卷 一

我的经历

童 年

妈妈说，我是壬午年十月初九生的，属马。与西历对照，是一九四二年十一月十六日。

小时候，家庭生活不宽裕，很苦，但我没有痛的记忆。

大致是我四五岁的时候，父亲在家里办了一所学校。村里的孩子来上学，我也跟在后面听，跟着大孩子读，跟着他们唱。

教师姓孙，是离县城不远的新城乡人，从父亲与人谈话中听来，教师名叫孙志能（音）。我的名是孙老师所命，取意于《论语》，"君子务本，本立而道生。"

孙老师从家里带来一个孙女，叫孙秀琼，比我大两三岁，是我最早的一位朋友，我们经常一起玩耍。

过了两年，我正式成为学校的一名学生。学生多了，邻居家里的堂屋坐不下，就搬到村里的一个庙堂，人们都叫"官庙"。现在想，可能是政府出钱建起来的。

成绩好的学生，老师有一个奖励办法。放学时，老师用红色毛笔在受奖学生的额头上画一个圈圈，表示，回到家里应该吃鸡蛋。我的额头，经常被老师画红圈圈。回到家里，妈妈见了，总是笑嘻嘻地给我煮鸡蛋吃。

我的童年，除了上学，就是放牛。遵妈妈吩咐，将牛从牛栏里牵出来，或从大人做完工的田里牵上坎，牵到青草鲜嫩又茂盛的地方，选一棵树，将绳子拴上去。然后，一边看着牛，一边割青草。每次放牛时间，一小时两小时不等。看到牛肚子鼓起来了，就背着割好的草，牵牛回家。待到牛进到栏里，拴上栏栓，往栏里撒上割回来的青草，就算完成了一次放牛任务。

一次，我放学回家，妈妈对我说："九儿，你大哥在向家院子我们家的那丘田里犁田。你去，看大哥放工了，就把牛牵回来"。我看太阳偏西，已经很红了，生怕大哥犁完田等我，就手提弯刀，匆匆往田边赶。走到小河边时，一不小心，脚踢着一块大石头，一个叭扑，结结实实滚倒在地。爬起来一看，提弯刀的右手，食指的第三关节，被刀割破了。旋即，手指流出鲜血。我赶忙用左手捏住伤口，不让血再流出来。我拾起刀子，继续往田边赶。到了田边，看见大哥还有一小半没有犁完。大哥望了我一眼，继续犁田。我好痛啊！等不起大哥了，就往家赶。走到家门口，看见妈妈，再也忍不住了，"哇"的一声哭了起来。

妈妈见我一手是血，急忙找布巾巾裹了起来，止住了血。以后，妈妈每天都从山边采回草药，用嘴嚼烂，敷在我的伤口上。很长时间后，伤好了，留下两公分长的疤痕，伴我终生。

十年后，我参军体检。医生见我右手食指上的疤痕，反复扳动我的手指，确认是否会影响放枪，能不能自如地扣动扳机。幸运的是，十年前那次受伤，没有伤着骨头，无碍射击，体检过了关。

说幸运，一点不夸张。设若伤骨，体检不过关，就当不了兵。不当兵，只能干别的。从此，生活道路将要改写。

我的童年，有两位朋友，给了我很多帮助。一位叫向宗全，比我大两岁，是我称为表公公的向开文的儿子。一位叫马本仁，是我亲二叔的儿子，比我大几个月。他俩是我的邻居。

每年冬天，我们都结伴到尖岩山顶上，或者尖岩脚下去放牛、割草、砍柴。在我幼小的心目中，这都是很远的地方。早上出发，赶牛上山顶或越沟梁。无论山上山下，牛到目的地就放跑了。我们或割草，或砍柴。中午，拾来干树枝，生火烧红苕吃，算是午餐。到下午，柴草弄好了，牛吃饱了，我们就回家。

我个子矮，力气小，向宗全和马本仁经常帮我割草、砍柴、捆草、捆柴。很多时候，还帮我把柴草挑上大路。

我一生都清楚记得这些情景。他俩无索取的帮助，无猜忌的扶持，无怨言地、长期地照顾，深深地印在我的脑海里。在我人生的路上，每当遇到需要帮助的人时，我便自然地想起他俩，也自然地伸出我的手，帮助我力所能及的人。

我记忆里的童年，父亲、母亲都没有打过我。我得到的，只有痛爱。

我的童年，其实很苦。但我没有苦的感觉和记忆，一切似乎应该是这样。

求 学

我家住在尖岩脚下。远望，常常只看到那座最前面的，最高的尖岩山，故名。以后长大些了，我七、八岁的时候，爬上了尖岩山顶。再以后，慢慢地、逐步地爬遍了那些群山。原来，尖岩是由四座尖山组成的。正面看，像士兵站横队一样，并排耸立着。从山背上看，却像相互拥抱的四姐妹。

尖岩群山，人不能爬的，壁陡的一面朝北。群山背面，可以行走，长满了大树、小树、灌木。山的皱褶里，悬崖上的寓邷里，有许多珍贵药材。另一面朝南，与连绵起伏的其他群山相连，形成了山上丘陵地。

我们家，说是在尖岩脚下，只是方便的称呼。准确一点，是在尖岩山的东侧的半腰上。背靠尖岩山，面朝东，走一段下坡路，约莫两里，到了一块约百十亩的小平地，叫向家院子。再往东走三、四里平路，经夏家院子、望书堡、田家碾房、高桥河，就到了当地的都城——兴隆街。

我们的家东南面，近处，是马堡，与我们家不相高下，中间隔有一条沟，叫麻柳沟。远处，是很高的群峦，比尖岩高得多。群峦脚下是张家坡。

在我八、九岁的时候，一次跟妈妈上山种地，突然听见张家坡方向传来"呼呼、嘭嘭"的枪声。我很害怕，一屁股坐在地上，两手捂着耳朵。妈妈见我这个熊样，安慰我，"甭怕，是解放军打土匪。"后来，我才知道，妈妈的镇静，是她早已知道，解放军来了，解放军来打土匪了。

龙山解放了，剧烈的、巨大的历史变迁，在我幼小的心灵里，似乎是平淡的、平静的。

一九五二年，兴隆乡政府办起了一所初级小学。要说它的"伟大"意义，是开天辟地第一回。

这所初级小学，设在兴隆街墟场旁的蒋家大屋的堂屋里。一九三二年，贺龙、任弼时领导的红二、红六军团的指挥部曾设在这里。五个月后，因离县城太近（二十五华里），站不稳脚跟，退到离县城五十华里外的茨岩塘乡。

这所初级小学，只有一位老师，一个班，十几名学生。这位老师，名叫田发桂，本乡人，比我只大不到十岁。

两年后的一九五四年夏天，田老师认为我可以毕业了，写了一张条子，介绍我到洗洛完全小学读高小。

那个时候，龙山县城十个乡为一个区，称第十区。区政府设在洗洛乡。十个乡只有这一所完全小学。我只能来这里念高小。

洗洛乡离我家二十里，大都是十分难走的山路。这一年，我十二岁。带着田老师的条子，只身来到洗洛学校。学校老师看了我的条子，就考我，出了一道题。树上有五只麻雀，一枪打掉两只，还剩几只？这不简单？5减2余3。一转念，不对。我放牛时，人刚走到树旁，树上的鸟儿就飞了，哪里要放枪？于是，我答道，"没有了"。老师笑了。把我编在高小一年级一班。多少年后，才悟出，看似一个简单的题目，蕴含着高深的哲理：任何理论，都必须具体情况具体分析，从实际出发。对此，毛泽东论述得十分精辟，马克思主义的精髓，是精髓，不是皮毛，是具体问题具体分析。

一九五四年的时候，洗洛小学一个年级已有两个班的规模了，虽然每个班只有不到三十名学生。也就是说,十个乡,近四万人口,读高小的学生,一个年级只有六十名左右,平均六七百人中,只有一名高小生。我是幸运的。我的幸运,是我的父亲、母亲给我的。是父母的非凡见识造就了我后来的人生。可贵啊!我的父母都是没有读过书的农民。

我在学校寄宿。一个班一间房子,个挨个挤着睡。大家都很穷,楼板上垫稻草,算是垫被。盖的被子,多数同学只有几块粗布块,乡里的家织布。冬天冷的时候,粗布上面再盖稻草。我有一个小小的薄棉絮,虽然好几个地方的破洞拳头可以自由进出,但和其他同学相比,已经是很奢侈了。

我一个星期回家一次。星期天下午放学后出发,回到家里,天已黑了。第二天下午回学校,可早可晚,计算着,赶到学校天不黑就行。因为,周日上午,我要帮妈妈干点农活。

每周回家的目的,可以说是相见父母。也可以说是帮父母干点活。但,这都不是主要的。主要是必须从家里带一周要吃的大米、包谷、红薯等主食,带可以度过一周的,妈妈给炒好了的酸菜。什么肉呀、油呀、青菜呀,不只是没有,是连想都没有想过的。

我一辈子都不会忘记的那一次。那是一个周日的下午。因为帮妈妈干活,上学出发晚了。走到锅罗圈的时候,天已麻刹了。我放小跑了。忽然,扑通一下,摔倒地上。一摸身上还好,米袋、红苕袋还在。可是,装酸菜的瓦罐罐摔破了,酸菜洒得满地都是。我怕人看见,几捧就把路上的酸菜掀到路边的草丛里。顾不得可惜,是被前后黑咕隆咚的山林唬住了。我连忙抄起米袋、红苕袋,深一脚、浅一脚、高一脚、低一脚,奔出了锅锣圈。

这锅锣圈,是两个村的结合部。我从家出发,上尖岩,绕东南,过了三叔家后,便没有了人家。从那里上清明土后,七弯八拐，进入锅锣圈入口。从入口算起，绕着山梁，走一条大半个圆的、很少有人光顾的，被路两边灌林、茅草、藤蔓簇拥遮蔽的，十分狭窄的、坑坑洼洼的小路，到另一个村的，叫谭家院子背后的山口上，约莫四里。那一次，天快黑了，我走这锅锣圈时，两边的树枝刷着衣服，沙沙作响；风吹树林，呼呼啦啦。这时，平时听大人们讲的鬼怪妖精，似乎围了上来。我不顾一切地狂奔起来。到出口时，全身衣服已经汗透了。我不敢停留，急匆匆下山，到了谭家院子旁边，才松了一口气。还有一件记忆清晰的事。我入学时，妈妈给我伍佰元（币制改革后，相当于现在的五分钱）小用钱。这伍佰元，在我的口袋里待了两年。我多次从口袋里摸出来，又放进去；放进去，又摸出来；摸出来，又放进去。终于没有花掉。

毕业前夕，班上搞活动，打灯谜。每人出一则谜语，送一份礼物。谁猜中了谜语，谁拿这份礼物。我花掉两百元，在街上买了两杯葵花籽，连同谜语交给了班长。剩下的三百元，带进了中学，这是我的第一次后备金。

一九五六年秋天，我考入龙山一中初二十二班，学号314。班主任是周雨霖老师。接着，田祚钧老师、刘英鑑老师、李仲翔老师、彭延烈老师、廖承芳老师、王公干老师，是我的班主任，直至高中毕业。他们不仅给我授课，还关心我的冷暖，教我怎样做人。

教我各门功课的老师有很多，使我获得了全面的知识营养。诚如一个健康的人，必需营养全面一样。各位老师给我的多方面的知识，为我铺就了人生道路。

初中语文老师向绍光，高中是彭延烈老师、朱柏之老师，三位语文老师使我受益终生。

数学老师陈锡溪，身患重病，仍坚持教学，给我的心灵留下了敬仰的记忆。

物理老师陈作梁，一堂课即是一台戏。开头、高潮、结尾，把我带入"戏"中，轻柔叙述，激扬点击，让我明白主次和关节点，要害处。陈老师的教学法，默化在我后来的工作中。

李廷煜老师政治课上得好。于我，给予了更多的关爱。他那间不到十平方米的宿舍里，我是常客。行为举止，他经常指点；冷暖饥寒，他经常关心。记忆尤为深刻的是，我常常就我关心的、弄不懂的问题请教他，他总是微微笑着，慢慢讲解。我不仅记住了问题的答案，更无形中模仿着他的教育方式。

当时的教育方针是："教育为无产阶级政治服务，教育与生产劳动相结合。"要说前半句涵盖面过于狭窄的话，后半句无疑是正确的。当然，就历史发展过程而言，不同的历史阶段，"生产劳动"的内容和方式有所不同。我们那个时候，生产劳动的主要内容是农业的、与当地农时相结合的体力劳动。

从初中到高中，生产劳动的内容可以说是丰富多彩的。其中，记忆深刻的有：

离校一百二十余里外的马蹄寨肖家坡开荒。

洗洛乡沙子坡耕地。

石羔乡正南坝、华塘乡罗丝滩插秧。

华塘乡华塘坝修水库。

洗洛乡种包谷。

洗洛乡花鹿溪烧木炭。

洗洛乡大井、小井和茨岩塘乡炼钢铁。

白羊乡挖红苕。

高山上的桐林、茶林拣桐籽、拣茶籽。

除以上集体劳动外，我受老师指派，高中的一个暑假，去西湖比沙沟纸厂学造纸。回校后，利用休息时间上山采原料，在学校一个废弃的小棚里办了一个小纸厂，居然造出了纸呢。虽然，这纸很粗，但的的确确是纸，质量可能比不上若干世纪前，蔡伦造的纸。

劳动过程中，脚起泡泡，手划口子，腰酸背痛，自然是家常便饭。尤其难忍的是，劳动与饥饿始终相伴。记得初一肖家坡开荒结束后，回校的路上，刘德兴、李章明和我三个十三、四岁的孩子为一组，结伴而行。先天下午吃饭后，背着行里步行四十里，到达红岩溪。好饿啊！忍着，忍着，睡了。第二天蒙蒙亮，饿醒了。又忍着，忍着，背起背包，捂着肚子上路。一路上，肚子实在闹得凶，就爬在田坎上，头伸进田里，喝稻田里的水，既解渴，又充饥。这样，磨磨蹭蹭，拖拖沓沓，放赖一样，走了四十五里，到达茅坪。街上唯一的饭店里，我们三人搜光身上所有的钱，买得九斤饭。没有菜，哪里要菜？吃得精光。奇怪，我们三个，没有一个喊肚子痛。当时田里的水，大概比现在的纯净水还纯净呢！一个人肚里装三斤饭，大概还有空间呢！

中学期间，老师教的知识和生产活动，我把它称为两翼。一翼是科学知识，一翼是奋斗精神。要说某个时候飞起来，凭的是这两翼。

一九六二年，我参加高考。结果，龙山和湖西几个县都剃了光头。自然，我也就名落孙山外了。

高考落榜，回家务农。入冬，我跟着父亲学杀猪，刘少奇同志对农村实行"三自一包"政策后，少数农户已有年猪可杀了。几个月下来，我经历了百十次实践，掌握了手工杀猪的全部"技术"。

六三年开春后，有非凡见识的父亲、母亲，安排我复习功课，准备再考。

三姐夫王家万帮助，安排我住在离家二十余里，离县一中只有三里地的新城公社张副乡长的住房里，张副乡长长期住在一个大队部。二位的帮助，分文不取，给我莫大的恩惠。

我以自学为主。弄不通的问题，定期到学校请教老师。

这年夏天，我随一中应届毕业生赴永顺县参加高考（龙山县不设考场）。考后，又在永顺参加征兵体检，我初步合格，回龙山进行了复检。

我这番折腾，烦扰了好多人，好多组织。要在现如今，恐怕要花好多银子呢。可那时，学校领导，老师、长辈、亲朋，都主动安排了一切。没求任何人，没跑一次路，我没花一个子儿。那时的清风，给了一个农民儿子莫大的恩惠，至今让我念念不忘，并时时闻到它的清香。

参 军

第一个六年，从兵到"官"

一九六三年，八月的一天，县武装部召我。接新兵的李文林副连长同我谈话。

"小马，你考上了兵，又考上了大学。你看，是当兵？还是读大学？由你选。"

"哪所大学？"我问李副连长。

"……"

我心中思量，好像是，副连长希望我当兵呢。

我低着头胡乱想了好一阵子，才理出头绪。

"我不会被心中的大学录取，今年高考，明显不如去年。"

"为了我读书，父亲、母亲费尽了心血；哥哥姐姐们也被拖得筋疲力尽。我不能再拖累家庭了，我要讲良心啊！"

"我当兵，"我抬起头来，对副连长作出了十分肯定的答复。

李副连长笑了。

"好样的，小马。"

就这样，我开始了二十二年的军旅生涯。

出发那天，我坐在车上，看见父亲望着我，眼睛里噙着亮晶晶的东西。

母亲站在父亲旁侧，望着我，望着我，终于忍不住了，背过了身子。我望着父亲、母亲，回味着。从小到大，双亲的辛劳和

1964年，初入部队时的马本立。

关爱，一幕一幕，闪现在脑海。我不断地往肚里吞口水，尽量不让眼睛里的咸珠子滚出来。

车子开动了，开出了车站。我忍了已久的泪珠，终于洒落在胸襟上……

走路、坐车、乘船，辗转五天，行程八百公里，到达部队：湖南省衡南县车江镇万家山。

历时四个月，完成一个"兵"的基本功训练后，被分配到陆军第四十七军一三九师直属通讯营无线电连当战士。

无线电连内部有许多分工。以电台功率大小，分为近距离通讯的两瓦机和远距离通讯的十五瓦以上的电台。

从工作类型看，大致可分为复杂劳动和简单劳动两种。复杂工作从事收报、发报工作，称为报务员。简单劳动是手工摇电员，保电台供电。

我被分配到十五瓦电台，当了一名摇电员。台长教我"你双手握住马达左右两个把手，顺时针转动，保证给电台供应六点三伏直流电。记住，要稳定在六点三伏上。不可高，不可低。高了，会烧机器；低了，机器不工作。"

我试了几圈，六点三伏，不费劲嘛，觉得这是轻功夫。哪知，要命的是这个"稳"字。这六点三伏，要稳定保持半小时，一小时，两小时，四小时，可就是重功夫了，是很重、很重、很重的功夫了。每次值班下来，全身都是水淋淋的。

连首长很关心我们这批摇电员，安排一部分训练时间学发报。同时，鼓励我们自学，给我们创造条件（课堂、模拟机、电键、抄报纸、铅笔等）自学。一年多的努力，我练成了一名中等水平的报务员。高水平的，每分钟抄报160码左右，我只能达到130码。高水平的，每分钟发报120码左右，我只能达到90码。虽不够优秀，但已可以满足工作需要。

回忆起来，我在无线电连当兵期间，有两步很重要。一步，分配我当摇电员，似乎亏了。但是，不如此，就要去两瓦班，就此止步了。另一步，连首长安排我们学发报（当时已安排一部分年纪小的新兵去军部培训，再让我们学，似乎是多此一举）。不如此，永远只是一名体力劳动者。无论是去两瓦班，还是只当摇电员，就失去了进入干部队伍的机会。而这两步，完全是连首长给的，非主观努力可以达成。前些年，时兴所谓"自我设计，自我奋斗"，我觉得，这种"理论"好幼稚。

连首长是多大的官？不过是县级机关的股长，农村的村长。可是，我很敬佩他们。他们没有那么多条条框框，有的是从实际出发。设若现在，没有文凭，就不能评职称；没有职称，就不能从事某种职业。那样，我就只能永远当个摇电员了。

我当兵那个时期，实行的是四年兵役制，即每个战士应征入伍后，须服兵役四年。

我很幸运，从六三年九月，到六六年三月，只两年多时间，就被提拔为干部，任无线电连三台报务主任。

一九六六年六月，一三九师调湖南南县南湾湖围湖垦田。其间，师里办了一份油印小报，叫《猛击报》，经连首长推荐，师政治部借调我担任主编。

围湖结束，部队回到驻地，我也回到连队，继续当报务主任。

一九六七年六月，我被调通讯营架线连担任副指导员。

一九六八年初，我被调师政治部直工科当干事。不久，被调任秘书科秘书。

一九六九年七月，我被调四十七军政治部任秘书职。

从时间看，在近六年的时间里，我从一名战士开始，一路走下来，成为军级机关的秘书，可谓乘了顺风船。

从过程看，我经历了许多一生不能忘怀的故事。我想在以后的章节中述说。

从人际关系看，一路遇上的都是关爱我的恩人。例如，无线电连连长吴翘昇，指导员胡以乾，二台台长祖凤林，三台台长曹盛华，四台台长田长友，通讯营政委张志义，营部医生孟继能，架线连连长蒋正山，师政治部肖干事、蔡干事，师直工科李继润科长，师秘书科贾少贤科长，师干部科吴盛金科长，军政治部王玉兴处长等。从所遇波折看，没能挡住我往前走的步子。一九六六年开始的文化大革命，六八年发展到农村。我家乡的"造反派"把我正直的父亲"揪"到大队部斗争了几个晚上，善良柔弱的母亲也被抓去陪斗，说我们家是新生资产阶级家庭。

父母被斗不久，我回乡探亲，吓得我不敢回家。我到公社请示，书记汪天福说，"没事，回去看看你爸妈。"父亲、母亲见到我，又喜又忧。喜的是，出门几年的儿子回来了；忧的是，害怕"造反派"把我从部队"抓"回来。

我回到部队，如实向干部科长吴盛金汇报。吴科长笑着说"我们已经知道了，'没事'"。

两个"没事"，让我过了造反派的关。是地方党组织保护了我的家庭，是部队首长保护了我。现在回忆起来，"没事"的含义多多，可以认为"没有什么事"；还可以解读为"不要当回事"；也可以理解为"不要理睬。"

从个人生活看，一九六七年探亲时，经父亲提出，汪家姨父从中斡旋，女方父母同意，与正在吉首卫校读书，家住高桥河的石清明（后来的岳父）家女儿石兴凤订婚，一九六九年探亲时结婚。

第二个六年，蹲机关

军政治部秘书这个岗位，一蹲就是六年多，即一九六九年七月至一九七五年九月。

如果说，我从战士到军政治部，是快步走的六年，那么应当说，军政治部蹲下来这六年，是积淀升华的六年。

军级机关是军队系统的高级领导机关。这六年，我从多方面汲取了多种高级营养。

这六年，我接触得最多的是顶头上司处长、副处长，再就是军首长。我的军首长们，有的是红军出身，有的是抗日将领。他们开会时的发言，对我，是听高级讲座。下部队检查工作，首长作的指示，对我，是开启心扉。陪他们坐车、散步、吃饭、听他们随便的三言两语，甚至只是几颗字的短语，对我，是闻所未闻的新思想。就是这样日积月累，潜移默化，改造了我的思维方式，积淀了厚实的思想智慧，开阔了观察问题的视野。犹如从高山脚下爬上了顶峰，收进眼底的是广阔的世界。

这六年，对上交往是更高的大军区机关和顶层的总部机关。向上汇报工作，呈送报告，交流经验，都有极高的要求。总部和军区机关的领导下来，在陪同交流中，汲取了他们的顶层智慧。几年的反复磨炼、观察、分析，处理问题的立场、观点、方法，获得了根本性的改变，思想得到了质的升华。这时猛然发现，马本立原来的所谓智慧，不过是狭窄的天地里非常局限的"聪明"。打个不够恰当的比方，原来的"智慧"，只是在平静的、狭小的、极浅的水凼里捉泥鳅。提升了的智慧，可以说，能在奔腾的江河和无垠的海洋擒蛟龙。

这六年，我跟着军首长、军机关的处长们到全军各部队活动，有机会接触各个层次的官兵。他们的着装非常统一，但他们的年龄、文化、性格、思想倾向、情感表达、行为方式却千差万别。我与他们交流，犹如在百花丛中采蜜，汲取其各自不同的精华，使我蜕去了农民的狭隘意识，摆脱了山沟意识的局限。改变了仅仅与有限的人群类型交往的单薄。六年里，不断地重复着这种生存状态，陶冶了我的思想、情感和行为方式，实现了质的嬗变。

这六年，我履行秘书职务的过程中，全面接触了军级机关的军事指挥，政治领导，后勤保障的方方面面，各个机关内部的职责分工，与诸多处长、军事参谋、政治干事、后勤助理员一起工作，增长了"综合"的思维能力，"统筹"的管理技能，制衡的驾驭方法。

秘书不是旁观者，也不是游玩者，必须是参与者，必须在对上、对下、横向联系中，时时、事事、处处以军长、政委的眼光去打量，去权衡、去取舍，并见诸文字，尽可能准确无误地表达出来，这就在无形中提高了写作能力。在我当秘书三年后，成为全军上下小有名气的"笔杆子"。

这六年，我又迈过了一个坎子。

一九七五年回乡探亲，我和亲朋相处时，吐露了我的一些思想情绪，谈了一些对时局的看法。没想到，当地的"眼线"将这一情况报告给公安部门。县公安局概括为"攻击文化大革命旗手江青，为邓小平评功摆好，"在这个"罪名"下，罗列了我的一些"反动言论"，致函部队，要求"严肃"处理。军政治部保卫处收到函件后，任处长将信呈送政治部桑文重副主任，请示如何"严肃"处理。桑副主任看完信后，沉默了一下，说，"放到你的柜子里吧。"就这样，部队将县公安局的要求，"处理"到柜子里了，我迈过了这个大坎。部队又一次保护了我。我从内心感谢桑副主任和任

1968年，时任47军139师通讯架线连副指导员的马本立学习毛主席著作。

处长。打倒"四人帮"后，任处长"摆龙门阵"，轻松地讲述了这封信的故事。

这六年，我彷徨过，焦虑过。

当时，一场斗争接着一场斗争，一次运动接着一次运动，国家建设停滞不前，国民经济处境困难。大背景下的我们个人，面对的是生活困难。从一九六六年当干部到一九七五年，我的工资才调整一次，由每月54元增加到60元。那时，我和妻子石兴凤两人收入不足百元，用钱得一分一分计算。面对这种状况，我心里不是滋味。我们这个小家，在当时算是收入较高的一类。广大百姓的生活就可想而知了。一种模糊的彷徨，在心头时隐时现，虽说不是那么强烈。

下基层

那时，我和妻子石兴凤已有两个孩子，但仍然是一南一北，分居两地。抚育孩子的重担完全落在妻子一个人的身上。加之，本来不多的钱，两地分开使用，更显拮据。希望尽快团聚的心情日渐强烈。

团聚不是没有盼头。当时，部队的政策是，营级以上干部可以带家属。我是军机关秘书，一般认为，早应可以享受营级干部待遇。但是，取消军衔制度后，机关干部的级别是模糊的，没有硬杠杠。如果下部队任职，问题就解决了。于是，放弃军机关的优越地位，下到部队去任职的思想，日渐露头。

大概是军首长也感觉到了这个问题。我还没有向组织提出下部队的要求之前，军党委决定，将一批在军机关工作时间较长的

1969年，马本立回乡探亲，摄于老家龙山县兴隆街尖岩村。

参谋、干事、助理员，放到部队去任职。由此，我被派到军直高炮团一营任副教导员。我的直接领导、秘书处副处长王徽斌已先来高炮团任政委，他将我要了来。

一九七五年秋到任后，一切重新学习。高炮基本知识要弄懂。思想政治工作，要从军机关的综合、抽象、指导的特点转变为处理具体的矛盾和问题。要学习与连级干部，班排骨干和战士交流。既要发现、总结、推介他们的正确思想；又要探微他们的思想杂质，并加以恰当地引导；更要用体现党的路线、方针、政策的正确思想去影响他们，说服他们，使整个部队的思想统一到全党的思想上来。

基层思想政治工作，不只是说一说，是要干，要在与干部、战士同吃、同住、同劳动的过程中去说。一旦与他们融为一体，成为他们的朋友，你说的，他们才会相信。是要相信，不只是听。只是听，他可以不实行；相信了，他们才会自觉地去做。而且要相信你必须高于他。不是自我感觉的那种比他们高，而是要让他们自己感觉到你比他们高。这样，就在他们之中树立起了"师"者的形象。这个师，不只是课堂上的居高临下。而是与他们同流汗，同流血，共患难，同生死。常常在文学作品里看到，危险袭来，生死关头，战士对干部，下级对上级，可以用生命去保护，原因在此。

那时，四十七军从湖南调防陕西，已有六年。一九七〇年刚来陕西时，部队分散到山沟里挖洞居住。塌了不少方，死了一些人，未战而亡的情况时有发生。于是，上级领导机关改变了原来的"山、散、洞"（即进山、分散、住窑洞）方针，将部队转移到地面上来，相对集中（以团为单位）驻防。由此，部队开始了新一轮基本建设。

我在这个时候来到高炮团，投入到基本建设当中。

部队自己烧砖。将烧好的火砖从砖窑里人工运出。洞里温度高达六十多度。我和大家一起干。战士们见我头发卷起，笑着说：

1978年，任47军司令部直工处长的马本立主持军直属队总结表彰大会。右为47军司令部赵彦勋副参谋长。

"副教导员不要去理发店啦！"

部队从一百多公里以外的地方拉石灰，每次动车三十、四十辆不等。各连抽调，另行编队，带车的任务，正好由我这个副职担当。几十辆车编队行驶，既不能掉队，更不能出事，还要有一定速度，我的神经总是绷得很紧很紧。

部队要到黄龙山（南泥湾南面）伐木。团营领导安排我带三连远征四百多公里，执行这一任务。

队伍接近黄龙山时，大雨冲垮了公路，短期内难以修复。车队受阻，怎么办？我和连里干部讨论后，统一了思想，"设法前进，绝不后退。"决定人工搬运物资跨越塌方地段。然后，用当地借来的手推车编队步行。一天之内，走完七十公里，到达目的地。我这个在军机关养尊处优六年的"首长"，虽不用负载，但必备的手枪、水壶、米袋、毛泽东选集等，也有一点重量。越接近目的地，越觉沉重。我重复着"行百里，半九十"，自我鼓励。终于，拖着步子，赖着前行，到了目的地。虽说全身成了水垞子，但仍觉一阵轻松。当连长向我报告，全连全部到达，无一大小事故的情况后，我躺倒在稻草铺上呼呼了。

一九七六年，我们国家发生了一件天大的事，一件改变国家命运的大事。华国锋同志在叶剑英等老一辈革命家的支持下，一举粉碎了"四人帮"。

这件大事，在我的心里，犹如乌云长压心头，一下子拨云见阳，舒畅极了。

我消除了原来的担忧，于一九七七年将妻子石兴凤和两个孩子从湖南老家接到了部队。

一九七七年秋，我被调二营任教导员。高炮团一营是口径37毫米高射炮，简称"三七"高炮。二营是"五七"高炮，配有雷达。

在当时，算是最先进的。

经过学习，我发现，打飞机的关键在雷达捕捉目标的准确程度上。于是，我便离开营区，到当时正在野外训练的雷达班"蹲点"，和战士们一起研究技术难点，寻找技术关键，我和他们成了好朋友。

一九七八年秋，我们高炮团北上沙漠，进行实弹射击训练。沙漠上空，配合实弹射击的飞机飞来了。飞机尾巴放出一根钢丝绳，拉着一个大白布袋子，即要打的靶子，称"拖靶"。拖靶比飞机小得多。要打中拖靶，确非易事。前几年的实弹射击，均未打中。这次二营居然两次命中拖靶。全国上下，举杯欢庆。

我在二营待了一年多，被调到团政治处当主任。这在部队生涯中，是一个节点。部队营级以下干部，属基层干部，团级为中层。政治处主任是副团级，由是，我进入到中层干部队伍。

再回机关

一九七八年，中央军委发了一个6号文件，要求对历次政治运动中受审查、受处理的干部，进行一次甄别，搞错了的，要改正过来。为落实军委文件，军党委决定成立一个临时机构，叫落实政策办公室。我在高炮团政治处任上不久，即被借调到军落实政策办公室，负责办公室的工作。

落实政策是一件十分繁杂而又敏感的工作。一九五〇年肃反、一九五三年三反、一九五五年五反、一九五七年反右派、一九五九年反右倾、一九六四年社会主义教育运动、一九六六年开始的文化大革命。历次运动，政策不同，处理方式也不同。必须一次一次，一人一人，具体分析，区别情况，逐个办理。我和办公室的同志，几乎跑遍全国，寻找这些被处理的干部，了解他们被处理以及处理后的生存状况，这其中的委婉曲折，一言难尽。我想择其典型，在"故事"卷中叙说。

我在办公室工作一年多，这项工作结束后，回到高炮团。

回高炮团不久，我接到调令，回军政治部干部处任副处长，一年后的一九八一年初，又被调军司令部任直工处长。

又是一个六年。从一九七五年的副营职，到一九八一年的正团职，是一个快步走的六年。直工处，全称直属队工作处，主要职责是军直属队的思想政治工作。处长相当于战斗部队的团政委。

军直属队由技术侦察大队、警卫连、通讯营、工兵营、侦察连、防化连、炮兵指挥连组成。其军事工作由司令部相对应的作战处、炮兵处、工兵处、侦察处、防化处、通讯处领导。军政协调，由直工处长与相差处长协调，比一个建制团的协调要复杂一些。直工处的直接上级是司令部分管直属队工作的副参谋长。

我就是在这样一个组织环境里工作。大事情请示副参谋长；日常政治工作独立处理；其他重要工作与相关业务处长协调。我在这个岗位上工作四年，既是高级领导机关的一员，又直接面向基层；既受高层智慧的熏陶，又汲取基层干部、战士的营养，各个方面都得到了锻炼。可以说，又是一次新的工作方式、新的工作内容的升华。

这四年里，除了做好本职工作以外，不"兼"做其他一些工作。做了六年秘书，军首长了解。因此，首长们凡临大事，凡做大的决策，或总结经验，或遇难题，总是要在岗的年轻秘书把我这个老秘书找去。我的任务只是发表一点意见，间或动一动笔，没有很大压力。然而对我，是难得的学习机会。

1978年，时任47军高炮团政治处主任的马本立为部队做形势报告。

回 乡

州机关

我被调军司令部时，已三十有八，一种思想在脑中暂隐暂现，或隐或现。人生已去大半，以后怎么过？继续留在部队，有升迁的可能；但，一生就这样度过了。当一辈子和平兵，似觉不够圆满。渐渐地，转业地方工作的思绪，从模糊变得清晰。如果说，这是我想转业的高层次的理由的话，还有两条低一级层次的理由。一个，部队不稳定，经常换地方，妻子儿女也得跟着，影响他们的人生道路。另一个，铁打的营盘流水的兵，在部队退休，不用几年，认识的人就没有几个了，必然面对孤单、孤独。

经过两年，转业地方工作的念头，由思考变成行动，我向组织提出了申请。同时，我加大力度，找军首长说情。终于，一九八四年，组织批准我转业。部队生涯二十二年后，一九八五年初，我回到地方，湖南湘西自治州林业局，任党组书记。

回到家乡，我自感回到人生落脚点，心安定下来。

组织上安排我干林业，我坐不住，天天往各县跑，往山上爬。那时湘西的山，诚如朱镕基总理视察湘西时的心情，"童山濯濯心怏然"。

湘西的山，原本是林木覆盖，古树参天，郁郁葱葱，原始生态。一九五八年大炼钢铁，一届大砍伐，森林遭受极大破坏。后来，搞人民公社，集体经营，林木开始复苏。到一九七八年时，中幼

1985年，时任湖南湘西州林业局党委书记的马本立考察林场。

林覆盖了湘西的山山水水。

改革从农村起步。田土实行家庭联产承包,山林实行三山(自留山、集体山、国家山)变一山(私有山)。"三山变一山"。本意是放活,让山回归农民。但是,当时生产力水平低下,农民要生存,不得不向山上索取。人民公社多年,政治运动不断,农村经济停滞,农民生活很艰难。改革开放农民需要恢复性建设,以改善居住条件,眼睛上了山。管理一时跟不上,放开成了放任。山上的树,自己滥砍,他人盗伐。由是,山被砍光了。

初步调查,看到了问题。而要解决问题,必须深入调查。正当我和大家深入探讨怎样让山成林时,我被调到了州政府农业委员会任副主任。林业局工作九个月。

州农业委员会,简称农委。是州政府对农业局、林业局、畜牧水产局、水电局、农机局、农校等农业口的协调机构;同时,还直接管理能源办公室农业调查队等二级机构。主动做,有做不完的事,被动应付,也可偷闲。因此,在这里工作,很大程度上出于岗位人员的责任心。

我在农委工作的一年多,留下深刻记忆的有两件事。

一件,在一年多的时间里,将农口各单位历年积累的干部,特别是知识分子在历次政治运动中受审查,受处理的这样,那样的"案子",重新进行了复查,使一大批有各种包袱的干部,知识分子放下了包袱。

另一件,一九八七年学潮,波及农口各单位,出现了一些新情况。面对这些问题,各单位领导意见不尚一致。我感到这是一个政策性很强的问题,处理得不好,会留下后遗症。经过调查研究,我和大家共同讨论,提出了处理这些问题的七条界线,收到良好效果。我将这七条向州委、州政府领导汇报,得到了领导们的肯定。

一九八七年岁末，结束了农委的工作，我被调到州物资局任局长兼党委书记。

州物资局是生产资料经营的管理部门，下属五个实体公司，业务上指导各县的物资工作。这对我，是全新的领域，一切须从头学起。但我愿意。我认为，二十二年的军人生活，算是一个"兵"的生活，农业战线的工作，算是"农"的经历。现在做的物资经营管理工作，算是"商"的行业。"工农兵学商"，我干了四个领域，算得上是"丰富多彩"了。这正是我当年要求转业所企盼的人生。

在这里，发生了一件我终生不忘的事，或者说，是教训，是心里流血的教训。

上世纪八十年代末，我们国家仍然是计划经济体制。"商品经济"这个概念开始出现，"市场经济"，则是九十年代以后的事。

一九八八年，州政府给物资局下达了"采购五千吨化肥"的任务。按分工，化肥是由农业生产资料部门经营的。州政府领导说，化肥紧缺，除了农资部门计划内的化肥，你们要采购5千吨计划外化肥。

物资系统没有这项业务，我把这项任务下达到业务相近的两家公司。因为是州政府的指定，我自己也时刻记在心头。

一天，综合服务公司经理向明科来找我，说我的一个部下，叫罗廷耀。他介绍，可以买到计划外化肥。

罗廷耀，是我在军高炮团工作时，团卫生队的一名军医。此前，我在军政治部时，他在军卫生所当卫生员，彼此已经认识。

凭着过去的印象，我没有对罗廷耀介绍的项目本身作考察，就同意向明科将二千万货款汇给了对方，即罗廷耀介绍的兰州一家公司。

钱汇出后，我开始后悔了，原不经意的疑点长大了。我心慌了，受骗了怎么办？我受惊了，听到其他上当受骗的消息，马上联想到汇出的二千万，心里十分惊慌。

心绪烦乱，天天期盼，几个月过去了，二千万贷款了无信息。罗廷耀也不再照面。这时，局内上下议论开来。"马本利，利没赚得，本都要玩丢了。""一个兵，不懂商业，净是瞎折腾……"

我心乱了，一团乱麻，理不出头绪，我失眠了，通宵达旦合不上眼。我糊涂了，犹在黑房子里摸不着门。

一阵煎熬之后，我"镇静"了，带着向明科，出湘西，达兰州。

在兰州，我们住在甘肃省军区招待所。我的老领导，原四十七军政治部副主任温景义将军，时任甘肃省军区政委。他来看我。和他一起来的，还有原四十七副参谋长张体成将军。听完我的汇报，张副参谋长说："你马本立就是责任心太强，没把握的事，不要勉强去做嘛。"

责备归责备，关心归关心，这就是军队首长的风格。在二位将军的帮助下，我们见到了原四十七军政委，时任兰州军区副政委王子健将军，原四十七军参谋长，时任兰州军区参谋长的尹志超将军等。首长们都表示认真过问这件事。

与此同时，我们又通过战友请律师，请他们与兰州这家公司交涉。

不知是哪种因素起了作用，或者是多种因素都起了作用，这家公司终于退回了二千万货款，并赔了八万元损失费。这个问题得以解决，压在我胸口上的石头终于搬开，我深深地、长长地、长长地、深深地舒了一口气，心里顿觉一阵轻松。

离开兰州前，温政委、张副参谋长又来看我。张副参谋长拍着我的肩膀说："不要怕，该干的还得干，部队作风不要丢！"

回到吉首，常务副州长肖征龙即来物资局现场办公，这是多年来没有的。看得出来，州领导对这件事很关心，也有些担心。

问题解决了，他们也放心了。来局里探望，表示一种安慰。我从内心感谢州政府领导，感谢肖征龙副州长。

设若这两千万追不回来，我可能就要蹲大狱了。从此，我的后半生，将是另一番风景。

在物资期间，也有一件比较成功的事。

一九八九年学潮，闹得全国不安宁。我经历过"文革"，深感动荡不是老百姓的福。无论闹事者有多么正当的理由，闹是绝对解决不了问题的。当时，全州物资系统有数百名采购员，分散在全国百余个城市。我想，我管不了别人，但我可以管住自己。于是，我遵上级指示，除了稳住在家人员不上街外，着重严令驻外采购员，不得参与当地学生上街闹事。结果，物资系统无一人参与。关键时刻，全局上下，经受住了考验，受到州委、州政府肯定。

县里当头头

一九八九年底，州委调我到龙山任县委书记。一九九〇年一月十六日，我到龙山上任。

一月十九日，州运输公司一辆客车在我县境内沙子坡翻下深沟。后称"119"事故。

我知道后，连夜驱车十数公里，赶到现场。

翻车现场，沟深、坡陡、林密、刺树藤蔓交织，抢救极为困难。

翻车现场，我隐约看见一位干部在沟底掀动大石头。同时听见他喊到："你们几个过来，把石头下的小孩，拖出来。"我问身旁干部，"他是谁？""副县长向发友。"

我交代向副县长，组织一个指挥小组，现场指挥抢救工作。然后，回到县里召开常委会。根据大家讨论的意见，必须要做的几项工作，分工几位常委牵头，连夜去做。

龙山的干部真是能干。半天之内，将受伤的十七名乘客，全部送进了县医院。三天之内，将遇难的三十四位乘客的后事全部处理完毕，那时，已是农历腊月二十六日。

如此短的时间处理完如此重大的事故，检验了龙山干部的工作能力。同时，县里上上下下，对我这个上任几天的县委书记，也留下了较好的印象。

这次翻车事故，龙山幽默人士编了一副诙谐的对联，"马年来了个马书记，一车翻了五十一，"横批，"人仰马翻"。

腊月二十七日（一月二十三日），我和县委办向之等人，来

1991年，时任湖南龙山县委书记的马本立视察水库建设。

到离县城七十余公里的他沙乡。当时，乡里干部已经放假，只留下一位副乡长值班。

我问副乡长，"救济粮发下去没有？"

"发下去了。"

"发了多少？"

"三十万斤。"我们来到粮站，站长报告，"发下去十万斤。"

我们到村里，村支书说，"一斤未发。"

我们到了几个农民家，问他们有没有粮食过年，他们都说有。我揭开一家正在做饭的锅盖，白亮亮的半锅子饭，伸手一摸，我愣住了！这哪里是粮食？是包谷棒子芯芯碾碎了煮着吃呢！我不理解，农民为什么不说实话。

我压住怒火，回到乡政府，又到粮站，动员他们说："今天是腊月二十七，你们辛苦一点，过年前一定要将救济粮发到农民手中。"副乡长和站长保证说，"一定，一定。"

正月初二，我从吉首家中回到龙山。正月初三，我派县委办干部去他沙乡，了解救济粮的发放情况。他们回来说，老百姓没领到一粒粮食。

我火冒了，顾不得他们的情面了。我在全县一年一度的、有一千余名干部参加的扩干会上，通报了这件事，震动了全县。由此，马本立的"跟踪调查"吓住了许多人，特别是那些不做实事的干部。

不断往乡下走，多次访问农家，一个十分焦虑的问题在心头挥之不去，农民吃不饱，穿不暖。

怎样才能让农民吃饱、穿暖？长远的、根本的办法是发展生产。这个答案，上上下下是一致的。眼前的，短期的办法是什么？政府救济。这个答案，没有分歧。问题是，政府也很穷，上级帮助也有限。于是，想办法让政府的钱多一些，就成了解决问题的关键。经过反复调查、分析、比较，决定回过头来抓烟厂。因为烟厂的税收占全县财政收入的60%。

龙山卷烟厂，是在老红军丁聪的帮助下建立起来的，曾经风光多年，为龙山经济作出了特殊贡献。时下，烟厂债务沉重，陷入困境。如此，让烟厂活起来，便成为关键的关键。

为让烟厂活起来，我走了两步棋。说两步棋，是为了叙说的方便。实际工作中，两步棋是同时展开，穿插实施的。

一步，强化烟厂领导班子。按组织程序，我们派县委常委、常务副县长龚其彪去烟厂任厂长兼党委书记，派经委主任田家贵任副厂长，派监察局局长吴训龙任党委副书记。他们给烟厂带去了新思想、新作风、新方法，首先让烟厂的干部、工人活跃起来。他们长期努力，持之以恒，让活跃起来的烟厂保持了活力。

另一步，我请求州委书记郑培民同志带我去省委组织部，请求更换省委派往龙山的科技副县长。

更换科技副县长，并不是因为现任科技副县长不称职，而是请求更换行业领域，即请求由省煤炭厅下派科技副县长改由省烟草局下派科技副县长。

省委组织部宋副部长听完我的陈述后，当即表态同意。不久，省烟草局派万国成处长来龙山任科技副县长。后来，我向省里领导汇报说，龙山经济的发展，要感谢省委组织部，绝非虚妄之词，更无奉承之意。

万副县长到任后，问我："书记，我干什么？"

"你的第一个任务，是回省里去。"

"啊！"万副县长不理解。

"回省里不是玩耍，是要将肖局长请动，请局长带队伍来帮助龙山烟厂。"

万副县长回长沙不久，就请来了肖寿松副局长和他带来的一支队伍。

肖副局长到达龙山后，我全程陪同，形影不离。

肖副局长性格开朗，有思想、有魄力、有方法。是他让龙山烟厂起死回生。

肖副局长和他的团队，对龙山烟厂的帮助，是那么友善、真诚，那么尽心竭力，那么富有成效。从领导班子建设，到生产技术的培训；从工作作风的培养到工作方法的改进；从老品牌的更新到新品牌的创造，用了近一个月的时间，全方位进行了帮扶，使龙山烟厂焕发了新貌。肖副局长走了，留下了一位万副县长。龙山烟厂一直与省里保持着密切联系，得到了多方面的帮助。

龙山烟厂的新领导班子与省里的帮助，形成了合力，持久力。一年下来，烟厂对县财政的贡献，大幅上升。岁末，我们组织县里五大家几十位县级领导带队，到全县最边远的几十个村庄，最贫穷的数百户农民家里拜年。大家高兴地说：“有钱好办事啊！”

一九九一年，我在做好日常工作的同时，注意力便放在龙山的长远发展上。

前三季度，我和龙山五家（县委、人大、政府、政协、武装部）班子，利用中心组学习的机会，组织大家学农、学工、学商。学习世界和中国的农、工、商发展史，总结龙山农、工、商的发展经验，现场考察若干典型事例，研究龙山农业、工业、商业的发展规划。第四季度，综合讨论龙山经济和社会发展长远规划。这样做的结果，领导核心的智慧集中了，认识统一了，规划出来了，避免了少数人坐在房子里关门造规划的不足。

这一年，州里布置的县委中心组学习的内容是中国革命史，对于我们的作法，州委宣传部准备提出批评，追究责任。这时，省委宣传部来了几位处长，了解我们的作法后，作了六颗字的结论，"风景这边独好。"州县皆大欢喜。

二十世纪九十年代初，我国改革开放已有十多年。可是，龙山一些人，包括少数干部，以致有的领导干部，思想仍然被禁锢着。我提出："打开山门"，他们批评是"眼睛向外"；我说要"重视商业,"他们说是"本末倒置"；我们接受了美国基督教的一笔援助款，他们告状到省里。这使我强烈地意识到，不仅要务实，更要务虚；务虚不到位，务实不落实。

围绕解放思想务虚；针对实际工作的思想问题务虚；结合龙山经济和社会发展战略务虚。让务虚从一般人厌倦的"务空"走向"实在"。这样做的结果，既清扫了实际工作中的思想障碍，让解放思想落地有声，又让大家感受到思想禁锢对实际工作的影响，激发了务虚的积极性。

务虚的主要形式，是利用党校阵地，举办专题培训；结合具体工作，召开小型务虚会；请上级领导作报告，了解整个国家思想解放的进程；请发达地区的专家学者来讲座，舒张心胸，开阔眼界。

务虚，虽然耗费了一些精力，花去了一些时间，用去了一些钱财，但因此获得了思想上的解放，消除了各种顾虑，在改革开放这个总题目下，统一了思想。工作推进顺当了，前进步伐加快了，全县上下出现了心情舒畅，信心满满，热情洋溢的好局面。

画句号

　　有些遗憾，县里工作刚理出头绪，又被调动了。一九九二年五月，我到吉首大学上班。

　　我自知，我没有资格去高等学府工作。当组织第一次同我谈话时，我表示了我的疑虑。我请州委郑培民书记一起，专程去省委组织部说明情况，组织部领导表示理解。两个月后，省委组织部派两位处长同我谈话，再次征求我去吉首大学工作的意见，并有动员的意思。军人出身的我，服从意识战胜了疑虑。

　　同我去龙山工作一样，我没有要组织上派人接送，我自己到吉首大学报到。

　　事实证明，我的疑虑不是多余的。到吉首大学不久，即有人议论，"省委组织部瞎了眼，派一个高中生来管大学。"这种刺耳的言论，这种无礼的态度，使我平生第一次领教了这样的高级知识分子的厉害。

　　我心中不服，但不气。和这样的人生气没意思；和他们怄气，等于我和他们一样。

　　我不服，除了自我意识的自卫，还有为组织争气的考量。我必须证明，有漂亮帽子的人，不一定都有真才实学；没有漂亮帽子的人，不一定都是蠢货。到任两个月后，七月一日，纪念党的生日。全校党员大会上，我作报告，这是履行职责，顺理成章。但讲什么，确有讲究。我没有泛泛而论，我只讲了一个专题："学习邓小平思维方法"，和大家谈哲学。不到两分钟，数百人的会

1992年，时任吉首大学党委副书记马本立（前排左一）陪同费孝通视察吉首大学。

场便鸦雀无声；一堂报告下来，引发了一番评论。这篇报告，发表在《吉首大学学报》上。一个大学党委副书记，在自己学校的学报上发文章，有利用职权之嫌。可是，这篇文章发表后，被全国高等学校学报文摘摘要转载，应当可以证明文章有点质量。

这是面对教职工。面对学生，我也做了一件事。我在《吉首大学报》上，以"养成教育"为题，连续发了十二篇千字文。这些短文发表后，让学生直接认识了新来的副书记，也让教职工有了进一步了解。如前所说，一个大学领导，在自己的报纸上发文章，不能证明什么。可是，这些短文，被《团结报》全文连载。其中部分文章，被《领导科学报》和其他数家报纸、刊物转载，应当可以证明这些文章有点质量。

让师生在学识上认识我，也让师生在德行上认识我。我的亲属故世，我坐公共汽车回老家，没有动用公车。学校迁新区办公，我骑单车上下班，从红旗门到沙子坳约四公里，天天如此。我的一位朋友从美国回来，我在学校食堂请他，如数付费。我让大家做的，我一定首先做到。

不到一年，吉首大学师生认识了我，认可了我。

两年后的一九九四年九月，组织上委任我为吉首大学党委书记，我开始考虑学校的整体建设和发展。一九九五年十月，校长张有志教授退休，组织上要我一肩挑，我未能接受，觉得高中生当大学校长，校史都不好写。组织上说，不当也行，代着。从这时起，两副担子落在我一个人身上，直到二〇〇二年游俊任校长。我又当了两年书记，二〇〇四年初退休，画上了句号。

一九九二年五月至一九九四年九月，党委副书记任上，我度过了懵懂期。任职党委书记后，我和党委一班人，有计划地组织全校师生展开工作，少走了弯路，吉首大学的发展实现了稳步推进。

在思想领域，以解放思想为主题，让师生员工心胸开阔起来，舒张开来。在教学科研领域，以迎接国家对本科院校进行评估为轴心，进行全方位的规范和提升。在基本建设领域，扩大校园面积，扩建教学、生活用房，推进整体绿化，学校面貌有了大的改观。在后勤服务领域，进行了一系列整顿和小的改革，服务质量、服务水平都有提升。在对外关系上，适应国家建立市场经济的需要，面向市场，实施了一些新的项目，并取得了初步成效。在学校管理上，驱动了改革和规范两个轮子，逐步提高了管理水平。

以上各个方面的工作，是同时展开，整体推进的过程。为了叙说的方便，分别作些简述。

纵观历史，猛然发现，人类的每一次大的进步，首先起源于思想的解放。而每次思想解放，都是对已经认定的"正确思想"的否定。人类发展到一定的历史阶段，形成一定的理性认识，是一定历史阶段的产物。然而，一旦形成了某种认识，便像物品一样被锁进了笼子，让它禁锢起来，生怕被人破坏。于是，打开思想笼子，对已成定论的思想重新进行审视，既克服，又保留，进行扬弃，形成新的认识，这便是解放思想的任务。

一定历史时期内，全人类的思想解放，一个国家，一个地区，一个单位的思想解放，是有差异的。我的感受是，一个相对较小的单位，解放思想的任务，是在大的目标任务指导下，主要解放现实的活的思想。我到吉大后，发现一些人对自己职责内的事，思路是清晰的，而对学校整体的、长远的建设和发展，却是模糊的。为此，我提出"有思路，才有出路"，组织全校上下讨论学校的整体建设和发展，并形成统一的思路，为统一行动打下了思想基础。另外一些人，囿于学校自身的狭小天地，自我欣赏，不注意外部世界；满足于学校自身的小循环，不喜欢、不愿和上下左右的人打交道，有一种与世相隔的局限。为此，我提出"有活动，才有活力"，鼓励大家积极地、主动地走出去，与方方面面的人交往，汲取思想营养，获得物资帮助。还有一些人，一开口就埋怨，"上头不重视，学校没地位"，把学校困难的原因，一概归于外部。于是，我提出"有作为，才有地位"，引导大家从主观上找原因，主动努力做出成绩，在自我奋斗中获得地位。

以上三句话，或者说是三个思想，"有思路，才有出路；有活动，才有活力；有作为，才有地位。"开始提出来，大家觉得蛮新鲜；过了一些时候，觉得有道理；按照这些思想行动后取得了效果，慢慢形成了大家的口头语。

解放思想的过程，是不断深化的过程；随着时空的推移，具体内容也常有变化。以上只是记得比较清楚的，刚到学校不久的引导大家解放思想的一个例子。以后的年月里，我总是不断调查研究，根据现实的活的思想问题，不断提出新的正命题，以突破思想局限，实现解放思想的新任务。吉大工作的过程，从思想领域说，的确是一个不断解放思想的过程。时间一长，大家对我提出的一些正命题，接受起来就顺当多了。思想认同的成果，是行动上的步调一致。十多年里，学校能够稳步地不断往前走，在全省全国获得一定地位，思想的解放是一股无形的巨大的推动力。

教学、科研、社会服务是学校的内核，是之所以称之为学校的意义所在，是其他一切工作的价值所在。为此，我在当时没有校长的情况下，集中了主要精力，投入其中。十年里，大致经历了两个主要阶段。

前一阶段，以迎接国家教育部教学评价为轴心，积累教学人才，规范教学行为，提升教学质量。为了做好这项工作，党委、行政领导成员分工，人人有责，形成合力。全校师生员工以"迎评"

为主题，规范教与学的方方面面。我还组织全校中层骨干外出考察学习，经三省，历时一个月，让大家思想开了窍。为集中指挥，学校专门成立了"迎评办公室"，我直接抓在手里。那两三年时间，我的办公室在"迎评办"，我午休的床，是铺在办公室地板上的棕垫子。

经过近三年的努力，学校的教学工作的确上了一个大的台阶。一九九七年入冬，武汉大学刘花元副校长为组长，山东大学、吉林大学、安徽大学领导为成员，组成国家评审小组来我校评估，一次通过，全校上下，皆大欢喜。据说，这个评审小组上半月评审另一所大学，未获通过。下半月评审我校，获得通过。一个评审小组的两个结论，也从一个方面说明，我们的提高是实实在在的。

这个阶段，可以认为是积累阶段，是提质阶段，数量的发展放在了从属地位。一九九二年，在校学生一千九百余人，五年后的一九九七年，在校学校也只是三千出头。

后一阶段，是发展阶段。一九九七年评估合格至二〇〇二年朱镕基总理来校视察，在校学生达一万三千人，成人教育学生也由原来的三千余人增加到一万二千人。

到这时，学校招生范围，已由原来的湖南西部六个地区扩展到全省，扩展到全国十多个省市区，远至云南，新疆等。

到这时，学校已由原来的专科为主发展到本科为主，又发展了研究生教育，已有硕士点十余个。

到这时，学校已与州卫校合并，有了医学多个专业，已与张家界的武陵高专合并，办学地域得到伸展，兴办了民族预科教育，为少数民族学子提供了更多的机会。与湘西州联办"师范学院"，为发展地区高等教育贡献了力量。

到这时，科学研究取得了长足进步，科研队伍逐步壮大，国家级、省级科研课题不断增多，课题分量不断加重，国内外重点刊物已刊发多篇学术论文。

到这时，大学的重要职能之一，社会服务已三分天下有其一。经十数年选育，参评国奖获第二名的"米良猕猴桃一号"深加工中试已获成功，并开始产业化。学校兴办了一家控股制药公司，并获得了国家资格认证。这既为学校医学、生物、化工等专业的教学科研提供了平台，又为发掘、研究湘西的独特药物资源提供了条件。

到这时，国家一九五八年批准吉首大学时定位的"综合大学"，可以说得上"名副其实"了。

学校的积累和发展，都需要物质条件，要教学、科研场所，要生活设施，要职工住房，要优美的环境。基本建设的任务非常压头。

最压头的是资金。国家立项，时日方长，项目有限，资金有限。虽说有限，勤跑、勤讨，总可以得一些，算是资金来源之一。

之二，是贷款，叫"负债建校"。现在讲，平常事；在当时，可不平常。一些人不理解，"国家单位，国家给钱，建；国家不给钱，算了。""贷款，用什么还债？不要去冒险。"我逆着非议，冒着风险，用了银行的钱。这个大头有了，建设的速度就加快了。基建提速，学校就具备了扩容的条件。从而，学校获得了快速发展。就是这个"负债建校"，我退休后，成了"秋后算账"的重要证据。说事者只宣传马本立欠了多少债，欠债给学校带来的巨大效益却避而不谈。以致很多不明真相的人误以为马本立给学校留下了一个烂摊子。

之三，发动教职工集资建住房。"私人的钱为学校建房？"不理解。几经发动，没有响应。于是，我发动校领导带头，我自

1993年，时任吉首大学党委副书记的马本立（左）与校长张有志（中）检查猕猴桃品种选优科研工作。

己也集了资，建了十几套。房子建好了，有了新房住了，一些人出来说话了，"不顾教职工死活！""腐败！"闹到省里。现在讲，可以说是笑话；在当时，可算一回事了，是大事了。可见，我们的思想解放，我们的改革开放，走过多么艰难的路程。

磕磕碰碰，摇摇晃晃，基本建设总算是搞了起来。

有限的资金，怎么用得更有效益？必须在管理上下工夫。当时正值腐败猖獗时，基建领域尤甚。我们进行了这样的尝试。选了一支队伍。金孟贤，邵阳人，相对稳定，学校项目基本由这支队伍承建。这样做，建设质量有保证（学校曾与一家建筑公司对簿公堂）。这样做，相互知底，便于管理（把他们当做学校一个单位）。这样做，防止多支队伍竞标时相互牵扯，收买学校相关人员。这在当时招标制度尚未健全的情况下，确实收到了好的效果。当然，这样做，是以相关人员的道德操守为前提的。这件事，被指责、被控告、被审查，折腾了许多人，许多年。可喜，若干相关人员中，没有一个出问题，可贺，多年多次审我个人，均无问题。

十年建设，学校土地由原来一千亩增至四千余亩；学校建筑物由原来十万平方米增至四十万平方米；学校道路、绿化、卫生等生存环境有了根本改观。

我国的大学，是学校办社会。学生的起居、生活、健康都由学校管了起来。无疑，给学校带来了沉重负担。一段时间，学生对饮食有意见，闹"罢餐"；对宿舍有意见，外出租房；饮水、洗澡也常闹矛盾。

为解决这些问题，开始尝试面向市场，但主要是老办法。选派得力的干部去管理；增加后勤服务范围；改善服务条件，提高服务水平。几年的努力，后勤服务整体上得到改观。方方面面皆有进步。特别是，吉首大学边远，条件不如大城市，但全省高校

1997年，马本立（左）会见美国旧金山青年爱心访问团。

食堂检查评比，总是名列第一或第二，这种领先水平，一直保持到现在，且越办越好。

十多年改革，比较后勤服务社会化，还是学校办后勤这个问题，回头审视，还是二者结合更好些。即经营模式社会化，经营管理学校统。这样做的好处，其一，学生生活有归属感，师生员工相处有亲切感，学生对学校有"家"的味道。其二，学生安全、学生健康，学校想扔给社会，实际做不到；勉强去做，易出麻烦。两相比较，应当是社会主义的优越性。其三，学校管，各服务实体听招呼，易统一，能及时解决学生反映的种种问题。丢给社会，不归你管了，你就管不着，学生的问题就会被压住，被拖延，甚至被激化。

学校地处湘鄂渝黔四省市边区，相对封闭。但更主要的封闭，表现在思想上。一些人，心理上满足于自己是大学，是大学的一员。四面望去，还在高处呢，不屑于对外交往。一些人长期在自己狭小的圈子里活动，整体性格内向，羞于对外交往。一些人从家里去食堂，到课堂，觉得日子还不错，懒得对外交往。这种思想的禁锢，阻碍着学校的建设和发展。

打破这种禁锢，只是讲道理，收效不佳。根本的办法是要走出去。组织全校整体走出去，让他们在对外交往的实践中开阔眼界，舒张心胸。学校给他们出题目、定任务，且定期听汇报，作讲评。逐步地、一点一滴地积累，对外交往逐步形成了共识，在对外交往中促进了学校建设。

学校的对外交往有多个层面。面对上级机关，面对左邻右舍，面对外部市场。经多年努力，学校与省领导，省机关建立了比较紧密的联系，与相关国家机关也建立了联系。与州委、州政府，张家界市委、市政府建立了良好关系。与全国多所高校建立了联系。与新闻界建立了良好关系。学校活了起来。

1997年，马本立站在他设计的湘鄂川黔四省边区形
象图前。

面对外部世界，学校经常组织大家外出考察。由我直接组织的考察有两次。一次是带二十余位中层骨干，去省里高校，去广东、广西高校考察、学习，见世面，长见识，回来后改进教学、科研工作，通过了国家教育部的教学评估。另一次是我带二十余名中层骨干，去浙江、江苏考察，品尝了发达地区的"鲜果"，回来后创办了张家界民营学院、本草制药公司。

边远的吉首大学，缺乏教学、科研人才，更缺乏管理人才。为培养管理人才，我们动员年事已高的中层干部让出位置，起用了一大批三十岁左右的德行端正的、热心公益的、思想开放的中层干部。对他们，采用个别谈话、集中培训、现场办公等形式，把我在部队和地方两种不同环境里学到的东西，尽数教给他们。经过几年熏陶，潜移默化，逐步形成了上下一致的思维方法、行为方式、处事风格，整个学校显得生机勃勃。

管理队伍的提高，为加强管理提供了条件。我们开动规范和改革两个轮子，使学校管理上了一个台阶。我记忆较深的有以下几件事。

一个是控编。一九九二年，在校学生一千九百多人，教职工八百有余，师生比为1：2点多，加上三百多退休教职工，学校经费减去人头费所剩无几。另一方面，人浮于事，少数教师全年不上课，相当一部分教师一周两节课。这样，无"事"就生出"非"来。省财政是按学生人数拨款的，不控编，不提高师生比，学校运转将十分困难。一九九二年至二〇〇二年的十年里，学校只进高学历教学科研人才，其余全部关在了门外。为此，我得罪了校内外很多人。到二〇〇二年，师生比达到1比十有多，轻松多了。

另一个是精简机构。学校仿效地方政府，机构繁多，门类齐全，人浮于事，十分臃肿，一部分人才成了庸才。我们采取合并、撤销、

1998年，马本立在吉首大学暑期活动中讲话。

减员等办法，让分出来的人员，或回到教学岗位，或分到服务部门，或上学深造。机关减了肥，办事更有效。

还有一个是后勤人员分流。分流，主要指工资关系，即将一部分职工的工资由学校发放改为实体发放，待遇不变。这主要是后勤人员，学校无偿提供服务条件，包括房屋设备等。由他们自己组成不同的实体，独立核算，自收自支，定额上交，工资标准不变。这样，学校有近三分之一人员分流，大大减轻了学校负担。

此外，教学、科研也出台了适合他们情况的规定，这里略去。

湘西俗语，"当家三年狗都嫌。"我在吉首大学一干十二年，非议无法避免。这种非议，随着时日的增长而增长，随着新项目的实施而增长，随着我离岗而增长。

有些议论是正确的，是我的失误引起的。例如选人用人，反省起来，绝大部分干部用对了，应当肯定。如果否定了，就否定了绝大部分干部。少数干部用错了，是对我的否定，也是对这少数干部的否定，二者都应当否定。这方面的教训是深刻的，我深感内疚。

有些非议，因误会而引起。特别是评价合格后的几年，学校快速发展，工作十分繁忙，思想工作有所放松。学校许多情况下面不甚清楚，学校一些决策下面不甚理解，加上少数几个人从中拨弄，"是"说"非"，"白"说"黑"，弄得许多人不明底里而议论。其中不少人出于关心，担心。这些议论不甚强烈，比较淡；不持久，时有时无；不影响工作和个人，似闲话。

有些议论，则是个人恩怨所致。十多年里，有的人想当"官"，未如愿；有的人想弄职称，没上去；有的想要钱，未得到；有的人想要安插关系户，未成功；有的人提出这样那样的要求，未满足，等等。他们之中，一部分理解了，没记恨；一部分人有些怨

1999年，马本立（左三）陪同黄永玉（左二）考察吉首大学。

言，不甚强烈，也不与他人掺和；少数人则耿耿于怀，纠缠不休。他们情绪激昂并互相串通，一定要出口气。

我在职时，他们从未停止过，常常结伙去省里告状。省里来调查，允许我说明，问题得以消融。我退休了，失去了话语权，一切由他们单打独奏，我这个靶子就赫然立了起来。

他们告，省里查，没事。他们接着告，省里接着查，又没事。他们还是告，省里再来查，还是没事。最后，一位地位高的干部鼓励并带头在告状书上签名，联络了几十人签名告状，惊动了省里。省里组织相关单位成立了一个大调查组，连续工作数月，数千个劳动日，查了个底朝天，结果没有任何问题。

我退休后遭遇的大小风浪，使我十分感慨。

感慨之一，为公事较真，必积私怨。

一个社会，一个单位，总有人私欲当头，追逐无厌，给单位头头出题目，要私利（不合理、不合规、不合法的私利）。当头头的如果满足他们，有了一次，必有二次，没完没了。十次之中，满足了九次，一次未满足，就将其得罪了。如果较真，一开始就不满足他们，次次都不让步，他就必然加恨于你，开动脑筋与你作对。我一生较真，得罪了许多人。但在其他单位，工作时间都不长，得罪的人不算多，未生大的积怨。我在吉首大学一干就是十二年，数千个时日，承载着主要责任，方方面面都有磕碰，得罪的人日渐增多，产生了积怨。这种积怨，一旦被某种诱因激活，就会产生风浪。不过，只要自己坐得正，行得端，就稳得住，"任凭风浪起，稳坐钓鱼船。"

感慨之二，标新立异，必遭非议。

古今中外，标新立异（现在又叫创新）者，莫不遭非议。几千年来，争论不休，莫衷一是。许多大人物被非议。大人物，干

2000年，马本立考察香港。

大事，标新立异，遭非议。小人物，做小事，标新立异，亦遭非议。我是个小人物，我做的事，不是什么大事，也完全称不上是标新立异，非议的产生是客观的落差引起的。

我从军二十二年，半数以上时间在高级机关工作，在高级将领手下做事，接触了不少国家级、部长级大人物。他们所说所议，所作所为，我这个山沟里农民的儿子，闻所未闻，甚至惊慌失措，觉得不可思议。在我的心目中，全都是标新立异。但是，时间长了，经得多了，被潜移默化了，慢慢地长出了他们的眼睛、鼻子、耳朵、脑子，学会了他们的思维方法和行为方式。可是，无论是旁人，还是我自己，似乎都未察觉这种变化，我还是原来的我。当我置身于吉首大学时，便与某些人的思维方法和行动方式形成了落差，在我看来是平常事，这些人认为是标新立异。

回到地方工作后，在中级领导机关从事过农业、商业、主持过一个县的全面工作，遇到各种各样的矛盾，接触过各种各样的人物，处理过各种各样的问题。此时，正值改革开放起步，双轨运行，摩擦频繁，从上到下，都有两种声音。一事当前，无论作怎样一种选择，都可以讲出振振有词的理由，让人无所适从。作为一个基层领导者，跟着中央改革步伐，作改革方向的选择，开始形成习惯。当我置身吉首大学，便与其中少数沿着旧体制思维的人形成了落差。在我看来，正是符合改革开放的事，他们认为是离经叛道。

感慨之三，时代进步，方保平安。

我感谢组织。尽管告状声多多，尽管所列罪过多多，但组织总是实事求是，事事核查，落到实处，绝不妄加。尽管是背靠背的调查，没有给我话语权，但他们禀公办案，绝不因为我没有机会辩护而妄听一面之词。

2001年，马本立陪同湖南省委书记杨正午视察吉首大学。

我感谢朋友。组织调查期间，我先在深圳带孙子，后在上海带外孙。关心我的朋友们不断传来消息，家里如何风起云涌，要我好好应对。我告诉朋友们，也是告诉我自己，我是一张白纸，放心好了。两年后，风平浪静，我得平安。

我感谢组织，感谢朋友，也感谢我自己。我若不干净，组织上想放过，也放不过去；朋友们想帮忙，也使不上劲。所以我感慨，清白做人，一生平安。

我还有感慨，我得喜于这个时代，我感谢这个时代。

我经历过"文化大革命"，"打倒走资本主义道路的当权派"。只要有几个混混胡编乱造几张大字报，就抓来批斗，那个狠劲啊！"把你打翻在地"，还不够过瘾，还要"再踏上一只脚"，然后无情宣判，"叫你永世不得翻身！"我要在那时，得罪了那么多人，肯定被打翻在地，被踏上几十只脚，永世不得翻身了。我能逃脱这样的下场吗？"文化大革命"冤魂还少吗？

那时，各级组织都瘫痪了，各级组织的领导都自身难保了，他们即使知道你马本立清白，想保你，无能为力，保不了啊！

所以，我庆幸，我没有在那个时代当"官"。所以我感谢，我感谢这个时代，我感谢这个时代的民主，感谢这个时代的法治，我感谢这个时代的组织。

时代进步，方得平安。

卷
二

我的家庭与师长

我的父亲

我的父亲，名则敬，字玉红，享年八十三岁。

学艺走出困境和险境

父亲跟着爷爷学会杀猪，当了屠夫。这是一门手艺，作为谋生，是一门蛮不错的手艺。爷爷学杀猪，一个孤儿，毕终生积累，买得田土七亩，留给三个儿子，七十三岁离世。父亲婚后，子女来得顺，一个接着一个。凭着父亲的手艺和母亲的勤劳，多数儿女摆脱了死亡的威胁，一个一个长大。可以说，杀猪这门手艺，让旧社会生活的父母亲，走出了困境。

我们老家是革命老根据地，大革命时期，红军把父亲当做一个恶霸抓了起来，要杀他。父亲申辩说，我不是你们讲的那个恶霸，我是杀猪的。重证据的红军，买来几头活猪，让父亲杀。三下五去二，父亲很快将猪杀死，修毛，解剖，然后切成一块一块洁净的猪肉。红军信了，放了父亲。可以说杀猪这门手艺，让父亲走出了险境。

苦熬苦挣，养育儿女

父亲膝下养育了十个儿女。在旧社会，在封闭的大山区，没有任何社会救助，全凭父母苦熬苦挣，含辛茹苦，用汗水，用泪水，拌着糠菜，苦苦度日。

杀猪这门手艺，虽说不错，但在大山区，要一家一户去买猪，走一户，几里，十几里，还常常落空。买得一头猪，已费力很大，要杀掉，从深山里挑出来，挑到集市上去卖，至少要走十数里，多则三、四十里，甚至五、六十里。爬高山，越深谷，淌溪河。酷暑里，裤腰带都渗出了汗水；寒冬里，耳朵，脚趾，手指，冻疮斑斑。为了挣几个钱，常常睡半夜，起五更。日复一日，月复一月，终年无休止地奔波在大山里，集市上。有周末吗？有节假日吗？父亲那时，没听说。

尽管如此，父母养育的十个儿女，长大成人的，只有四男二女。另有四个，因疾病无钱医治而夭折。

办学折射智慧

父亲四十岁上下的时候，儿女渐次长大，成了一个大家庭，劳动力也多了起来。大哥跟父亲杀猪，生活稍有改善，这时，没上过学的父亲，深感没有文化之苦。于是，从几十里外的县城附近请了一位姓孙的老师，与邻居商量，用他家堂屋做教室。十几名学生来自村里，除了学生们多少交一点，其余费用全由父亲包揽。这件事，发生在大山里，由一个大字不识一斗的杀猪匠主办，真是小中见大，俗中见智啊！我长大之后，见了世面，到高级机关工作之后，每每想起这件事，父亲的形象，在我脑海里，高大无比。

戒毒获得新生

新中国成立前，大山里的鸦片，种得满山都是，如同平原上种稻子一样。大山里的人吸鸦片，家常便饭。如同现在人们吸烟一样。父亲也染上了毒瘾。

解放了，党和政府禁止种鸦片，号召山里人戒掉毒瘾。对当年红军怀有感激之情的父亲，认为现在的党和政府就是当年的红军，决定响应号召。戒！

从此，父亲不再杀猪，不再赶集，每天拿着工具，到深山里去砍柴。父亲丢掉了烟枪，每天在山上只吞"泡子"（鸦片加工的颗粒），一天减一粒，天天坚持。这样坚持了半年，终于彻底戒掉了鸦片。

那时，我八九岁，有空便跟着父亲上山砍柴，亲眼见证了这一幕。我看见父亲两手抖动，站不稳，就坐在树旁，一刀一刀地砍。一根小树，常常要砍百刀以至数百刀。我尝试着帮父亲。父亲制止了我，说，"你不懂，我在戒烟"。

长大后，回忆起这一往事，看到电影里戒毒者的痛苦，才懂得了当年父亲戒毒的痛苦。由此，我从内心佩服父亲的毅力。我常常以父亲为榜样，用毅力战胜了许多困难，深切感受到哲学家的描述，成功，往往是毅力铸就的。

挨斗差点送命

席卷全国的文化大革命，深山里的乡村，也搞得轰轰烈烈。

我们家，四兄弟中，三人有了工作，领国家工资。三兄弟相加，每月有百元收入。这在当地，实在太显眼了。我父亲常念共产党的好处，大队（人民公社时，现在的村，当年为大队）的号召，他带头响应；大队的事情，他热心去做；大队里谁有不良表现，他肯讲直话。父亲得罪的人，文化大革命中成了造反派。这些造反派将父亲揪到大队部，开大会批斗。群众坐着，让父亲站着，造反派时而坐着，时而站起，指挥批斗大会。老实得说话从不高声的母亲，也未躲过劫难，被"请"去陪斗，让她坐着，说要人道。

这次被批斗，父亲心灵被重创。他认为自己清白一生，从没出这样的丑，想上吊。幸得母亲日夜守候，寸步不离；加上母亲不断宽慰，父亲受伤的心才渐渐平静下来。

父爱在心里

我是父亲的小儿子，受父亲深爱。但，父亲对我的爱，从不流于言表，不动声色。

我读初小的时候，已解放三年了。家里造新房，要给"帮忙"的人发草鞋穿。父亲对我说，"老九，两个哥哥很苦也很忙，你小，下不了大力，就记草鞋账。"我十分认真，每场（墟场）买了多少草鞋，用了多少钱，都一双不拉地记了下来。记了一年多，从未间断。可是，父亲从未查过我的账。长大了，我才明白，是父亲在教我呢。

我十岁以后，除了上学，父亲就带我上山种地、砍柴、采药，边干活，边教我。教我如何用锄头，如何用刀子，什么样的地势，站什么样的姿势，安全又省力。一边干活，一边给我讲故事。那时我小，只能听个热闹。长大后，回味父亲讲的故事，体味故事里许多做人的道理，深感父亲的良苦用心。父亲是在教我怎样做人啊！每次干活，我能干多少，干多快，从不要求；我累了，坐下歇息，从不责怪。一切都是那么平和自然。

父亲对我的爱，记忆最深的有两件事。

我的家乡，有一种野生的、入药的百合，俗称"牛百合"。当时，国家收购，一斤干货可卖七角多钱。

一次，父亲带我上山挖"牛百合"，我们走了几山几岭，只得几个小小的。父亲说，好挖的地方，都被别人挖了，我们要到险地方去挖。

险地方，就是悬崖边。父亲将带来的绳子，一头捆在树桩上，一头捆在自己腰上。他嘱咐我："你守在这桩子边，拉住绳子。我下去挖好后，摆动绳子，你就把我拉上来"。他又进一步叮嘱，态度严肃了许多，从来未见他这样板着脸，"记住，屁股要坐稳当，不准往下看！"还不放心，又加一句，"听清没有？"好多年后，我回味父亲的严肃，他是担心我的安全啊！

一九六三年秋，我"考"上了兵。我赶到城里，武装部首长说，明天就出发，不能回家了，给家里打个电话。下午，首长又说，推迟一天出发，可以回去看一下，明天一定要赶回来。

我回到家里，妈妈见到我好高兴。我问，"爹呢。""进城看你去了呀。"妈说。原来，我电话打到村里，村里告诉家里。父亲知道后，急忙就往城里赶，我们错过了。天黑了，我们坐在院子里乘凉。一会儿，父亲回来了。我的心一下子沉了下去。家离县城三十里，又是山路，父亲下午出发，来回奔波六十里，为什么呀？为了儿子呀！现在有公路，开着车子来回跑，有的人都会心烦，何况父亲全靠两条腿！可是，父亲一边吃饭，一边说话，是那样平静自然。

父爱在心里。

我的母亲

我的母亲，姓刘，名凤云，享年九十五岁。

我的母亲是一位勤劳、善良、慈爱、智慧的母亲。母亲的品格，影响我的一生。

勤劳的母亲

我的眼睛里，母亲，十分忙碌。进门出门，风风火火；做饭炒菜，十分利索；给我的穿戴，又快又妥帖。母亲从不知疲倦，麻麻亮起床，忙到晚上。上山干活回来，放下锄头，又拿起了菜刀；上街赶集回来，放下背篓，又进了灶屋；大家安睡了，她还在砍猪草。

母亲有个顽固的头痛病，但从未见她因头痛而歇息。我见到的，是她一边哼哼，一边干活；一边拍打着脑袋，一边做手中的事情。母亲的忍耐力，成为我一生的精神财富。

善良的母亲

与人为善，是母亲做人的准则。与人交往，自己没有小算盘，更不知算计别人，一碗清水见底。相互之间，不分亲疏，不计得失，不争输赢。我眼睛里的母亲，总是一脸笑容，从未见与人争执。

同情弱者，解人危难，是善良母亲的又一展现。乡亲们买肉，没有钱，可以赊账；还不起，可以免掉；过年没有肉，主动送上门。村里两孤老，又是瞎子，每年过年时，给他们送荤菜（猪肉、猪脚、猪肚等）成了惯例。这些事，父亲安排，母亲实施，配合得十分默契。

慈爱的母亲

母亲养育了五双儿女，其艰辛劳累，自不必说。且从未见她因劳累而抱怨。因辛劳而迁怒子女，有的只是慈爱。

我的记忆里，母亲从未骂过我，更没有动过手。童年，母亲带我上山劳动，总是叮嘱我，"不要滚倒了"，"小心刀砍着手"。长大了，上学了，母亲总是为我准备上学吃的酸菜（只有这个条件）。成年了，当兵了，母亲到部队看望我，见到我的训练和生活，说，"放心了。"

我有孩子了，但远隔千里，只能靠妻子一人辛苦。母亲便离家到妻子工作的大山里去帮着照顾孩子。一次，妻子设法从供销社买得几个皮蛋，送妈吃。妈说，"嗯，臭的，不吃。"将皮蛋送给了孩子。孩子吃了一颗，剩下一点碎片，妈妈将碗端背人处，研着两根手指，把剩下的皮蛋碎片叭进嘴里。

我从部队回来了，在县里做了书记。母亲来看我，我陪母亲上街散步，买粑粑吃。母亲说，"你忙得很，以后不再来（打搅）了。"我听了心里十分酸楚，我的娘啊，多么体贴儿子啊！母亲此后真的再未来过县城，我只能抽空看望我的妈。母亲从未因儿子是个官，吃公家一餐饭，拿公家一丁点东西，开口为自己，为亲朋要什么好处，行什么方便。好纯啊，我的娘。

智慧的母亲

我的爷爷是个孤儿，从小失去了父母。家族里的个别人，捉弄我爷爷赌博，将他父母留给爷爷的房屋、田、土、山林尽数输掉，被赶进尖岩脚下的山洞里栖身。家族里主事的长者知情后，将爷爷接下山，给他搭了一个小棚子，生存下来。爷爷一生苦挣，积累了少量田土，传给了父亲和两个叔叔。

父亲苦干到中年，家境渐好，便起心要收回被人占去的房屋、田土、山林。对此，母亲坚决反对。父亲见一向随和顺从的母亲态度如此强硬，悟出了其中的道理，打消了"夺回"的念头。

母亲只是这样做，为什么要这样做，并没有讲出来多少道理，留下"名言警语"。我们晚辈则从中悟出了母亲的智慧、善良、忍让、宽容。

母亲给我们晚辈讲了这个故事，却不肯告知捉弄爷爷的人是谁，以免我们生愤恨之心，与其后代冷眼相对。母亲的智慧又进一步展现出来，启示着我们晚辈。

我将这个故事记录下来，必将使我们的后代受到启示。母亲优良的德行和智慧，就会代代相传。我想，这当是整个人类进步的路径吧。

文化大革命进入高潮时，造反派将父亲"揪"到人民公社的大队部批斗，也将母亲"请"去陪斗。事后，父亲心绪烦乱，认为自己一生清白，却受到如此侮辱，想上吊自尽。聪慧的母亲，尽感父亲的念头，放下手中所有的事情，日夜守候在父亲身边。絮絮细语，不断宽慰，渐次让父亲放下了轻生的念头。

母亲被"请"去陪斗，难道她就好受吗？就不觉得屈辱吗？但，她忍了下来，让智慧战胜了情感。母亲柔忍的品格，是她百折不挠的品格的生动展现。母亲的品格，如滚动的活水，鲜嫩的青草，折不断的藤蔓，让我们后代受用不尽。

母亲的智慧，是善良德性土壤里生长出来的智慧，是大智慧。

我的妻子

我妻石兴凤，医生，本乡人，小我五岁。她聪明能干，吃苦耐劳，无私奉献，喜好交往。我的人生道路，凝注了她的辛劳。

先说聪明能干。

她感悟敏捷，对于新东西，一看就懂，一学就会。她做事能干，无论在手术台上，在灶台边，还是给孩子穿戴，总是麻利快当，且恰到好处。她有主见，又能实干，谦和的同学、同事成为她的朋友。她只读中专，后进修妇产科。但她手术做得很好。在乡村医院，在条件简陋的农民家里，都能完成妇产科常见手术。后来在县一级医院做大一些的手术，都未发生过意外。

她没有拜师，又没有专门学习，但烹饪手艺很高。红案白案都会，刀工、火工掌握到位，添加各种调料恰到好处。凡是吃过她做的饭菜的朋友都赞不绝口。

再说吃苦耐劳。

工作后的十多年里，她长期在边远山区乡村卫生院工作。出诊到农家，是主要工作方式。爬高山，淌溪河，顶烈日，踏冰雪，睡半夜，起五更，不度星期天，没有节假日，长年累月地奔波，工作条件十分艰苦。但，她身苦心不苦，她以落实毛主席"六二六"指示，"把医疗卫生工作的重点放到农村去"为荣，为乐。直到老了，她回忆起年轻时的艰苦奋斗，仍感十分快乐。

她的生活条件十分艰苦。每月收入三十余元，上养老，下养小，还要时常接济贫困农民，日子过得紧巴巴的。

我在部队，远隔数千里，两个孩子全靠她养育。她爹生重病，她拖着怀孕的身子到医院去侍候。由此，怀有一双儿女的她，儿子出世了，女儿只在娘肚子里活了六个月。儿媳生了双胞，三个月后送到她身边，未请保姆，她独自带到九岁。女儿为了求学深造，将一岁多的儿子送到她身边，带到三岁多。苦啊，累啊，饿啊，如影随形，始终缠着她。但，她挺过来了，熬出来了。到了晚年，毛病都出来了。六十岁后，便体弱多病，艰难度日，过着另一种苦日子。

又说无私奉献。

妻子心直口快，但心地善良。内心纯洁，如一泓清水，一眼到底。事事为他人着想，从来没有小九九。青春年华，献给了丈夫。两个孩子，全靠她抚养，我的父母，靠她尽孝。我的亲属，她不遗余力地帮助。

曾记得，我们一家，从部队回到家乡，我的小弟的几个孩子，她都接到城里，或念书，或学艺，费尽了心力。

又记得，我接她到部队的路上，半路下车，从武汉至天门，乘船而上，探望她当兵的弟弟，从天门回到武汉，半夜下船，找不到旅店（不像如今方便），摸到一家仓库，一家四口在麻包上躺了大半夜。

还记得，她的小弟下岗待业，她便回到老家，拦河坝，建澡池，开餐馆，为她小弟自谋职业日夜操劳。

为了亲人，她用尽了有限的工资收入，没有分文存款。为了支持我的工作，她默默地忍受着艰难困苦，从不在我面前诉说。为了家庭，她年轻时从未穿过一件像样的衣服。

还说喜好交往。

活泼爽朗，不耐寂寞。喜好交朋结友，乐于表达自己。敢于向大领导汇报工作，从无惧色。相信关系学，常说多个朋友多条路。

我欠妻子很多，深感歉疚。年轻时，天各一方，一切负担由她担待，我欠她的债。后来团聚，也忙于工作，相互交流不够，我欠她的情。

我的兄弟和姐姐

我的父母养育了十个子女，长大成人的，只有两位兄长，两位姐姐，一位小弟和我。他们对于我，只有关心和爱护。我对他们，全是美好的记忆。

长兄马本银，号练白，他参加工作很长时间里，每月工薪只有 18 元，送我 6 元上学，送回家 6 元。一次，大哥到学校问我，"你还有钱没有，送我 1 元，我要到乡下出差用。"我摸遍全身，得 8 角钱送给大哥。大哥走后，我木呆呆地站了很久，深深自责，我要是再节约一点，就不差这两角钱了。我流下了歉疚的眼泪。这就是我的大哥，他供我读到高中毕业。

我参军了，临走时，大哥送给我一个小红本本，《中国共产党章程》。我结婚了，大哥送给我一口老家最珍贵的楠木箱。我在部队生病了，大哥从家乡给我寄来了药。

大哥在县外贸公司经理岗位上退休后，回到老家种地。挑大粪时，引发脑溢血。从乡下抬到乡卫生院，一周后辗转到县城，耽误了治疗。待我得知，已过半月，我从外地赶回探望，后又从北京上海买药，但还是留下了残疾，拖着病体，活到 89 岁。

大嫂康本香，相邻洗洛乡人，享年 86 岁。大嫂去世后，我写了一篇日记悼念她，抄录其中一段如下："常言'长嫂如母'的确如此。小时候，大嫂给了我母亲般的关怀和照顾。我的起居，她照料；我上学、放学，她给我做饭；我三病两痛，她服侍。长大后，我出门当兵，她时时牵挂。我有什么进步，她高兴；

出什么岔子，她牵心。'老九'是她的常用语。这样的大嫂，远远超出了一般大嫂的含义。同样，'康五姐'在我心中烙下了深深的烙印。大嫂走了，我的心痛极了。痛到了极点，反而表现出'平静'，和其他人一样，并没有什么不同的表现。"

三姐松云，嫁新城乡王家，三十出头，便养育了四个孩子。生第五个孩子时，因产后出血不止而殒命。处理这种情况，现代医院是再简单不过的事情。而那时，在封闭的乡村，缺医少药，轻易地夺去了我三姐的生命。三姐对我的关心，让我记忆终生。我小时，她经常请我姐夫来接我到她们家玩耍，一住就是月余以致数月。我上学了，三姐经常到学校来看我，带一些我想吃没得吃的包谷垞，火烧红苕等。后来我长大了，张罗着要给我找对象。记得那一天，三姐找到我下乡插秧的村里，说某某姑娘如何的好。临别，我送三姐，过一个河中湖。不会撑船的我，撑开小船。船到湖中打圈圈，把我吓坏了。三姐见状，忙说，"不怕，不慌，慢慢划。"我定住神，观水势，看船位，握撑杆，将船慢慢撑到岸边。三姐上岸，笑了。我一身冷汗。

姐夫王家万，石匠，打三棒鼓抛刀的好手。

我小时，王家姐夫每年几次接我到他家住。三十多里山路，要走好几个小时。我走不动了，姐夫就背着我。一路上，姐夫给我讲薛仁贵征东，薛丁山征西，杨家将保边疆的故事。我幼小的心灵，充满了对英雄的崇敬。

一次，姐夫带我下河游泳。几个小同伴在水中嬉笑打闹，诱我心痒。不会游泳的我，懵懂跳下深潭，连呛几口水。姐夫见状，急忙将我捞上岸。我咋的这么傻？不会游泳也往下跳？多少年来，我都忘不了这件险事。这，从深层次上反映了我行为选择盲目性的心理状态。

五哥本能。乡镇党委书记任上退休。他工作十分出色，多次立功受奖。

新中国成立后，我家建新房，是父母、大哥和五哥的贡献。那时，五哥十七、八岁，凡出大力的挑、搬、抬，他总是站在前边，带动了前来帮忙的乡邻。

我念书时，五哥常来学校看我，将自己节约的生活费送我用。当时，五哥家庭负担很重，四个半大的孩子吃得多，衣服也破得快。尽管如此，他仍尽力支持小弟读到初中毕业。

五嫂阙桂媛，我叫她"阙二姐"。聪明而文静，能干而稳重，照顾孩子有方，个个健康成长，教育孩子有方，个个都有出息。

五嫂对我的关心很多，有一件事让我终生不忘。一次，学校带我们下乡支农，正好是我的家乡。我不怕苦，就是肚子饿得很。那天实在饿极了，我回家想"加餐"。阙二姐一眼看透了我的心事，进屋拿出两个蒿子粑粑送给我吃。一旁的妈妈把我拉到一边，悄悄对我说，"那是留给你两个侄儿的。"早已将粑粑吞进肚里的我，后悔不已。

七姐本云。聪明勤劳，情感细腻。中年丧夫，一个人支撑四个孩子的家庭。父亲办学，照说读书条件很好，但重男轻女的旧思想，障碍了七姐读书的机会，由此，失去了后来的许多上进的好机会。

七姐对我很关心，将省吃俭用节约下来的钱、粮票、布票送给我。我高中毕业时，为了给同学们赠送照片，我将底片从湖南寄到几千里外的东北。七姐将照片加洗若干，又寄回给我。我在部队当兵，七姐又专程到部队看我。她送我钱，说，"你喜欢读书，买书吧，我就吃了没读书的苦。"望着深情的姐姐，我心中充满了感激之情；望着未能上学的姐姐，我心中充满了苦楚。

姐夫徐礼隆，军人，团政治处主任职上转业。回乡后任县邮电局长。为人宽厚但履职严格，善于忍让但事事明白。不幸的是，中年刚过，因心脏病突发而谢世。西方一位哲人曾说，"死，对于死者，并非不幸，对于生者，才是真正的不幸。"从情感上说，近乎残酷，确实使人难以接受；从理智上看，的确给生者带来了情感和生存的不幸。哲学，总是引人向前看。

小弟本栋，任村支部书记多年，因病离职。他沉静稳重，处事有序；言语不多，言必有物。

小弟对我很关心，他的身影一直与我为伴。他用种种方式支持我的工作和生活。他用自己山上的木材，请木匠给我制作了一壁墙宽的书架。他对我说，"你爱读书，又不能用公家的钱买书架；送你书架，保你廉洁。"小弟用这种方式敦促我不要越轨，真是用心良苦啊！

我觉得，小弟命苦。他虽然只读完初中，但在当时，也算是一个文化人。年轻时参加修铁路，本可有机会跳出"农门"，但他为了照顾年迈的双亲回到家乡，承担起我们大家该承担的养老的责任。

他承父业，当屠夫，日子好转，又遭病魔。病情稍有稳定，却因街边散步时，被回乡度假的大学生骑摩托车撞死。他善良的妻子和儿女商量说，"算了吧，不要毁了这个大学生，"没有诉诸法律，追究肇事者。我想，小弟若天上有知，也会点头称是。

弟妹谭绮丽，山区里的"平原"长大，与小弟结亲，是从"米箩箩"跳到"糠箩箩"。但她能吃苦耐劳，甘与小弟为伴。小弟当村里的书记，她从不借此沾光。小弟生病，她耐心服侍，不离不弃。可以说，弟妹是相夫教子，传承美德的优秀女性。

我的兄弟和姐姐们，他们对我关心很多，爱护有加。我读书，他们支持。我外出当兵，他们在家照顾父母。我工作繁忙，家中的事情全由他们承担。特别是，父亲八十岁时，摔了一跤，躺在床上不能动，三年多的时间里，两位兄长和小弟轮流守候，分担了我应尽的那份责任。他们说，老九，九哥，你就代表我们为老百姓多做点事吧。我深深地、深深地感激我的兄长、姐姐、小弟和这个家庭的所有成员；我长年累月地歉疚着、歉疚着我的兄长、姐姐、小弟和这个家庭的所有成员。

我的恩师们

我的老师，有我的父母、亲属，学校的老师，工作中的领导、同事、部属，以及我接触到的百姓，我读过的书。

老师给我传授知识，启迪智慧，塑造性格，铸就品质。

篇幅所限，这里记录的，只是我一生中诸多老师中对我成长具有典型意义的很少几位。

软与宽厚

我读小学的启蒙老师田发桂，比我只大不到十岁，是一位宽厚的长兄。

一次，我在课堂上做小动作。田老师既没有叫我站起来，更没有严厉斥责，只是看了我一眼，稍稍停顿一下，便继续讲课。这，在我一生中烙下了永不磨损的烙印。

若干年后，田老师做了县人民法院院长，我被调到县里当书记。组织部介绍干部情况，说田院长很优秀，只是"软"了一点。我听后会心地笑了。这不是软，是宽厚啊！

潜导

我读中学的政治老师李廷煜，我在"经历"篇里已经简述。

这里，需要特别提出的是，由于李老师的政治熏陶，使我对政治有了更多的关注。我当兵后，逐步进入思想战线，从事政治工作，以后又做党的工作，李老师的影响当是源头。例如，李老师押猜高考政治题，命中率很高，是他研读《新华月报》的结果。此后的几十年里，我一直订阅着《新华月报》，以及后来的《新华文摘》。

两位引路人

我当兵的引路人，是陆军第四十七军，一三九师直属通讯营无线电连连长吴翘昇、政治指导员胡以乾。吴连长军事技术过硬，参加广州军区大比武，勇夺第一名。若要冠以名号，完全可以说是一位无线电通讯技术大师。但，他与文学作品里描绘的军事干部那种强悍、严厉、粗暴、霸道作风完全两样，是一位温厚、和蔼、说话轻言细语的军事长官。行军训练时，他不时地从一个一个体弱战士身上拿走水壶、米袋、冲锋枪等等，身上重负决不轻于一个战士。课堂训练时，他的示范表演让战士们佩服得五体投地。

连长对我的关心，让我铭刻在心。作为一名新兵，我被分配到电台当摇电员，连首长很关心我们这批摇电员，将我们组织起来训练收报、发报技术。连长给我一个电键、一支铅笔、一本抄报纸，让我课余自学。集体训练加自学，我成了一名电台报务员、报务主任，当了军官。连长的关爱，让我改变了生活道路。连长是我学会工作的启蒙老师。

这里有一个故事。一个晚上，连队紧急集合，拉出营房进行夜间训练，待我从课堂（离宿舍有一段距离）回来，宿舍空空。负责收容的白法全副指导员问我"马本立，怎么没去训练？"我回答说，"课堂学发报去了，不知道。"一会儿，连长带着队伍回到营房，我看见白副指导员在连长耳旁说悄悄话。"完了，白副指导员一定会告诉连长我没有参加紧急集合。"我暗暗叫苦。连长讲评时，我站在一旁，战战兢兢，害怕连长在全连面前点名批评我。幸好，连长放过了我。我不放心，连夜写了一份检讨送到连部。第二天晚饭后，文书找到我说，"马本立，连长找你，跟我来。"我到连部，见连长、指导员，曹盛华副连长、白法全副指导员，在一连闲聊，一边吃橘子。几位连首长见到我，齐声说，"马本立，吃橘子"。我立正站着，不敢动。白副指导员将一颗橘子送到我手上，"别拘束，现在是休息时间。"我接过橘子，仍呆呆站着。胡以乾指导员见状，对连长说；"老吴，你给马本立谈谈吧，别让他难受了。"连长说话了，"你写的检讨我看到了，很好。好好干，回去吧。"是那样简洁，是那样朴素，是那样温暖。啊，部队就是这样教育人的，唯有平淡，方显浓彩；唯有平凡，方显高深；唯有平实，方显高尚！

　　任报务主任不久，连长、指导员推荐我去师政治部做小报编辑，有幸接受首脑机关的教育。任务完成，回到连队，又当报务主任。由于连队没有空位，就推荐我去架线连当了副指导员。

　　此后不久，我便离开通讯营。师政治部工作不久，即被调军政治部工作。人虽离开了连队，但仍与连长、指导员保持着联系。吴连长后来被调任通讯营长，师司令部通讯科长。转业时，老连长和他的夫人刘思源，又专程到军部来看望我们一家。

　　后来，我也回到地方，我们又增多了往来。老连长不仅关心我，还关心我的儿子，经常将我刚刚参加工作的儿子叫到他们家里，茶余饭后，讲述人生，我儿受益多多。

　　再后来，我们都老了，退休了，相距很远，但我们仍保持密切联系。每次都是老连长主动打电话，我常常被动，真是惭愧啊！

指导员胡以乾，是位宽厚且充满智慧的思想政治工作者。他的政治课活泼有趣，且涵盖党和国家大事，军队建设发展，国家、集体、个人的关系，个人成长道路、德行修养、做人准则等诸多方面。在指导员的教育和指导下，我逐步明白，一个人要有信仰，要有理想，要有生活目标，才能从盲目过日子提升到有目的、自觉地安排年华，让人生过得有意义，从这个意义上说，指导员是我又一位启蒙老师。

我清楚地记得，当兵第二年秋天，我的眼睛生了病，医生要求住院治疗。我向指导员请假，指导员想了想，说，"等一天行吗？"我说好。第三天下午（星期六），台长祖凤林把我带到连部，参加一个会议。这时我才知道，星期六是党团活动日。今天召开全连党员大会，讨论我的入党问题。大家给我提出许多批评后，举手表决，一致通过。会后，指导员对我说，"你明天就去医院吧。"我一个人悄悄地找到一个角落，暗暗地流下了眼泪。是高兴，是感激，更多的，是被指导员的关心所感动。

一个月后，台长祖凤林到医院来看我（连队距陆军医院有数十公里），对我说，"你的入党问题，营党委已经批准了，你现在是一名预备党员了。"台长走后，我仍兴奋不已，回到病床，护士查房，量心跳，95，护士呆了，"马本立，你中午跑到哪里去了？"我说；"就在楼下花园里呀。"护士将信将疑，看了我好一阵子。

指导员管大事，也管小事。我当报务主任时，在工作电台值班。冬天里，烧烟煤的炉子，因为没有炉盖而满屋窜烟，熏得我直流眼泪。指导员来工作台检查工作时，看到了我的狼狈相。他丝毫没有责备我，为什么不想办法。第二天，指导员又来了，拿来了一个火炉盖。盖上，煤烟顺着烟筒跑到了窗外。我笑了，指导员也笑了。

后来，指导员被调师政治部工作。几年后，转业到湖南衡阳。

我随部队北调后，未能再见到指导员。若干年后，我从北方出差到衡阳，探望我的指导员。回到住处，下起雨来。我正发愁出不了门，指导员来了，给我送来了他自己的军用雨衣。细微之处，凸显了指导员对下属的情怀。那时，我已当了团政治处主任，但在他的眼里，我仍然是他的兵啊！指导员对我的感情，没有因为相互身份的变化而改变，好纯啊！

我回到部队不久，传来了噩讯，指导员因突发脑溢血而过早地离开了人世。

我陪政委打羽毛球

我在一三九师直工科当干事时，科长李健润给了我很多关爱。后来，他到四一七团当政委，我从军里来到四一七团搞调查。课间休息时，我陪政委打羽毛球。一边打球，一边叙旧。交谈中，他感到我有点"思想"，就问，"闹情绪啦？"我脸一阵潮红，我心一阵急跳。好敏锐的政委啊，察思想于微末；好纯净的政委啊，没有任何顾及和杂念。他的几颗字，让我想了许多。想通了，放下了包袱。他长辈一样的关爱，给了我心灵的滋润，让我终生不忘。

两位处长帮我度过"情绪期"

我在四十七军政治部当秘书时，处长陈旭榜，副处长王徽斌，帮助我顺利地度过了我一生中的"情绪期"。那段时间，我总有一种莫名的烦恼，说不清的急躁，伴着我的生活和工作，甚至表现在起草的文电中。是升迁问题？不是，我已经走得很快了，心里十分满足。是家庭问题？是。我把两个孩子留给了数千里外的妻子，未能尽到做父亲的责任，有一种深深的歉疚感。我一月几十元，上敬老，下养小，周围还有许多穷亲戚。我盼加薪，却遥遥无期。但，更多的，是对当时大环境的一种迷茫。

面对我这个情绪很重的下属，任何领导都会觉得麻烦，很难有耐心，更难给予情感上的关爱。而我的两位处长，却以他们的善良，给了我更多的理解；以他们的仁爱，给了我更多的关怀。是两位首长帮助我从情绪的深谷中走了出来，把我的思想、情感提升到高一级的境界。

一次，我将一份起草的文件呈送给陈处长。陈处长看后，来到我的办公室。他让我坐着，他自己站着，修改这份文件。圈过来，勾过去，删掉这里，增添那里，不大一会儿，一份思路清晰，层次分明、语言流畅的文件改出来了。我暗自惊叹，喃喃道，"处长改得真是好啊！"他轻轻道："嗯，心静出美文。"是啊，我心不静，是因为我心不净啊！处长给我改文章，更是给我的思想下良药啊！

那年夏天，我请假送妻子回乡。途中，妻子生重病，住进了医院。我写信向两位处长和党小组长汇报。两位处长委托党小组长易仁祥给我回信，说可以申请延假。我从信中深深感受到他们的关爱和同情，宽厚和仁德。我觉得，应当用按时归队来回报。狠了狠心，离开了大病初愈的妻子。

一次，副处长王徽斌对我说："小马，炮团领导要来听意见，你去通知各处室作准备。"我不耐烦地顶撞道："形式主义，不去！"王副处长见我坐着不动，就自己走遍了政治部所有办公室。对于我的无礼，王副处长并没有计较，没有在任何场合批评我。后来，组织上安排他去军直高炮团任政委，把我也要了过去，先后任一营副教导员、二营教导员、团政治处主任，两年之内，上了三个台阶。难道，这就是对我顶撞他的回答？王副处长对我的宽容，让我看到了他宽阔的胸怀；他对我的关爱，突显了他人格的高尚。这些，都深深地烙在我的大脑里，感染着我以后的行为风格。而我对自己的自责和对王副处长的歉疚，多少年来都挥之不去。

仰视

时任我国驻法国大使黄镇，曾是我军的高级将领。我们没有直接交谈，但我认为他是我的一位老师。

那年深秋，黄镇大使来部队驻地附近一所医院疗养。军首长邀请他给军党委成员作一次国际形势报告，黄镇大使欣然接受。

那天下午，黄镇大使来到军党委常委会议室。他身穿黑呢大衣，风度翩翩，站着给军首长们讲话。我作为秘书，有幸聆听黄大使演讲。我屏住呼吸，一口气听下来，呆了，大使的没有讲稿的演讲，录下来，不是一篇美文么？

那以后，我暗下决心，一定要学黄镇大使的演讲风格。无论大会，小会，讲长话，讲短话，我都事先反复打腹稿，锤炼字、词、句。这样坚持数十年，形成了习惯，以致听到我讲话的人评价说，马书记（马局长、马主任、马校长）讲话，录下来，就是一篇文章。我暗自庆幸，我得益于黄镇大使这位老师啊！虽然，我的演讲，与黄镇大使比较，相差甚远。

呵护我命运的师长们

人的一生，会有许多节点，或可称岔路口，单靠自己，跨不过节点，选不准正确道路，只有靠贵人的帮助，才能达成。我的一生，遇到几位呵护我的命运的恩人，让我顺利地跨过了节点，改变了人生道路。

一句话改变命运

一九六五年冬，我当兵两年有余，成了一名无线电台报务员。

师政治部肖干事来连队和营部考察后，准备把我呈报师党委，提拔为干部。只因视力不达标（当兵第二年患视网膜炎后，视力下降），犹豫不决。营部医生孟继能说："马本立眼睛没妨碍，他在电台值班，收报发报不受影响。""没问题，可是不达标啊。"肖干事仍不放心。"从实际出发嘛，以不妨碍工作为标准。"孟医生十分肯定，并在提任干部呈报表上签上了自己的名字。由是，我顺利地跨过了这个节点，从战士成为军官。

几年后，我在师政治部当了秘书，营首长将这个秘密告诉了我。我去通讯营看望孟医生，内心十分感激，但没有从嘴上说出来，十分后悔。后来，他转业回到湖南，我几次寻找，均无结果，心中留下了无尽的思念。

科长和处长的提携

一九六九年初春，四十七军干部处王玉兴处长来一三九师选调干部。师干部科吴盛金科长推荐了我。王处长同我谈话，要我推荐去军部工作的干部（我不知道自己是选调对象）。我推荐了我熟悉的几位同事后，糊里糊涂，题外发挥，对军队建设提了几条意见（现在回忆起来，真是傻乎乎的）。三个月后，我探亲回到部队，向吴科长如实汇报了父亲、母亲被造反派揪斗的情况。吴科长笑着说，"我们已经知道了，没事。你休息几天后到军部去报到。"就这样，我被调军政治部任秘书职。

王处长，吴科长又一次呵护了我。不仅未因父母被斗受到"处理"（现在思量，当时军队的高级机关和中高级干部对造反派的作为并不以为然），反而将我调到军队高级机关，让我获得了思想嬗变、工作能力提升的机会。

在军部，先后共呆了十一年。这十一年，我有幸受到高级领导机关的熏陶，接受许多高级将领的教育，读到许多难以读到的书籍和刊物，让我从山沟里一个农民孩子成长为军队中层干部。

吴盛金科长因身体原因转业地方。几年后便离开了人世。每每想到他，我的心不由得一阵阵发痛。

王处长后来去兰州军区政治部工作，直至离休。真是有幸，三十年后，他和另外十几位将军重游湘西（六十年前，四十七军来湘西剿匪）。我热情地接待他们，尽了我的一点情意，看到他们身体康健，我暗暗祝福，祝福他们健康长寿。

战友的关爱

四十七军干部处处长徐兴，先我两年入伍，我们是战友关系。在我的人生旅途中，徐处长呵护了我很长一段路程。

我在军政治部履秘书职时，徐兴是干部处干事，不久任副处长。他对我在"情绪期"的表现，是否很理解，不像其他人看得那样重。我去高炮团任副教导员、教导员、政治处主任，是他作的方案。他任干部处长后，又将我调干部处做他的副手。一年后，又推荐我去军司令部任处长。

徐兴处长对我的关爱，纯而又纯。每次调动，我既没有找过他，他也没有事先许愿示好，完全是"背靠背"。每次调动他都处于主动位置，"秘密"运作，我都被蒙在鼓里，完全走正常工作程序。这是我永远怀旧的原因。

我俩来自不同的师团，不同的兵种，没有历史情结。我俩虽同在政治部工作，但没有所谓的私交。是什么原因让他对我如此关爱？现在回忆起来，是否是，我做秘书时，有两次参加干部处的干部调查工作。我俩相处时，谈得来。思想倾向，价值取向，对当时大环境的看法，有许多相似之处。究竟是否这个原因，只有徐兴处长本人才知道。

首长的庇护

政治部副主任桑文重，是四十七军的老人。湘西剿匪时，他在一四一师任副教导员。他时常给我讲他在龙山里耶剿匪的故事。

我作为一个龙山人听起来特别真切。

一九七五年，我回乡探亲时犯了"政治错误"，即所谓"攻击文化大革命旗手江青，为邓小平评功摆好"（县公安局材料用语）。这在地方，是揪斗的绝佳对象。但是，在桑副主任庇护下，没有对我作任何处理。这件事，我在《经历》篇中已有叙述。这里重提，是因为桑文重副主任是呵护我的命运的恩人之一。

兵回故里

一九八五年转业回到我的家乡，安排在湖南湘西自治州林业局任党组书记。一个军队转业干部，能平职安排，很是不易。不久调州农业委员会任副主任，进入政府决策机关。一年多后，又调任州物资局局长兼党委书记。两年多后，即一九九〇年初，调任龙山县委书记。

这段经历，给我最后十四年的工作提供了两个十分重要的条件。

一个是，县委书记这个岗位的锻炼，是继续前行的必不可少的驿站。没有这个岗位的锻炼，两年后就不可能任职吉首大学党委副书记，以致能在任正团职务十二年后上了一个台阶。

另一个是，我在从军二十二年后，获得了学农、学工、学商的条件，成为一个工农商学兵都知道一点的"万金油"。记得一位首长曾经对我开玩笑，"万金油，抹在额头上凉飕飕，就是治不了病。"我的体会是，管理一个较大单位的主要领导，什么都知道一点十分重要。麻雀虽小，肝胆俱全，要让一个有机体的五脏六腑健康运行，全科医生要比专科医生更管用，虽说达不到专科医生的深度。

因为有了上述两个条件，我在吉首大学任主要领导的十年里，工作顺手且不觉吃力。

由此，我念念不忘给我这些条件的湘西自治州两任书记杨正午、郑培民，两任州长吴运昌、石玉珍，两任副书记郝瑞华、颜长剑以及省委组织部的领导和同志们。他们是呵护我的命运的恩人。

我永远感谢我的恩人们，我祝福我的恩人们，我效仿我的恩人们。

写完这一卷，还有几句话想说。

一个人的命运，有诸多组成要素，自己的品德修养，文化素养，无欲、奋斗等是主要因素。他所处的时代、社会，他所在的组织是重要条件。还有一个机遇（偶然性）问题。而这一切，都需要他人的指导、帮助、扶持和呵护。在一定意义上，良好的社会环境，健康的社会组织，父母、亲属、恩师、恩人们的指导、帮助、扶持和呵护，起着决定性作用。曾经时髦的"自我设计、自我奋斗、自我实现"的理念，是断然行不通的，也是不合情理的。

清澄的回忆
——怀念郑培民同志*

培民同志远去，我的情感体验是伤痛，永久的伤痛，如同失去亲人。理智体验却是清澄，表里的清澄，如对玉壶之冰。

我生长在一个封闭的小山村，从小怕官，做梦都没有想到自己也当了"官"。但怕官的意识，始终摆不脱，扔不掉。可是，我在培民同志手下做事，从来没有怕过他，没有任何距离感，也没有任何精神负担。1994年，我接手吉首大学的工作后，培民同志来校视察，看到校前坑坑洼洼，木头遍地，很生气，将我扎扎实实骂了一顿。可是在批评面前，除了认真改正之心以外，我不仅没有任何心理上的压力，反觉轻松爽快。这是为什么？是他的人格魅力使然。

培民同志可谓良师益友，每当我对一些问题感觉模糊，做决定没有把握而请教他时，他一两句点拨便使人头脑清晰，豁然开朗。2000年，吉首大学开展分配制度改革，合理拉开了分配差距，使一部分高学历、高职称人员收入有较大提高。这项改革引起了部分同志的不满，我忐忑不安，向他汇报。他听后肯定地说："对的，回去告诉大家，调动了少数学者专家的积极性，就保住了多数人的饭碗。"话不多，也不惊人，却十分清楚，既透彻地反映了改革的价值取向，又让人易于理解。

培民同志任州委书记时，我任龙山县委书记。他常到龙山来，到乡下去，到农民中间。他不喜欢进馆子，只想吃农家饭，喜欢菜豆腐，酸白菜，也喜欢吃乡间腊肉。我陪他坐车前行，他常常主动问，"到哪里吃饭？搞点腊肉。"毫不伪饰。我每每听到这

---

* 本文原载《求是》2003年第18期。

话，心里便有一股清水淌过。所以，每次下乡吃饭，就进一农家，三四人围坐，做三四个菜，一边拿着扇子拍蚊子，一边津津有味吃腊肉。这成了培民同志下乡用饭的固定模式。

培民同志去世后，大家说他是"为民书记"。他为民，不管大事小事，件件落实。我在龙山，与一批村支部书记相知较深，就和一位同志一起，为他们写了一篇报告文学《中共最小的官儿们》，文中有些提法拿不准，先送给培民同志看。谁知，他一看就入了神，动了情，边看边抹泪。看完连说，"要得，要得"。他来湘西不久，就会讲湘西话。在培民同志的支持下，龙山县委讨论决定，从县财政列专项，建立农村支部书记补贴基金。我在龙山工作的那几年里，每当抗洪抢险的时候，培民同志就下到第一线，为我壮胆。每当他批钱为某地修路、某乡建校、某处办基地后，他总是按事先规定的完成时限到现场检查，从不遗漏。他记忆力这么好，是因为他惦记着这里的百姓。

培民同志比我大三个月，工作关系上，是上下级；个人关系上，可以说是朋友。因为我们之间无话不谈，无所顾忌。一旦与领导交上朋友，就可以从领导那里得到好处，这是一般人的思维。可是，在我与培民同志多年交往中，个人的私事从来没有向他提出过。不是我的觉悟高，不想提；也不是害怕他"骂人"，不敢提；是因为我们一起相处的时候，议论的不是百姓疾苦，就是国家民族，不是哲学问题，便是做人的真谛。我不愿把这十分珍贵的清风弄浑了，个人想求他的私事，每每话到口边又吞了回去。

上下级之间成了朋友，上级也可以通过下级做自己不便做的事。可培民同志从不这样做。我与他的夫人也很熟识，看她是一位普通职工，培民同志又从不带她出门，便想接她到湘西来走一走。为此事，我向培民同志提过多次，他回答说，"那怎么行呢?"后来讲多了，他改了口，"再说吧"。就这样一直停留在"再说"上，没有成行。

培民同志远行了，每每回忆往事，心里一阵阵伤痛，却又是那样清新、清晰和清澈。

卷
三

我的故事

部队清风润一生

那时，我只是一个新兵蛋子，编在无线电连四台当摇电员。五月的一天，我们连队野营拉练，路过一片桃林。一位"活跃"的老兵有意让背在背上的天线杆扛落了几颗红亮亮的桃子。他指着地上的桃子，笑着对台长田长友说："台长，敢不敢拾来吃了？"被激起来的台长说，"掉在地上的，有什么不敢？"真的拾起来，分给几位战士吃了。

回到营房，老资格报务员，党小组长召开党小组会议，专题讨论吃桃子的问题。会上，台长脸红一阵，白一阵，检讨了好一阵子。会后，台长掏钱，委派吃桃子的三位战士，找到桃林主人，赔钱又赔礼，才算了事。那位"活跃"老兵，因为不是党员，另行"开导"。

一年后，我当了电台见习报务员。一个秋高气爽的日子，连队拉练到湖南南岳进行业务训练。刚开机不大一会儿，便接到广州军区电令，命令我们马上离开，因为南岳是无线电讯号静默区。

半夜十二点，连队紧急集合，拉出了南岳。急行军六个小时，到一个叫黄土岭的地方，挖无烟灶，架行军锅，准备做早饭。这时，炊事班长发现，昨晚收拾炊具时，将老乡家的一个木制小饭瓢带上了。报告连长和指导员后，两位连首长决定，炊事班派两名战士，原路返回，将饭瓢送回老乡家里，并送上连长、指导员的致歉信。

送回饭瓢这件一事，全连上下都觉得连首长做得好，赞不绝口。为了反映全连心声，我写剧本，老报务员陈汉臣谱曲，编了一个小歌剧，参加全师文艺汇演，获一等奖。颁奖大会上，师政治部文化干事大声道，"我们给无线连小歌剧评一等奖，不仅仅是编得好，演得好，主要的，这是真人真事。"

以上两件事，在我脑子里烙上了深深地烙印，终生不忘，每次回忆起来，都感动不已。

部队的清风，数十年形成；部队的清风，吹遍了各个角落；部队的清风，沐润着我的一生。我二十二年的军旅生涯，一路走来，恩师们教导我，恩人们呵护我，而我于他们，不要说送钱赠物，就是茶，没喝我一口；烟，没抽我一支。纯啊，没有一丝尘埃。

我感恩他们，我敬仰他们，我效仿他们，我坚守着心中这块清纯的土地。当我有条件放弃这块土地时，我默默地嘱咐自己，不能放弃。放弃了，就是背叛，背叛了我的恩师们，背叛了我的恩人们。

我离开了权力之后，一些恨我的人联名上告。上级多个机关多次清查，均无问题。我庆幸，我坚守了这块土地；我更感恩示范于我的恩师们、恩人们。没有他们清风的吹拂，也许，我后来会满身灰尘。

想起来惭愧，我不如我的恩师们、恩人们，我愧对我的恩师们、恩人们。我虽然没有拿过别人的钱，可是，我喝过别人的茶，抽过别人的烟啊！我身上落有灰尘啊，毫无疑问，这是我的退步。或许有人会说，这是社会的"进步"呢。

福从口出

部队有一个传统，连队每半年要召开一次民主生活会。干部们坐在前面，面对全连战士，听大家提意见。

我到无线电连时间不长，第一次参加这样的民主生活会，自然不敢冒头。会上，老兵们接二连三，放起炮来。有的指名道姓，点到干部，哪位干部还要当场表个态。我被这种气氛感染了，也站起来，提意见。而且，一口气提了二十三条。民主生活会进入高潮。会后，一位关心我的老兵对我说："马本立，你拐了（麻烦了），怎么那么傻？"老兵一点破，我顿时紧张起来，不知如何是好。我心里揣着一个兔子，等待着干部们发落我。可是，一天，两天，三天过去了，和以前一样，并没有什么不同。课堂上，连长和以前一样，把着我的手教发报。站岗时，指导员来检查，和以前一样微笑着。早上出操回来，台长来到我的床边，帮助我将被子叠成"豆腐块"。和以前一样呀，我紧张的心渐次平静下来。

一天下午，我们连队集合到营部，全营集合到礼堂，与直属队其他营连一起，听师政治部直工科长作学习毛主席著作《纪念白求恩》的辅导报告。报告结束时，科长说："同志们，怎样才能将毛主席著作学得更好，请大家提意见。"全场一阵静默，鬼使神差，我从座位上站起来，走到前台，站在科长身旁，面对一千多名干部战士，提了三条意见。顿时，全场热闹起来，大家议论纷纷。科长发话了，"同志们，静下来，这位同志提得好，好哇。"

回到连队，台长悄悄对我说："马本立，你傻了。科长说请提意见，只是客套话，你怎么就当真呢？"几天后，一位老兵告诉我，那天一散会，科长就追查了，问那个战士是哪个单位的。"你就等着好果子吃吧。"我又紧张起来。但是，没有像开民主生活会那次那样害怕。结果，什么事情都没有发生。

我未能吸取教训，在以后的部队生活中，爱提意见几乎成了习惯。无论是在基层，面对营团首长，还是在高层，面对军师首长，总爱发表意见。领导们对我提的意见，有的则未予理睬，有的部分采纳，有的也全部采纳了。而对我个人，从未因为提意见而受到斥责，也未因此而不受信任，更没有给我穿小鞋。

由此，我时常想，我是一个命运十分好的人。几十年里，面对多少领导，从未遇上一个奸佞小人。无论是下级领导，还是高层将军，他们的胸怀都十分宽广，似乎容得天底下万事万物；他们面对部属十分谦逊，能广纳各种不同意见；他们有很高的识辨水平，能辨析种种意见，择其善而从之。

我又想，可能是我个人的作为，让我避免了厄运。多少年后，当时的暗箱已全部打开，得知了我提意见后发生的故事。我的老连长告诉我，那次民主生活会后，连队党支部委员会对大家的意见进行了分析，认为你的意见出于善意，都是为了连队好。师政治部肖干事告诉我："你在大会上提意见后，科长就问你是哪个单位的，有思想，要我多关注。所以，你只当兵两年多，就当了干部。"

我还想，可能是我提意见的方法和所提意见的内容没有让领导反感。随着年龄的增长，学识的进步，经验的积累，我提意见的水平也不断提高，方法也不断改进。所提意见，既有一定见解，又选择了领导易于接受的方式。真是处处留心皆学问啊！

文章是在实际生活中产生的

这里记录的，是我学习写文章的几个小故事。

肖处长的四个字

我在一三九师直属通讯营架设连任副指导员时，被召去军政治部参加一个座谈会。

我在会上谈到我对战士的情感差别。我喜欢的战士，对他的缺点，可以谅解；我不喜欢的战士，对他的优点，也不以为然。并举出一些事例进行了说明。

主持会议的肖处长总结时，提到我的发言，说："正如那位同志说的，干部对战士的感情有厚有薄。"

"有厚有薄"，四个字，概括了我半个小时的发言。我的心被震撼了。高级机关领导的水平就是高级。这是我的第一个感想。第二，四个字，极其简洁，极其清晰，极其准确，节约了多少时间和精神呀！第三，四个字，看似抽象，却有血有肉，展开来，可以写一篇文章，这就与那些言之无物的空谈区别开了。学校里，老师说，写文章要言之有物，我似懂非懂，肖处长一点拨，我懂了。

这以后，我东施效颦，模仿着肖处长对我想要说的事和理，试图进行概括。概括成一段话、一句话、几个字。一些年后，后生们听我说话，也常觉惊奇，是得益于肖处长啊！

刘处长教我掌"刀子"

那一年，广州军区召开学习毛主席著作经验交流会。

军司令部、政治部、后勤部三大机关抽调干部，组成一个写作班子，对各师团上送的经验材料进行修改。

写作班子成员对经验材料逐个讨论，集体修改。牵头的刘祖遂处长对我说："马本立，你来掌'刀子'"。掌"刀子"，就是执笔，将大家七嘴八舌讨论的意见，择要择善，落实到文字上。

我有些紧张，担心演不好这个角色。刘处长说："莫慌，掌'刀子'，就是用刨子。各单位送来的材料，好比是用斧头砍出来的毛坯，大家讨论的意见，也算是毛坯。你的任务就是用刨子将毛坯刨光滑。"这对我的判断能力，选择能力，特别是文字表达能力，是一个检验，当然也是一种锻炼。要把大家的某种"意思"，某种"意境"恰当地落实到文字上，将"似"转化为"是"，且要得到大家的认可，确非易事。

开始时，别别扭扭，磕磕碰碰，我将大家的意见落实到文字上后，读给大家听时，大家总觉不到位，不够味，不过瘾。又改、又读，好些了。再改，再读，好了。改得多了，慢慢地，磕碰少了，满意度提高了。一个月下来，大家配合默契了。一个月下来，自我感觉提高了。刘处长给我一个月的机会，胜似参加一次写作培训班。掌"刀子"一个月，对我的工作，特别是写作的影响，却是好多年啊！

张处长带我跑部队

又一年秋天，政治部秘书处，张本安处长带着司令部、后勤部的两位参谋和我，乘车跑部队。车上，张处长指示说："我们这次下部队，是为起草军党委全年工作总结报告做调查。"并交代了调查内容和注意事项。

一个月时间，我们跑了一个师部、三个团部、两个营和五个连队，同若干部队同志进行交流。然后，到一个安静的处所"务虚"。

那时，我从师里调军政治部任秘书职不久，一切尚处于学习状态。小会上基本上听两位参谋和处长说。我担任记录，掩盖了我的无助。

我们搭起了总结报告的架子后，又找来相关材料参阅，请一些相关同志再座谈，对报告提纲进行了修改和补充。

草稿出来后，提交军首长讨论。遵军首长意见再作修改。几次磨合后，印发讨论稿送各部队听取意见。综合采纳各方意见后，最后定稿。

两个月下来，我这个新手学到了许多东西，悟出了一些道道。至少是，任何有价值的文章，都是从实际生活中抽象出来的，绝非无源之水，无本之木。任何为群众接受的东西，都是从群众那里学来的，绝非所谓天才"笔杆子"坐在房子里造出来的。身处小小职位，必须站在他面对的全局的位置上去观察、去思考、去下判断，即"身为小秘书，心怀大军长"。

仰视与鸟瞰

那年春天，我跟军里许副政委陪同总政治部干部部一位副部长和两位处长下部队做调研工作。坐在车上，听他们"聊天"；面对师团领导，听他们作指示；座谈会上，听他们讲话。这些身处军队顶层的领导，能眼睛向下，取鸟瞰姿势，同最底层的干部战士交流，是那样的纯朴、真诚、无拘无束，使我深受教育。我猛然发现，身在高层，心系底层，这正是共产党的本质表现。正因为他们心系底层，才会走向高层。我作为下层干部，能仰视到这番情景，真是有幸。

调查临近尾声，几位领导委托我以"提高军队干部文化素养"为题，起草一份面向全军的简报。这是一个挑战，反复揣摸后，明白了一个基点，要立足顶层，取鸟瞰姿势，让全军各部队看了简报后，就像在说他们自己的事。几易其稿，终于完成了任务。在这次挑战中，我这个仰视者也获得了一次鸟瞰的机会。

这次活动，感悟多多，特别鲜明的是两点。

之一，那个时候，全国动乱，思想迷茫、白卷光荣，而我们的顶层领导，却清醒地看到了军队干部的文化素质与军队的发展不相适应的大势，提出了"提高军队干部文化素养"这样的根本性命题，这使我仰视到顶层智慧的高深。

之二，要想写出好文章，须解决好仰视与鸟瞰的问题以及它们之间的关系。在下者，要学会仰视，仰视顶层智慧，顶层的思想指向、价值取向、政策导向。仰视清楚了，行动就自觉了。在上者，要善于鸟瞰，鸟瞰底层的实情，底层的生活与工作状况，底层人员的期盼及其喜怒哀乐。鸟瞰明白了，决策就正确了，文章就有血有肉了。任何一篇好文章，莫不是既仰视又鸟瞰，仰视与鸟瞰相融的产物。

陈处长的铅笔

四七七军政治部秘书处陈旭榜处长，我跟他数年，受益很多。

这里只从修改文章这一点，讲讲他铅笔改文法。

我们几位秘书起草的文电，司政后各大机关送来的文电稿，都要经陈处长过滤和修改后，再上呈军首长。

陈处长改文章，用的是铅笔。按他的说法，用铅笔，节约又方便。据我观察，处长用铅笔还有另外两点。其一、便于改正。稿子改好后，回头看时，觉得某段、某句、某几颗字不当，要再改，可用铅笔上的橡皮头擦掉需要改动的地方，保持文面的整洁，省得我们秘书再抄，既节约了时间，又节约了纸张。其二，一次削好的铅笔，只能用一会儿，需再削。处长便利用削铅笔的机会思考。待铅笔削好，便可落笔，看似慢，实则快。

我曾试图学习陈处长用铅笔，但未能坚持。陈处长性格沉稳，思维缜密。而我却心急、气躁，耐不住性子去慢削慢写。

贾主任教我改文章

一次，我跟着军政治部贾军主任下部队调研，发现一些干部战士老乡观念甚浓。一个省，一个地区，乃至一个县的干部战士之间情感更为特殊，相互之间拉关系，抱团团。谁有了困难，相互帮助；谁有了"思想"，相互宽慰。这是良性互动。而更多的，是相互之间掩盖问题，袒护错误，散布消极情绪，严重地影响了部队建设。

随着调查的深入和范围的扩大，发现"老乡观念"问题带有普遍性。贾主任决定形成一个文件，指导部队做好这项工作。并指示由我起草。

因为我们是一个工作组，又是在部队就地起草，草稿出来后没有经过处长把关，便直接送给了主任。

贾主任看后，没有动笔修改，只是教给我如何起草文件，如何修改文件。贾主任说：一个文件，一个主题，跟学校作文没有什么两样，不同的是，这个主题是活生生的，特定的现实生活。主题确定后，要厘清思路，安排层次，不要一篇文章一大段，一个逗号点到底。我记忆尤为深刻的是，贾主任还说要善于将口头语言变成书面语言。例如这个文件所指"老乡观念"，书面语言应该是"地域观念。"我深情地望着和蔼的主任，是呀，他是我的首长，也是我的老师。

我循着贾主任的引导，重新起草了文件。贾主任看了稿子后，笑了，"这就对了嘛"。只改了几颗字。

"岂有此理"

一九七八年，中央军委发了一个 6 号文件，要求对历次政治运动中被处理的干部进行复查，搞错了的要落实政策。

为落实军委文件，四十七军党委决定，在军政治部设一个临时机构（落实政策办公室），对新中国成立后历次政治运动中处理的干部进行逐个复查。

那时，我在军高炮团任政治处主任。被抽调到军政治部负责落实政策办公室的工作。一年多的时间里，我们办公室的同志几乎跑遍全国，与被处理回原籍的干部一个一个见面，就复查结论征求他们的意见。

经过复查，一部分干部没有处理错，维持原议，本人也没有异议。一部分可重可轻的，大部分修改了原来的结论从轻定论，本人很高兴。一部分完全处理错了的，进行了彻底改正（当时用语是"改正"）并适当进行了经济补偿。

这些被处理的干部，生活在社会最底层，不仅生活困苦不堪，政治上更是备受歧视，人们都将他们看成是异类。一次，和我同去的肖干事到了一座边远山区的小县城，与一位被处理的干部见面。当我们刚刚踏进门槛，一位老太太便把我们拉出门外，悄悄对我俩说："解放军同志，你们走错了，他家是四类分子。"听到这话，我的心一阵一阵紧缩，勉强忍住了快要掉下来的眼泪。

这些被处理的干部，有几位纯属搞错了的，他们的形象，多少年来，浸泡在我的脑海里，难以消失。一三九师政治部直工科干事王华骥，反右派斗争刚开始时，上级号召大家提意见。大家都说共产党好，没什么意见。王华骥是科里的积极分子，邓科长便说："小王，你带个头，给党提意见。"王华骥在科长启发下，提了一条，说"五反"时给人戴高帽子，搞喷气式，这怎么行呢？大家一听，说这条意见提得好，应当写成大字报贴出去。在旁人的怂恿下，王华骥写成了大字报。用什么标题呢？大家七嘴八舌。有人说，"给人戴高帽子不行嘛，哪有这个搞法？真是岂有此理。""对，就用'岂有此理'。"于是，一张标题为"岂有此理"的大字报贴了出去。

这张"岂有此理"的大字报，轰动了政治部。由此，王华骥被划成右派分子。那时，他才二十几岁。

运动后期，王华骥被发配到洞庭湖一家国有农场劳动改造。他个小、体弱，生产队长照顾他，没让他干重活，只要他搞统计，办黑板报等轻活。

一次事故中，队长亡故了，留下妻子和四个未成年的孩子。王华骥为了报恩，与比自己大得多的队长的妻子结了婚，承担起抚养四个孩子的义务。

当我们到达他所在的农场，见到王华骥的妻子时，已满头银发了。而那时，王华骥还不到四十。

我们给王华骥看完了"改正"的结论后，老实厚道的他，泉涌似的眼泪，从脸上流到嘴角，流到耳根。我们问他有什么要求，他试探地答道，"能不能给我老婆买一台缝纫机呢？"我和瞿教导员的眼睛都湿润了。

卫生间里请示工作

记得那是二〇〇一年春天，州委办通知我去参加一个会议。进入会场，见省委几位主要领导都来了。面前有一份不长的文件，《朱镕基总理视察湘西日程安排》。我一看，吉首大学表上无名。我很着急，吉首大学是一九五八年周总理批准建立的。几十年后，朱总理来看一下该多好。但我没有在会上提出来，觉得这样做不礼貌。我暗暗忍着。

过了一阵子，省委杨正午书记起身步出会场。我一看，机会来了。我即溜出会场。跟在杨书记后面，进入卫生间。杨书记是我的领导，也是我读书时的老师，比较随便。我开口了，"杨书记，杨老师，朱总理来湘西，没安排视察吉首大学。"杨书记头一歪，对我笑一笑，没作回答。

直到会议结束，杨书记也没提吉首大学的事，我怏怏地走出会场。

第二天，杨书记和省长带着州委领导来到吉首大学。我陪首长们在校园里转了一圈。鲜嫩的草地，翠绿的风景树，清洁的道路，崭新的校舍，朗朗的读书声，让领导们很高兴，我看见他们个个都挂着笑脸。杨书记说，"嗯，这就像个大学的样子了。"（杨书记在吉首大学读书时，是在原来的很旧、很小的老校区）省长说，"马本立，我们已经看到了，就不听你们汇报了。"离开了校园。

又过了一天，学校接到州委办通知，要我们抓紧准备，迎接朱总理视察。

朱总理将要视察吉首大学的消息，如温暖的春风，吹遍了校园。

这天一大早，师生们从四面八方来到学校中心区，图书馆前面几十级台阶上，与图书馆成品字形的相互眺望的两栋教学楼的楼里楼外，图书馆正前方的风雨湖畔、风雨桥上，密密麻麻，站满了师生。

这一刻终于来了。等了几个小时的师生们，见到了心中的偶像，中华人民共和国总理。大家喊着、唱着、跳着、簇拥着，随着朱总理的脚步而涌动着。虽然没有特意组织，但大家拥而不挤，动而不乱。前面的师生，都想靠总理近一些，再近一些，看得真切一些。但最近处，也都保持着两三米的距离，留出总理自由走动的空间。

总理一行上到风雨湖的高处时，桥上桥下，师生们仰望着，热泪盈眶；欢呼着，倾诉衷肠；跳跃着，豪情奔放。这时，一位领导提议："总理，给师生们讲句话吧。"我面对师生，做了一个暂停的手势。顿时，全场静了下来。总理开口了，"同学们，吉首大学是湖南的骄傲。"霎那间，全场雷动了，风雨湖雷动了，吉首大学雷动了，师生们迎来了最幸福的时刻。

朱总理感动了吉首大学，吉首大学感动了朱总理。由是，总理的诗作中，录下了"吉首有才弦歌盛。"由是，总理回到北京，在清华大学讲吉首大学，在中央民族大学讲吉首大学。由是，在上海一个国际会议上，总理又讲吉首大学。

总理将吉首大学带向外部世界，吉首大学沾了总理的光啊！

没有卫生间里的请示，也许，就没有这个故事。

文化根据地

故事发生在二〇〇二年。

这天上午，大约是星期六，我正在给全校学生团支部书记上大课。办公室小戴副主任急匆匆来到学术报告厅，在我耳边悄悄地说："省委杨书记要你快到老爹公司去，现在就去。"

原来，杨正午书记是要我到老爹公司向国家副主席曾庆红汇报工作。

前几天，我得知曾副主席要来湘西视察的消息后，即派人与州委联系，想请曾副主席到吉首大学来。州委回复，"日程紧，安排不过来。"由是，才有了给学生们上课的安排。

杨书记等省州领导陪同曾副主席到老爹公司，视察湘西特产猕猴桃产业化生产线，并品尝了猕猴桃饮料，觉得很好。说是能与一所大学或科研机构联姻就好了。

"老爹公司就是吉首大学办的"，一位领导汇报说。这时，杨书记发现我不在场，才有了开头那一幕。

我赶到老爹公司，杨书记要我向曾副主席汇报。曾副主席很高兴，说，"走，到吉首大学看一看。"

从老爹公司到吉首大学，乘车要走十分钟。车上，杨书记说，"马本立，你向主席汇报。"

我汇报说，"像主席的父亲那样，我们的前辈要夺取政权，必须建立武装根据地。现在搞建设，就需要建立文化根据地。湘西地处湘、鄂、渝、黔四省（市）边区。这一区域，有四十多个县，十多万平方公里土地，二千多万人口，土地面积相当于一个福建省，人口相当于一个陕西省。在这一区域内，只有吉首大学一所综合大学。可以认为，吉首大学是四省（市）边区的文化根据地。"

"文化根据地"，曾副主席说，"这个理念好"。

我继续汇报，"大学有培养人才的功能，还有科研、社会服务的功能。主席看的老爹公司猕猴桃饮料，就是吉首大学用凤凰县米良乡野生猕猴桃经十多年选育出来的新品种为原料研制的。如果产业道路完全成功，将使这里数十万百姓摆脱贫困。"

"此外，我认为，大学还有第四大功能，即文化辐射功能。一个区域内，一所大学，对于倡导读书之风、传承文化遗产、提高人的文化素养，有着激励、带动和潜移默化的影响。"汇报到这里，车上的领导们都点头认同。

我又加了一句，"实现上述功能，当地的大学，比较外地的大学有着独特的优势。"

我的内心有些激动，我多年调查和思考的问题，终于获得机会向顶层领导倾诉。

曾副主席到学校来，事先未做任何准备，可是，在十多分钟的时间里，师生们从四面八方来到图书馆前，教学楼旁，风雨湖畔，迎接曾副主席和省州领导。大家十分热烈而有礼貌，簇拥着曾副主席走动而有秩序，给曾副主席留下了深刻印象。

一位国家领导人，有多少大事要做啊！可是，曾副主席对这所深山里的大学，给予了更多的关爱。

曾副主席当天下午到达山东，即请山东省领导帮助吉首大学。山东省委书记、省长亲自关照，援助吉首大学三千万之巨，建了一座"齐鲁大楼"，诞生了"黄永玉艺术博物馆。"

我的读书生活

一书一世界。读书，就是观察世界，观察中国的世界，东方的世界，西方的世界，古人的世界。

成长靠读书，成熟靠读书，成功靠读书。没听说不读书就能成就大事的故事。

学校里读书打基础，得证书。走出校门，各有不同。原因固然很多，是不是继续读书，是一个重要原因。年轻时都很清醒，老了却各有不同，不断读书，才能避免糊涂。

我在学校里只读到高中毕业。要说有什么收获，主要靠几十年从不间断地读书。

我年轻时，时兴"读书无用论"，但我对读书有兴趣，不管有用无用，尽可能寻找书来读。那时，书店里的书，种类很少。我结识了一位部队驻地陕西临潼县图书馆的一位朋友，有机会读了一些书，包括当时封存的"禁书"。

我中年时，改革开放春风吹来，开始实行自学考试。我从陕西考到湖南（从部队转业到地方），获得湘潭大学专科文凭。自学考试，一本书，自己学，老师和学生不见面，得不到老师的提示，更没有老师的暗示，要想考试合格，必须将书读通。我的体会，诸多获得文凭的渠道中，自学考试是最货真价实的。

现在回忆起来，我到中年仍很不懂事。别人都在努力往上奔，我却在寻找另一种"前途"，参加温州市兴办的文学青年函授学习，埋头研究写小说，并发表了一篇几千字的习作《迟到的贵客》。

毕竟，我不是这份料，不是半途而废，而是刚起步，没进门就废了。

不知发什么神经，像猴子拌包谷一样，我扔下了文学，又学起中医来。我想当一名把脉的中医先生。埋头啃古书，花去了两年多的时间，又放弃了。一堆中医书，放到现在，也很少光顾。

转业到地方，没有部队那么单纯。复杂的社会中，我更关注它的负面，想找一个舞台，尽一份责任。于是，我参加了全国律师统考，并获得了资格证书。朋友们为我走上这个舞台创造了很好的条件。但因没有放弃铁饭碗的勇气而放过了机会。

我拜过莎士比亚、托尔斯泰、巴尔扎克等西方大师。更拜过曹雪芹、罗贯中、吴承恩等中国古圣。还钻研过《古文观止》、《论语》、八卦阴阳鱼等。作为一个共产党员，我读过马、恩、列、斯的很多著作，更研读了多年毛泽东著作。作为一个军人，我读过《战争论》、《孙子兵法》等诸多军事著作。作为一个百姓，我还读过许多杂书，包括佛教、基督教、伊斯兰教的著作。

老了，回忆起来，爱读书是一个好习惯。但是，古今中外，一幢一幢知识大厦，如莽莽林海，你能都光顾吗？我读书，失之于杂。很多时间，精力都浪费了。我们的社会，需要更多的专家，但也需要杂家。可是，杂，当杂而有序，杂而有用，我失之于此也。虽说，它对陶冶情操、开阔眼界、舒张心胸、保健养生，有积极意义。

回忆农民

我的体会,人老了,要做到三不。不要增加社会负担,洁身自好;不要烦扰在职领导,给他们添麻烦;不要无所事事,精神虚脱。

而要做到上述三不,得有一个生活目标。我们国家,我们人民已经站起来了,富起来了,强起来了。国家已经不需要我们这些老人去吃苦、去奋斗、去浴血疆场了。健康地活着,就是对国家的贡献。因此,我认为,老年人的生活目标,就是健康长寿。健康第一,长寿第二;长寿而不健康,是一种不幸。

于是,这就需要一个空间,一个普通百姓的活动空间。调整心态,放下架子,像普通百姓那样过日子。每个人的情况不同,活动空间亦不同。我选择了回归农民,挖地、栽树、种菜等等。

理由有四:

这一,我放牛出身,熟悉农民,既易进入状态,又满足了对儿时生活的眷恋。

这二,易于坚持。人要活动,要运动,这是共识。我体会,劳动优于运动;选择自己喜欢的劳动方式,又优于其他的劳动方式。因为是劳动,除了健身,还可以出成果,给人一种成就感;因为是自己喜欢的劳动方式,就不会枯燥、乏味,能长期坚持。

这三,劳动可以收获物资成果,而对于老年人来说,主要是收获健康。换句话说,老年人劳动,以健康主要目标,按照健康的要求安排劳动种类、劳动时间、劳动强度、劳动节奏。很多人劝我,"你老了,不要再上山劳动了"。我说,"不上山劳动,就要到医院去活动。"他们不仅说对头，还说很经典（笑）。老年人的劳动，我总结为："挥洒汗水，收获健康。"

这四，是收获健康的另一方面，精神快乐。我当农民有三乐。

一曰，遗乐，从遗忘中获得快乐。人老了，总是喜欢回忆过去。回忆一生的成功、荣誉；回忆失去的权力、地位；回忆曾经的失败、痛苦；回忆过去的恩怨情仇，等等。对这些，过度的眷恋，会增加无尽的烦恼，造成精神上的痛苦。人们都说要学会遗忘。可是，无所事事，头脑空空，愈想遗忘，愈难遗忘。我当农民，有了新的寄托，新的快乐，过去的东西自然就遗忘了。我把这叫做积极的遗忘，充实的遗忘，有效的遗忘，从遗忘中获得快乐。古人说，"是非成败转头空，"从积极的方面理解它，是一种遗乐。

二曰，寻乐。人老后，有了更多的自由活动的时间和空间，可以寻找自己喜欢的、熟悉的而又是健康的、有益的活动方式。我当农民，我喜欢；因为喜欢，就觉得有趣味；因为有趣，就获得了快乐。老了，自由多了，就会产生另一面，不恰当的选择。选择不当，非但得不到快乐，反而会自寻烦恼，甚至生出祸端。老人们，慎之啊！

三曰，独乐，善于独自快乐。大家都老了，相聚得乐，叫众乐。老夫妻为伴，相互扶持，叫双乐。可是，不少情况下，众乐不乐，双乐缺位。于是，烦恼寻上门，快乐躲在门外。这时，就要独自去创造快乐。创造快乐的路径很多，我的路径是劳动创造快乐。劳动中，闻泥土香味，赏嫩叶奇妙；或者，识工具特性，得高效规律；或者，品诗词韵味，哼儿时小调，其乐无穷也。独乐不易，得之畅快。

珍藏在心灵深处的往事

人生中有些往事，岁月是带不走的，而且，愈加冲刷，愈加鲜明。

那是二十年前的冬天，已经是古历腊月二十七了，我和县委办向之一行来到他砂乡。那个年代，老百姓过年，能吃上一顿大米饭，就称得上是"幸福"了。为了让穷苦百姓度荒，国家拨了一批救济粮。

乡政府已经放假，只留了一位副乡长值班，我问副乡长："救济粮都发下去了吗？"

"发下去了。"

"发了多少？"

"30万斤"，副乡长回答得很肯定。

我不放心，又到粮店去问（那时的粮食是国家统一调配的，粮店是国营的）。粮店也放假了，留守干部告诉我，救济粮已发10万斤。我一惊，与副乡长说的相差如此之远？

真实情况究竟如何？我们一行人来到一位村支书家。村支书说，他们村没有一家领到救济粮！我急了，来到一户农家。那位纯朴善良的土家族老人笑盈盈地迎接我们。我问："老人家，有年饭米吗？"

"有，有，有！"老人连连回答道。

我走到灶房，揭开锅盖一看，只见锅底下不多的一些"饭"，老人急忙说："还没过年，锅里煮的是包谷饭。"

我疑疑惑惑拿起锅铲，刮了一点饭，用手一捏，好粗好糙呀！仔细一看，我看清了，这饭不是包谷米做的，而是包谷球碾碎后煮成的。我的心颤抖了。我们的人民多苦啊！解放四十年，改革开放十年，还吃不上一顿好饭！我们的人民多么善良啊！明明没有饭吃，还要掩盖着，这是在替共产党掩盖啊！我怕眼圈的泪水掉下来，勾着脑袋，离开了农家。

我带着对老人歉疚的心情回到乡政府。副乡长见我一脸阴云，连忙表态："书记，我和粮店一起加班，用两天时间，一定把救济粮全部发下去！"

"好！你们辛苦，老百姓就有了年饭米，值得！"

虽说有了副乡长的许诺，我仍不放心。正月初三，我派人去他砂乡督查。督查组回来报告，一斤救济粮都没有发下去！

我愤怒了，在全县一年一度的村、乡、县三级干部大会上通报批评了这件事，引起了不小震动。是啊，我们天天讲联系群众，却没有把群众的疾苦放在心上；我们时时生活在群众中间，而我们的心却游离于群众之外！"民众的利益，就是上帝的呼声！"西方政治家艾尔昆尚且如此，何况我们共产党人？

大地苏醒了，春风拂面了，秧苗泛绿了。我们一行又来到他砂乡，又来到那位老农的家。老人一眼认出了我，赶忙抱柴禾、刷锅子，要给我们做饭吃。我说："谢谢您老，一点点粮食留着自己吃吧。""有，有，有！政府发的救济粮还有呢！"我心里掠起一丝安慰，这一回，老人讲的可能是真话。

我们离开了老人的家。老人嘟噜着："饭都不吃，饭都不吃！"倚在门口望着我们往深谷走去。好一阵子，我回头看见，那位老人还靠在门口，一动不动。

三个小时过去了，我们从深谷走了回来，一路议论着，不觉又来到老人屋边。猛地，老人从屋里走了出来，一手提着大茶壶，热气直冒，一手端着装满炒米的簸箕，颤颤巍巍："同志们辛苦了，来，喝碗油茶汤。"我们一边谢着，一边想绕道离开。老人堵在路中间，死活不让。这样僵持了好一阵子，眼看老人端簸箕的手已经摇晃起来了，我赶忙接过簸箕，走到他家院子。

我们喝了老人的油茶汤，问了禾苗的长势，谢了老人的美意往回走。老人仍不满意，嘟噜着："知道！你们是做样子，油茶汤里撒了几粒儿米米。"

我望着这里的山，摸着翠绿的苗，咀嚼着老人的情意，不胜感慨："家乡的山水，是那么美丽；家乡的人民，是那么纯情。"

第一次给老村长、村支书"发饷"

在家乡长到二十岁，在外报国二十余载，我又回到家乡，报效自己的父老乡亲。

我家所在的尖岩村，是一个依山傍水、半山半坪的几百人的村庄。解放时成立了农会，后来建立合作社，后来成为人民公社的一个大队，十一届三中全会后改为行政村。

儿时的诸多记忆中，对村支书的记忆尤为深刻。那是五十年代末六十年代初，我们的国家过苦日子的时候。我们大队支书用铁皮卷成的喇叭筒，站在山与坪的结合部的一个山坳上，对着大山，对着河水，对着几百社员，用洪亮又夹着嘶哑的声音，传达上级指示，通知各种会议，表扬优秀社员，批评不良行为。多少年后，这声音，成了我对村支书的不可磨灭的又十分深刻的记忆。

二十多年后回到家乡，我去看望这位村支书。他已是七十出头的老人了。他洪钟般的声音恰如当年，可他满脸皱纹，满头白发，躬腰驼背，不停地咳嗽。他没有一星半点收入，全靠儿女们吃饭；他没有什么光顾，成天围着他那几十年依旧的木房子转悠。他是一个孤单的人，从他身上，看不出当年为社员奔波，浑身是劲的半点影子。

我和我的同事们到其他村去，到全县各个村去。去看这些曾经当过农会主席、合作社主任、大队长、大队支书、村长、村支书的人。他们之中，有一日三餐包谷酒、大米饭的，但靠的是儿女们供奉，且为少数。他们之中的大多数，过着十分艰难的日子。

年轻的时候，为着大家而无半点积蓄；年纪大了，有了致富的政策而又体弱多病，可望而不可即。于是，只能过这种比起一般百姓来似乎还要寒酸的日子。难过啊！难过！我心中油然涌动一种强烈的怜悯之心。

我们又同时去看望在任的村长、村支书们，他们都热情地、尽力地接待我们，但拿的是自己家里的东西；他们也有报酬，但都是贫苦农民的微量的上交提留，多数都不落实；他们和过去的大队长、大队支书一样，要承担起他们要做的一切：组织生产，计划生育，催款催粮，扶贫帮困，修桥补路，婚丧嫁娶……这些，都是义务的。他们大都是当地的能干人，但他们的经济都不宽裕；他们靠妻子生活，自己的才智都给了百姓。难得啊！难得！我心油然升起一种浓重的崇敬之情。

人们常说，县是国家的基层。那么村呢？应当是第一块基石。这些主席、主任、队长、村长、支书们，长年累月，承载着国家的重负；可是，他们又长年累月，被埋在土地的深处，不被重视，人们见到的只是地基之上的高楼大厦和雕梁画栋；而且，在社会主义大厦的庞大的干部群体中，他们又是唯一没有养老照顾，又领不到饷的最小的官儿们。作为县一级党委和政府，我们应当做点什么呢？能够做点什么呢？我将上述感想与县委常委们交谈，异口同声，产生了共鸣，我们应当为他们做点实事。

几经酝酿，几次讨论，县委决定由组织部牵头，作深入调查，提出方案。

紧锣密鼓，几个工作组同时赴各区、乡（镇）。最小官儿们的名单上来了，生活、工作状况的分类出来了，他们的呼声带来了，分别给他们实行财政定额补贴的方案制定了。

组织部的三位正副部长同时进了常委会议室。带着准备得十分详尽的资料，带着计算得十分准确的补贴方案，带着为村长、支书们办一件实事的心情，向常委会作了长达两个小时的汇报。讨论的过程很简单，常委们发言的内容很简洁，"同意"，"同意"，"同意"……就这样，村长、支书们的社会地位被肯定了，对党、对群众的贡献被肯定了，为他们"发饷"的建议案被肯定了。

方案第一年（1991年）实行的结果，全县532个村，在任的村长、支书1064人。其中，工作10至15年的171人，每人每月补贴10元；16至20年的93人，每人每月补贴15元；工作21年以上的57人，每人每月20元。离任的农会主席、合作社主任、大队长、大队支书、村长、村支书共1191人，其中工作10至15年的721人，每人每月补贴10元；工作16至20年的243人，每人每月补贴15元；工作21年以上的227人，每人每月20元。这样，县财政每年拿23万元，到每个人头上的数额，都是微不足道的。但是，这一举措，安抚了成百上千个工作在最基层的、为党和人民的利益无私奉献又默不作声的、善良纯洁的心。

这项政策，已连续实行了六年，将来还会长期实行下去。这是龙山县政府第一次给村长、村支书"发饷"。据说，也是湖南省百余个县（市）中第一个给村长、村支书"发饷"的县。

卷 四

序文与小说

游孔孟思想之长河

——读张建永新作《东方之慧》*

　　一气读完张建永副教授新作《东方之慧》后，禁不住又回过头来细嚼书前的目录和自己在书中划下的圈圈、点点、杠杠，觉得这是一本畅游孔孟思想之长河的很有特色的书。

　　一是贴近现实。《慧》是孔孟文化精神的阐释，是谈古。然而，作者总是把这种文化精神置于现实的坐标之中。作者指出，"在公元前一千年为上限的历史段落中，人类历史上几乎同时崛起的以色列文明，希腊文明，印度文明和华夏文明"中，前三种文明都把自己的灵魂浸润在对神的仰崇之中，"华夏文明也形成了殷人的宗教精神和周人的务实态度。对比，孔子作出了"吾从周"的选择，"即走周人的务实道路。"作者的论述，既阐释了孔子学说的现实性特征，又暗示今人，只有把握思维的缰绳从飘浮不定的云雾里降落到真切、坚实的现实土壤之中，才有可能在科学的攀登上有所建树。这是其一。其二，《慧》紧扣当前改革开放，建立社会主义市场经济的现实，指出儒家文化不仅"涵融现代文化和现代科技，"而且，"是消解'孤独'、'冷漠'这种世纪病的良方，""有利于现代化的发展，"并以新加坡为例说明，"儒学，这个东方之慧的最高精神嚆矢，恰恰是在本土之外获得了它的现代荣誉。"

　　二是注重分析。分析是科学研究的灵魂。《慧》从始至终贯

---

*　　本文原载1995年6月20日《吉首大学报》。

彻了分析精神，表现了对我国文化遗产的科学态度。例如，在阐释孔孟学说特征时，对其思维方式的分析；在介绍儒学的演变历程时，对各个发展阶段的具体分析；面对当时的百家争鸣，作者专立《儒道比较》、《儒墨比较》等章节，进行比较分析；对儒学理论的研究，勇于对已成定论的研究成果进行再分析；以及对孔孟学说的现实价值的分析等等。这样，既避免了对文化遗产的绝对肯定或绝对否定的粗疏态度，又实际把握了孔孟学说的要旨及应当取舍的内容，让孔孟学说的精神为现代化建设服务。特别精彩的是，作者将孔孟精神具体分为"原始儒学"、"汉儒"、"宋儒"等几个主要阶段。作者认为，原始儒学是本源儒学，纯真儒学。"民主因素和人道主义精神，修身齐家治国平天下的刚健人格，旷放博大的积极进取意识，在百家争鸣的时代具有不可争辩的首席地位。"汉武帝采纳董仲舒"罢黜百家、独尊儒术"的建议后，"儒学由一门自由论坛上的学术派别……变而为国家定于一尊的……最高准则；孔子从一位严格亲和的私塾教师被升格为严酷冷峻，不可一世的国学圣人"，儒学成了"官方精神之圣殿"，认为这是"最不幸的辉煌"。宋儒"积极开垦形而上学体系"，使儒学真正成为"完全意义上的哲学派别，"但却"注入了浓郁的封建意识"，"其负面作用大大超过了正面作用，而给中国历史留下了太多的阴影"，"成为新的精神桎梏。"

三是语言形象生动。作者在清晰的理性思维中，运用生动形象的语言，以文学的笔墨写理论文章，既生动可读，又准确恰当，并贯穿于全书之中，是十分难得的。例如，作者在描述孔子以前的文化轨迹时写道："中华文化精神意识犹如一条奔放的江流，在宗教的沃土上涌流着，当它快形成一条精神黄河之时，另一种力量扼住它的走向，把它导入日常人伦的河床。"又如，作者在论述孔子学说的意义时写道："孔子所创立的原始儒学，一方面摈斥了对神和神界的盲从，把对遥远星空的仰望而作无边遐想的人拉回到倾诉身边风雨之声的现实场景，一方面由于对扑面而来的现世问题的关注，'永恒基始'等玄而又玄的命题在孔子的思想里被推到只剩一片黛色的清远的群峰背后……"我们现在有许多思想深刻的文章，因其枯燥的笔墨而不能吸引广大读者，犹如漂亮的姑娘因穿上大一统的蓝布服而被众多男士忽略一样，作者在追求科学内容和生动形式的统一上进行大胆尝试，应该说是《慧》书的一个特色。

远山呼唤理论
——读张国祥同志新作《远山在呼唤》

　　读完张国祥同志新著《远山在呼唤》后，我掩卷长思，深有感触。

　　二十世纪初期，当中国上空被侵略、奴役、军阀割据的浓云密布的时候，首先是"远山"吹响了反抗的号角，擂响了战斗的鼓声。这里的各族人民为中华民族的解放，无私地献出了自己的财富、鲜血和生命。你看，井冈山、武夷山、武陵山、大巴山、太行山等等。"远山"啊，你为中华民族作出了特殊的贡献。

　　二十世纪后期，当新中国在前进中徘徊、困惑的时候，党的十一届三中全会吹响了新长征的号角。同全国人民一样，"远山"的人民在改革开放的道路上迈出了新的步伐。可是，由于地理的、民族的、历史的、文化的综合原因，"远山"的前进步子显得姗姗起来。"远山"以外的高楼像山一样一座一座地耸立起来，"远山"以外的烟囱像峰一样一只一只地直冲云端。"远山"的峰与"远山"以外的"楼"、"窗"彼此眺望，奔向新的文明。国祥同志的新著就是许多呼唤乐章中的一曲，是踏遍"远山"之后深沉的思考，是为"远山"摆脱尴尬状态的一种"奋斗"方式，是千千万万人实践以后的理性呼唤。记得一位哲人说过，工作＋思考＝智慧。国祥同志在"思考"的热土上辛勤耕耘，是"远山"呼唤富裕的一种不可或缺的、更为迫切的方式。这种"呼唤"，为"远山"人民的实践提供了理论指导，为决策机关进一步组织扶贫工作提供了思想资料。

国祥同志这部著作，不是报刊、书籍的片言只语的剪裁粘贴，而是自己思想熔炉里反复冶炼出来的真知灼见；不是办公室里海阔天空的思想漫游，也不是茶余饭后"志同道合"者的煮酒高论，而是踏遍青山，细细品尝大众实践之后的产物。因此，书中充满了泥土的香味，突出了可感、可摸、可做的实践特色。例如，在新的历史条件下，如何实施扶贫工作的指导，作者在特贫苗乡作了连续调查后，提出了"在指导思想上，由统一性向分层性转变；在资金使用上，由'输血型'向'造血型'转变；在扶持方法上，由'治标型'向'治本型'转变；在扶贫对象上，由一般型向重点型转变；在优惠政策上，由文件型向实践型转变"的六个转变思想，无疑是来自实践又指导实践的可操作的理论。又例如，早些年就喊开了"山地开发"的口号，近年来茂林书记又提出了全省范围内开发丘岗地的战略思想。那么，口号、思想如何更快、更有成效的变成现实？作者总结了六千多名干部下乡实践的经验，提出了要解决好思想认识问题，土地问题，劳动力问题，资金、技术问题，绿色企业内部管理问题等五个方面的问题，为基层工作提供了可以"照此办理"的基本框架。无疑，这种点子理论将为贫困的"远山"增加巨大的财富。再例如，中国的改革首先是在农村突破的，农村的改革又随着实践的深入而不断地深入，那么，贫困的"远山"怎么办？其特殊之点在哪里？作者为此进行了一系列调查，连续撰写了"联产承包责任制"，"村级集体经济"，"社会化服务体系"，"农民负担"，"村级组织建设"，"农村剩余劳动力的转移"等六篇互相联系、互相制约、互相依赖的系列文章。无疑，这为贫困的"远山"人，提供了营养全面的精神食粮。由此我想到，我们的国家，从中央到地方，从政府到科研机构、高等院校,每年投入了大量科研经费,但仍是一片"短缺声"。据我看,这"短缺"的呼唤是真的。我们的国家还在发展之中,对科研的投入不可能达到发达国家的水平;而且,短期内也难以改变这种状况。但是另一方面,这"短缺"的呼声又有一定的盲目性。如果大家都贯彻了中央关于加强基础理论研究的同时,重点支持从实践中来的、对实践有更大指导作用的理论研究,减少一些你抄我,我抄你的文字游戏方面经费投入,那么,科研经费就不那么"短缺"了。

远山在呼唤什么?在呼唤粮食、衣物;在呼唤能源、交通、通讯;在呼唤山外广阔的市场。然而,更为本质的,是呼唤人,呼唤带头人。这是国祥同志这部著作的又一特色。作者用巧妙的构想,将"民族干部"放在书的中部,犹如一根扁担,挑起了民族政策和民族经济这两头。有了干部,就能用好、用够、用活政策,就能用政策的力量推动经济的发展,推进"远山"的文明。是啊,人是支点,干部是支点,启动少数民族干部的潜力,培养少数民族干部作为"远山"开发的支点,才是问题的根本所在。

例如,作者在深入调查中发现,近些年来,人的因素,人的思想道德因素,严重地制约着经济的发展,加强思想政治工作便成为发展经济的极为重要的课题;然而,思想政治工作要靠人去加强。于是,作者抓住政工队伍这一课题,这一在许多人的理论中十分重要,在实践中又十分次要,在内心深处又有心厌倦的课题,提出问题,研究对策,告诫人们不要回避这个不能回避、不要轻视这个不能轻视的课题。很显然,文章的分量远远超出了文章的篇幅。又例如,作者以社会主义市场经济为背景,探讨能够畅游市场经济海洋的少数民族干部队伍建设的问题,在价值取向的调整,环境机制的营造,管理体系的改革等根本问题上,对少数民族干部的培养提出了整体推进的思路。很显然，作者是要告诉读者，远山在呼唤人，在呼唤干部队伍的群体，而不是从某个天界下凡的一两位道法高深的神人。这就根本上把干部理论建立在历史唯物主义基础上。这篇文章获得湖南省少数民族干部理论研究征文一等奖，是当之无愧的。再例如，作者始终把眼睛盯住人，盯住千百年来深居于"远山"的人，把对人的塑造作为对自然塑造的前提、基础、根本。启迪"远山"的民众，从小农经济思想，"左"的过敏性思想，唯上唯书的思想，单纯依靠行政手段的思想中解放出来，在人的灵魂上获得大"翻身"，这种引导"远山"人呼唤自身的深邃思想，有力地纠正了单纯等发达地区帮助，靠上级政府救济，要"远山"之外的扶持的片面视角，依靠自身的内在力量，依靠自身干部的带领，依靠千百万民众的素质提高和共同奋斗上。我认为，这是本书的质量所在。

书中的文章是独立成篇的，是在报刊陆续发表的，一眼望去，很容易被看成是一个"散文集"。其实，它形散神不散，是一个内在有机联系的统一体，是一个治疗贫困病的良方。这个方子中，由多味药组成，且每味药中又有不同的药素。然而，不难看出，其中又有三味主药，即政策、干部、经济。政策是外在动力；人的素质和干部队伍是内在动力；发展经济，既是目的，又是手段。就近期言，必须通过发展经济摆脱贫困，是目的；就远期言，也只有发展经济，才能推动社会进步，从根本上提高"远山"的文明档次，是手段。我以为，三味主药中最主要的，起决定作用的是"人"。具有较高道德素养和科学文化水准的人，既是运用政策的主体，又是发展经济的主体。仅仅有政策，没有人去运用，政策只是一种摆设；仅仅有票子，用票子的人素质不高，也难以转化为经济实力。政策与票子之和，再乘以人的素质，才是医治贫困病的根本道路。很显然，作为乘数的人的素质愈高，得数便愈大。然而，提高人的素质的工作，虽然也常常列在文件的显著位置，但落实起来却往往乏力，呈现出"软件"软抓的状态。如果能够做一个训练人的二十年规划，在进程上，从娃娃、小学、中学、大学各个层次同时抓起；在资金上，委托一定部门，捆在一起综合使用；在训练内容上，组织专家团，深入调查研究，编著乡土教材；在训练方法上，运用现有一切教育资源，通盘运筹，分类实施。这样，下决心用二十年左右的时间，从根本上提高"远山"人民的整体（是整体，不是部分，更不是少数人）素质，强身固体，走出一条具有中国特色的治穷致富致文明之路。我猜想，这可能是作者出版该书的真正意图。

策划需要什么*

策划是新兴产业，策划是边缘科学，策划是第一生产力。读到汤涛先生新作《细节是天堂》，联想起近些年来正方兴未艾的智慧产业，深感加强这一领域理性思考的迫切性，不由得要为汤涛先生的新作问世而祝贺。

真正要使策划行为成为一支产业大军，让策划人成为科学技术队伍的一部分，加盟到第一生产力的要素之中去，基本的、必备的条件是不可少的。我想，若干必备条件之中，以下几条有关人的条件是至关重要的。

（一）策划人

策划，古今中外，早已有之。在古代，天下分合之策划，政权更迭之策划，两军对垒之策划，史书中不乏其例。在当代，国家民族发展之策划，政府战略策略之策划，企业生存竞争之策划，几乎无时不有，无处不在。以至于哥哥妹妹们的花前月下，也要策划一番。然而，无论何时、何事策划，一个核心要素——策划人，是当然的题中之议。

一个优秀的策划人，必然是博学多才、见多识广、思维敏捷、

---

* 本文为汤涛同志《细节是天堂——策划制胜方略》一书所作序言。

品德纯正之人。然，我以为，在诸多优秀品质中，位于时代前沿以至于超越时代的思维观念是决定性因素，这里因为：

任何策划，都需要理念，不同的思维观念，会产生不同的理念。我国目前正在建设中的市场经济，要求每一个策划人必须用市场经济的思想观念来观察、分析、判断、抉择经济问题。"娃哈哈"是全国屈指可数的明星企业，它之所以成为明星，有许多成功之道。我觉得，很大程度在"娃哈哈"的理念上，"娃"指产品意在为孩子服务，"哈哈"要服务得让孩子笑哈哈；孩子们每当饮用了"娃哈哈"产品，就高兴得哈哈大笑，何愁没有市场？可见，"娃哈哈"策划者的理念是建立在效益、消费对象上的，最终指向市场的。

有一个地方，近年来，出了几个有名气的产品。一个叫"老爹酒"，是为开发土家族祭祀酒——"老跋铺"酒而命名的。土家族的"老跋铺"就是汉族的"爷爷"，策划者将"爷爷"的意义泛化为"老爹"，既为纪念祖先"老跋铺"，又为尊重现在的老人家，有新意，但市场意蕴不浓烈。

一个叫"老大哥"香烟，是发达地区的烟厂支援少数民族地区烟厂而创造的一个新配方。为了感谢的原因，策划者命名为"老大哥"，这是一种良好的道德理念，但市场理念较淡。

一个叫"老槐腊味"，是一位研究生取当地无污染鲜肉，采用当地炕腊肉的传统，加以科学配方研制而成。这位研究生从小是外婆带大的，外婆家门前有一棵老槐树，他每每看到这老槐树，对外婆的怀念便油然而生。于是，将自己的产品命名为"老槐腊味"。这位研究生的道德情怀是令人感动的，但似乎产品最终要被市场所接受的理念比较淡。

"娃哈哈"的市场意念强烈，最终走向全国市场，而"老爹酒"，"老大哥"香烟，"老槐腊味"，三个产品的质量都很好，只是策划者的市场意念淡一些，而难以向更宽广的市场进军。毫无疑问，一个品牌的成功，是经济、技术、资本、人才、管理等多种因素共同作用的结果。这里只从策划人、策划人的观念来观察；只想说明，策划者的思维理念是策划能否成功的决定性因素。

任何策划，都有目标指向，不同的思维观念，策划的目标各不相同，我们面对的是 21 世纪的地球村，是知识经济的客观现实，任何一个策划人所确定的目标指向都不能离开这一现实。我参与过许多关于企业发展的研讨工作。其中发现，有不少策划者的研究报告，主意大，气势恢宏，一着棋就下在几千万、几个亿，甚至几十个亿的目标上。其论证过程大多是教科书的模式。从论证本身看，几乎无懈可击。然而，其产品的原料、品质、生产流程、技术要求等基础性的研究却很脆弱；其产品的资金、人才、管理、运转周期等基本环节的论证却很模糊；其产品的市场占领这个核心问题的论证却十分粗略。这种策划，是赵括式的纸上谈兵，无法经受战场上真刀真枪的检验；是武术设计中的花拳绣腿，无法在竞技场上获胜；是市场策划中的主观想象，一厢情愿，无法在市场竞争中获得席位。这种策划不被企业家所采纳，策划者不能反观自省，反而顿生"怀才不遇"之委屈。那么，这种策划何以陷入不尴不尬之境地？还是一个关键性因素——思维理念没到位。一种脱离实际的思维理念，怎么能策划出无情的市场竞争的决胜方略呢？

任何策划，都有其策略道路，不同的思维观念，会策划出不同的策略道路。企业经营要获得经济效益，这是不言自明的。然而，其获取效益的策略道路不同，结果就不同。制约其策略道路的，关键是策划人的思维观念。近些年来，假冒伪劣，屡禁不止；坑蒙拐骗，不绝于耳。这种财，取之无道。毫无疑问，无道之财，于心不安，也取之不久。尽管，这种现象永远都难以绝迹，但对于具体的法人和自然人，却是短命的。之所以短命，是这些人巧取豪夺的思维观念注定他要采取短命的策略道路。

还有一种情况，产品是真的，手段也是正当的，但其获取利润的心态是无止境的，他们的思维观念是"韩信用兵，多多益善"。然而，这种策略道路，同样注定是短命的，这种"取之无度"的思维观念，获取利润的时空都十分有限。

许多成功企业的策略道路恰恰相反。他们把获取利润的起点、过程和终结都定在为消费者服务上，在让消费者受益的前提下获取自身利益。制定这种策略道路的策划者，首先是树立了"取之有道"、"取之有度"的思维观念。这里的"有道"，不仅指伦理上的道德观念，还指策略上的窍门、路子、门道观念。他们在道德观念的指导下，创造出为消费者着想，让消费者受益，自己也同时获利的"窍门"、"路子"、"门道"，把市场的主客体圆满地统一起来了。这里的"有度"，不仅指道德意义上的一定限度，还指经营意义的谋划和策略。他们在伦理观念的指导下，创造出一时一事的有限获取，求得长远、整体的无限赢利。这种经营策略之所以能够成功，应当说，策划者"君子爱财，取之有道"、"君子爱财，取之有度"的思想观念的指导发挥了关键性的作用。

可见，策划人先进的思维观念，敏锐的思维，广阔的思维空间，左右逢源的思维运动，是策划人出类拔萃的关键所在。因此，策划者必须首先是时代的弄潮儿，经济和社会发展趋势的前哨兵。过去，从事政府公务员工作有策划，从事计划经济的计划有策划，从事企业经营的管理者有策划，从事各项事业均有策划。但是，那是一种有俸禄的策划，一种无责任的策划，一种无风险的策划。这也是以前的总总策划难获大成，把国家的钱付之东流的根本原因。现代的策划，应当是策划市场的自由职业者，他的收入，他的名誉，他的生存空间，都要与其策划的成败紧密挂钩。如果有一天，我们的策划人不像古代的谋士，那么少，那么神秘，而是形成一支训练有素，卓有成效的策划大军，那就是我国经济与世界最发达国家经济相匹敌的一天。

当前，一些人对策划行业的认识误区之一是不认识策划是什么，不认识策划行业在经济和社会发展中的地位，不认识策划人在策划过程中的作用，不懂得充分利用显现的和潜在的策划资源，不懂得策划是投资者的第一道工序，不懂得向策划投资是整个投资最省、获利最大、风险最小的选择。因此，重视策划业，厚待策划人，是走出策划误区的第一道门槛。

（二）企业家

企业，是生产经营的主要载体，是物质财富的主要创造者。企业运转的优良率，是社会经济发展的主要指示器。企业家，是企业的决策者，是策划成果的主要实践者，是策划人的伙伴。因此，策划的必备条件中，企业家是不可或缺的。

策划的目的是要把思想转变为实践，把精神转化为物质。没有企业，没有企业家，这种转变便无法实现。因此，企业领导者懂不懂得策划的重要性，善不善于运用策划人的策划成果，是衡量一个企业决策者水平的重要标志。

在我与企业界的交往中，常常碰到如下一些情况：有的企业领导者，他有目的、有计划地请各类专家上门咨询，请当地公认的智者出谋划策，并给以丰厚的酬谢。然后，将得来的点子、谋略自觉地运用到自己的经营实践中，使企业运行得有门有路，十分稳健。一般人看起来，他的企业不显山，不露水，从未发生大的波折和起伏，效益稳定上升。有的企业领导者，顺利时自己干，困难时找人帮。没有人指点，就去寻专家，请内行。但这只是作为解企业之难的权宜之计，用其计谋于局部的修补；而且，不识专家、内行的谋划，不承认其劳动成果，从不给予报酬，呼之即来，挥之即去。

有的企业领导者，则全凭自己的经验和天性，迷迷糊糊地闯荡。闯中了，便得意于自己的能干；闯错了，便归因于自己的命运。一些善良的专家、内行，上门想给以帮助，他不但不予以善待，反而讽刺道："穷秀才，想钱用了"。

如果说，我们企业领导者总是停留在上面说的第二、第三种情况，策划人到哪里去寻找市场呢？策划对于经济又能起多大作用呢？所以，策划行业不仅呼唤策划人，同时也呼唤懂策划、善用点子的企业家。

我担任县委书记的时候，每年给县财政提供 60% 税收的唯一一家骨干企业出了毛病。产品积压，债务沉重，眼看就要倒闭了。县里组织力量扶持了一年，仍然只能维持而不能从根本上转机。于是，县里的策划班子认为，应当从技术、技巧层面的策划上升到对企业班子的策划。县里采纳了这一建议，派精兵强将进去，更换了领导班子和几个关键的中层骨干的岗位。新班子能较透彻理解策划班子的谋略，又能舍得命去到市场上拼个高下。一年之后，企业转危为安，效益大增，既消了企业之危，又解了财政之困。

可见，企业家的素质，包括其策划成果的实践能力和善于拼命的奋斗精神，是企业策划得以展现其魔力的基本条件。

策划的特征是打破常规，创新独特，出奇制胜。因而，其策划成果，往往表现为怪唉，难为常人所接受；其行为方案的收益大，风险也大，难为心中没底的人所实行。作为企业，面对如此策划，企业领导人没有慧眼，识不了宝；没有胆略，冒不了险；任何独到的策划，将只能锁在箱子里。

我工作的所在地，有一个修理汽车的私人企业，因为它起步早，机制又灵活，几年来小有收获。随着改革的深入，这类小型修理企业越来越多，这位小老板的境况就大不如前了。这时，一位"秀才"给小老板策划了一个直接到上海大众汽车公司进一套全新修理平台的方案，预计三年之内收回投资，以后收入将成倍增长。这位小老板看不到修理行业的发展趋势，又害怕赚来的几个钱一下子被这个"风险"项目吞掉，不经意地放弃了这项策划。后来，另一个从汽车公司下海的小师傅采用了这一策划，贷款办起了桑塔纳机械化修理平台，在边远山区方圆几百公里内独树一帜，几年下来，腰包鼓鼓囊囊的。放弃了这个项目的小老板捶胸顿足，后悔不已。

可见，称得上企业家的企业领导人，不仅要懂得策划，自觉地向策划行业投资，还要有能力理解策划方案，能义无反顾地去奋斗；更要深谙策划诀窍，识别策划方案之优劣，择其善而用之；还要有这份胆略，敢冒风险，把好的策划项目变为物质财富。因此，企业家首先应当是一个优秀的策划人，他与企业策划人应是亲密的伙伴，和谐的搭档。

当前，一些人对策划行业的另一个认识误区是忽视企业家的作用。不理解企业家不仅是策划方案的实践者，而且本身应当是一流的策划人，还要有识别策划方案的判断力。有的认为企业领导人只是策划方案的机械执行人，不知任何一个策划方案都不是完美无缺的，实施过程中还有一个再创造的过程。这个任务只能由企业家来完成。甚至有的认为，只要小伙子长得帅，衣着时髦，车子高级，酒量大，就可以成为企业家，完全不懂得企业家的内涵。翻开中外成功企业领导人的小传看一看，哪一位不是喝了一肚子墨水的，有超脱思维能力的，有超群奋斗精神的佼佼者？如果说，革命战争年代，枪林弹雨的生死搏斗才能造就将军，那么，经济建设时期的市场竞争的反复筛选，才可能磨炼出企业家。

（三）政府公务员

政府，是国家行政系统的首脑，既是国民经济的宏观综合部门，又是良好经济环境的创造者。政府公务员，是政府职能的履行者，其素质的高低，直接影响着政府工作的效率和政府形象的塑造。面对新兴的策划行业，政府是策划市场的搭台人。政府的认可程度，政府公务员的支持力度，直接影响着策划行业的发展速度。因此，策划的必备条件中，政府公务员是不可不议的。

策划人的策划活动需要舞台，企业家实践策划方案亦需要舞台。没有舞台，演不成戏；就是下乡演出，也要临时搭台，无论是露天舞台，还是田间土台。策划的舞台该由谁来搭？答案应当是"政府搭台，策划人唱戏。"

我的家乡是革命老区，贺龙、任弼时曾创建湘鄂川黔革命根据地。这里既是少数民族聚居区，是土家、苗、侗、瑶等十多个少数民族繁衍生息之地。这里还是贫困地区，国家划分的全国十八个贫困区之一。当地盛产野生猕猴桃，品质优良，谓之水果之王。当地一所大学经过十多年反复选育，培育出美味猕猴桃"米良一号"，被评为全国四大优良品种之一。但这种水果成熟期短，又不耐贮藏，难以进入更为广阔的市场空间。后来，这所大学研制出猕猴桃饮料，中试成功后被省科委鉴定为全国领先水平。于是，一个策划小组策划出将这种饮料产业化的方案。然而，要实施这个方案，需要人才，需要资金。于是，政府搭台便成为这个产业化方案能否变成现实的关键。当地政府请来省委、省政府领导现场办公。省里领导独具慧眼，认为这个项目市场前景看好，且为农业产业化的示范项目，又是解决山区人民温饱的好项目，决定全方位支持。假如没有政府为其搭台，猕猴桃饮料就只能摆在办公室里，顶多是小打小闹在当地市场折腾一阵子。

可见，为使策划行业尽快兴盛，政府为其提供所需要的活动空间，制定所需要的支持政策，以正其名，规其行，奖其果是多么迫切。

策划行业是一个特殊行业。从事这一行业的策划人常常被一般行业看作"怪人"，他们的思维"怪"，点子"怪"。作为政府公务员就有一个认同这种"怪"的问题。策划是打破现有思维定势，寻找新的思维框架；策划是改变现有的运行机制，实行新的动作模式；策划是打破旧有陈规，追求独特创新。在常人看来，这的确是一种"怪"。然而，没有这种"怪"，又何谓策划？作为政府公务员，必须独具慧眼，沙里淘金，才能更好地为策划人搭台唱戏。

从事这一行业的策划人，要追求事物本质，语言硬度较大；要强调某一关键，语言"偏颇"较大；要促成拍板定案，语言力度较大；要力排众议，语言冲撞度较大。作为政府公务员，必须有气量，宰相肚里能撑船，才能为策划人提供更宽松的活动空间，让其尽展才华。

从事这一行业的策划人，其每一策划方案都有两面性，既组合着财富，也潜伏着风险；既有点金之笔，也有败絮之误。更有甚者，策划方案再好，毕竟是思想上的东西，要转化为财富，需要实践来完成。思想成果与实践成果之间，有一个相当的距离。思想的成果未能转化为物质成果，可能是思想本身的原因，也可能是实践产生的缺陷，很难下定论。面临如此种种情况，作为政府公务员，既要具备一流策划者的素质，又要有勇于承担责任的勇气，才能为策划行业搭起宽广厚实的舞台。

当前，一些人对策划行业的第三个认识误区是忽视政府公务员的作用。有的认为，策划是出思想、卖点子，无所谓政府搭台不搭台。其实，任何思想和点子，只有用于实践，才能发挥作用；也只有经过实践检验，才能证实其分量。而要实践，就涉及社会的方方面面，就需要政府来协调。而且，许多大型项目本身就是一种政府行为，没有政府公务员的参与，任何思想和点子都毫无用处。这无论是东方社会，还是西方社会，概莫能外。

有人认为，策划是高层次、新思维的工作，政府公务员难以胜任。非也，我们国家的公务员队伍，是国家优秀人才的集结之地。他们之中的相当多数本身就是一流策划人。国家的大政方针，发展战略、关键行业、重要工程，莫不凝结着国家公务员策划的心血。那种认为只有专业策划的才是策划人，政府公务员称不上策划人，或干脆就认为政府公务员都是一些无知之人、无能之辈，那真是莫大的误解。我认为，政府公务员与专业策划人相结合，策划人与实践家相结合，组成一支浩大的从理论到实践的人才"生产线"，我们的策划人才真正得到了用才之地。

（作于 2003 年 1 月）

我心中的老师

——《龙山一中师生大团圆》序

想起老师，心中有千言万语；写起老师，又不知从何写起。

关于老师，古今大师们多论而精辟，我只能在论师的殿堂角落里轻言碎语。

我以为，能者为师。东方西方，南方北方，处处有师；三百六十行，三千六百行，行行有师；众相聚，老翁幼童，皆可为师。只要你能，便是师。我国大教育家孔子，大师啊！可在他的视界里，"三人行，必有我师"，多么谦逊啊！

我又以为，知者为师。我不知道，你知道，你为师；我不懂得，你懂得，你为师；我只有零碎的知识，你有系统的知识，你为师。学校，是传授系统知识的殿堂；学校里的老师，是系统知识的拥有者。能够研究、创造出系统知识的老师，便是大师了。

我还认为，智者为师。能对事物进行辨析判断，能在某一领域发明创造的人，是有智慧的人；能够运用知识和体验，解决一般人难以解决的复杂问题的人，是智力超群的人；能够将抽象的智慧转化为具体环境、具体条件下的具体计谋的人，是有智慧的人。一人兴邦，一方兴邦，一计而改变世界面貌。此乃大智慧也。

关于老师的地位和作用，用尽天下美词，皆不为过。

一个人的成长，离不开老师。咿呀学语，父母所训；系统认知，老师所教；日常起居，劳动创造，皆为他周围的能者、知者、智者所教化。离开教育，离开老师，人永远不能成长为"人"。正是教育和老师，才让人一生用不长的时间，走完人类进化的千万年的路程。

社会的发展，离不开老师。社会发展的需要，创造了学校，诞生了老师；教育的兴起，教师的职业化，加速了社会的发展。从这个意义上说，社会发展史，实际上是教育发展史。有人预言，无论科学如何发展，网络如何普及，都无法替代老师对学生的面对面的教育。要让学校消亡，除非社会消亡。

人类要进步，离不开老师。社会的发展，是人类进步的结果；人类的进步，是教育规模不断扩展，教育形式不断创新，教育过程不断延伸的结果。从这个意义上说，人类进步史，便是教育进步史。

对老师的怀念，是满溢在我心中的无尽的思念、感谢和敬仰。

我思念、感谢、敬仰我的老师们，是因为他们塑造了我。我本无知，是老师教给我知识；我本无智，是老师恩赐我智慧；我本无心，是老师赋予我灵魂。我能够最终称得上是人，是一路走来的各个阶段的各个行业的各位老师不断地、不辞辛苦地塑造的结果。

我思念、感谢、敬仰我的老师们，是因为他们引导了我。大千世界，让人眼花缭乱；人生险恶，让人惊慌失措；良莠混杂，让人无所适从。是我的老师们循循善诱，步步引导，教我选择道路，辨别真假，分清善恶，懂得美丑。在人生的短暂又漫长的道路上，老师们教诲指引，使我避开了邪路，认清了假象，战胜了恶念，获得了美好。

我思念、感谢、敬仰我的老师们，是因为他们纠正了我。人生最大的魔咒莫过于不良自我的纠缠。每当懒惰袭来的时候，是老师们督促我，同惰性斗争，不断奋战；每当邪念萌生的时候，是老师们提醒我，清扫邪恶，净化心灵；每当假、恶、丑的东西引诱的时候，是老师告诫我，远离它们，远离险途。

我感恩于我们的祖国，我感恩于我们的人民，长存于我心中的具体的、活生生的感恩对象，是我的老师们、我的父母、我的亲朋，我在各个工作岗位上的首长、同事、下属，我一生中相遇的受益于他们的所有相识和不相识的人。我从来没有忘记他们，我永远感谢他们。然而，具体的、物质上的感恩却是不多。我不多的收入和我沉重的家庭负担，使得我对老师们物质上的报答，常常处于心有余而力不足的尴尬境地。这种境况的积累又不断加重我的负疚之心。我在龙山工作时，心中盘算多次，想请我的老师们吃一顿饭。那时，我一月收入几十元，无力做到。能做到的是用公家的钱。而要这样做，我不愿意，我的老师们也不会高兴。我只能将这种想法暗暗地多次吞进肚里。

我受恩于我的老师们；我的老师又受恩于他们的老师。就是这样，一代一代，传承着人类创造的文明成果。这样想来，报恩于自己的老师和施恩于自己的学生们，同样具有积极意义。当我在吉首大学成为一名老师后，我仿效我的老师们，努力给我的学生们倾其所有。我不但将我学到的知识传授给他们，我还尽可能在物质上帮助困难的学生。这时，我负疚的心，才稍稍得到抚慰。

对具体的某一位，某几位学生的帮助是有限的，而努力工作，创造性的劳动的成果才是无限的。电灯的发明，给人类带来了光明；钢材、水泥的诞生，改善人类生存的条件；卫星上天，让人类奔向宇宙。所以我想，用老师所教的知识，努力为人类创造更多的物质和精神财富，当是报恩的最高境界。

李之宁老师编写《龙山一中师生大团圆》，邀我写序言，本文是应邀之作。我以此感恩于我初二十二班、高五班的任课老师，我感恩于一中全体老师和天下所有老师。

修志园中一朵花
——为李之宁老师编《白岩洞村志》而作

李之宁老师交来任务后，我认真读了《白岩洞村志》复印本，这里写点读后感。

先讲"村"。

村是社会的细胞。身体的健康，有赖细胞的健康；身体的病变，首先从细胞的病变开始。同样，一个国家、一个民族的健康发展，有赖村的健康发展；国家、民族的衰败，也会表现在村的衰败上。

村本身又是一个小社会。村下面有组，组下面有家庭，家庭里有男女老少。人们在行政纽带，血统纽带，情感纽带的交织中生存着、生活着、创造着。真的、善的、美的、假的、恶的、丑的，都在一个村里表演，互相作用，此消彼长。即使一个很健康的村，阴面的东西也会存在，至少潜在。

村是一个人童年的王国。一个孩童的眼睛里，村就是世界。童年的养料，从村里吸取；一生的内质，在村里铸就。爱家乡，就是爱村；报恩家乡，首先是报恩村。很难想象一个不爱自己的村的人，会是一个爱国主义者；一个不想报恩家乡的人，会为国家、民族赴汤蹈火。

再说"村志"。

村志是村史的缩影。村史虽然不如宇宙史那样无始无终，无边无际，但它比一个人的历史要悠久得多。白岩洞的历史比县域的历史要长。而且，村史是乡、县史的一部分。典型的村史，往往成为乡史、县史的影子。有人说，历史是一面镜子，能说村史就不是一面镜子么？

村志是村民的教科书。有的人，生活在村里，却并不知道自己村里的历史；有的人，知道自己的故事，却并不知道村里的故事；更有的人，时时刻刻在感悟自身，却未能从村史中获得感悟。对这些人，村志就是教科书！孩童呢，摆在他们面前许多教科书，却少了一本村志。何？村志还没有写出来呢。

村志揭示文化样式的多样性。村志，纵写历史，横写社会。经济、政治、文化，直至乡土民情，轶闻趣事，涉猎多多。一本村志，往往从多个方面向人们展示了多样的文化。甲村写村志，乙村、丙村也写村志，不同的村志揭示了不同的文化样式。汇集起来，不是一个鲜艳夺目的百花园么。

最后讲李之宁老师编著的《白岩洞村志》。

这是一个示范。当前，国家修志，省县修志，各行各业也纷纷修志，说是盛世的写照，一点也不过分。可是，村呢？有谁为村修志？笔者孤陋寡闻，似乎尚未读及。李老师受委托，独辟蹊径，为白岩洞村修志，这对其他村，的确是一个先例和示范。

这是厚实的村志，有村志的全部特点和优点。李老师从白岩洞村入手，纵横驰骋，挥毫作墨，读了使人对白岩洞村有一个整体感。然，他并不止步于村，进而叙及龙山，叙及湘西，叙及高山地区的乡土民情，等等。如此巧妙铺排，既使白岩洞村有了厚实的背景支撑，又给湘西，给龙山提供了一个村里详细个案。这是我理解的《白岩洞村志》厚实的另一层意思。

这是一部全面的村志。它有史、有地、有经济、有人文，有奇闻趣事，有湘西解密，有独树一帜的三棒鼓艺术，还有尘嚣一时的土匪乱世。这部村志既照顾到修志的一般体例，又展现了白岩洞村的特殊文化。我说李老师编著的此书全面，并非献媚的溢美之词，亦非空论的虚妄之言。

这是一部学术性很强的村志。它有史、有事、有论、还有研。提出并论证了许多学术性问题，本质性问题。所以，我认为，这部村志高于一般的村志。

还想讲几句话。我写的这些，没有什么优秀的东西。我的老师田发桂院长的美文，其他朋友的论述，才是值得反复咀嚼的。

（作于 2010 年 8 月）

凡人俗事登大雅之堂

杨智贵同志编著的《土家山歌情》是一部难得的好书。通读之余，感想有二。

其一，名实问题。

世人中，有名有实者，有之；无名有实者，有之；有名无实者，有之；无名无实者，亦有之。杨智贵同志在公务员队伍中，有名；但在文坛上，似乎无名。他编著的《土家山歌情》问世，证明他在文坛上有实。有实力、有实绩、有实果。有名有实，人们敬畏，常情；无名有实，在我看来，更应敬畏，但许多人不以为然；有名无实，不应敬畏，但许多人却盲目敬畏。

名，世人无不追求。但追求的正确路径应当是，首先求实。追求于人类、于社会有益的实效、实绩、实果。然后，人们犹然给他以名位。这正是杨智贵同志所走的道路。他的《土家山歌情》问世，将得到社会的认同，民众的喝彩。他由此得名，也就顺理成章了。

使人难受的是，一些人不求实，单求名。为了求"名"，造假；为了求名，欺骗；为了求名，抄袭；为了求名，贿赂。于是，假名者，欺名者，盗名者，贿名者，不乏其人。这种作为，败坏了"名"的名声，抢占了"实"的地位，形成了鱼目混珠、"名""实"错位的尴尬局面。

更使人难受的是，价值导向重"名"，政策机制轻实。一方面，只要获得了某顶"名"的帽子，就有了大把的票子，宽敞的房子，高高的位子。另一方面，百业之中，有实力、有实能、有实绩、有实果者，大有人在。可是，因为无名，不得其位；因为无名，不得其利。不得其位，也罢；不得其利也罢。诚如杨智贵同志所说，他编著《土家山歌情》，一不求名，二不求利，三不求位。可是，你再有实能、实绩，因为无名，就不得其"证"；不得其"证"，就不得其业；不得其业，"实"就无用武之地了。这种认"证"政策，就不仅仅是轻实，是实实在在地限"实"、制"实"了。这种政策机制，什么时候改革了，改成限虚名、制假名、惩欺名、罚贿名的政策机制，改成扬实力、奖实绩，给实果者冠名的机制，"名""实"关系就摆正了，崇尚"实"的风气就会形成。只有小学文化的沈从文，能够成为北京大学的教授，难道我们还不如前人吗？

其二，偏正问题。

在当下一个较长时间内，文学界一些人认为，只有小说、戏剧，才是"正室"，散文是花边，诗歌是"偏房"。这种世俗观念，误导了许多人。照此说来，山歌只是诗歌中的一种形式，岂不是"偏房"之"偏房"了。

其实，诗歌是华夏文化之根。先看《诗经》。《诗经》是中国最早的文学经典，是孔子教学的六艺之一，历来被列为儒学必修课。它不仅对中国两千多年来的文学发展产生了深远影响；而且，具有非常珍贵的史料价值。再看唐诗。唐诗是中华文化长河中的瑰宝，不仅在中国诗坛上独领风骚千余载，而且在世界诗坛上也独占鳌头。正如清朝康熙皇帝所论："诗至唐而众体悉备，亦诸法毕该。故称诗者必视唐人为标准。"不仅如此，康熙进一步论道："唐当开国之初，即用声律取士，聚天下才智英杰之彦，悉从事于六艺之学，以为进身之防。"这岂是"偏房"所能承载的重担？

偏正之论，说到底，是一个价值地位之争。看一种文学样式的地位，不是看它的表现形式，更不是看字数的多少，而是看它在多大程度上为百姓大众所接受，在多广的范围内对人类产生影响。杨智贵同志编著的《土家山歌情》，取材于湘鄂渝黔四省（市）数十个县、数千万人口的广阔区域。千百年来，山歌一直影响着这里各族人民的思想、情感，丰富了他们的精神生活。无论男女老幼，皆以山歌为伴；无论劳作休息，皆以山歌为养料。这样的价值，怎能用"偏房"来贬损？而且，经杨智贵同志几十年的艰苦耕耘，编著成书，将令山歌在更广阔的地域内传唱，在更长的历史河流中流淌。

我以为，正确的选择应当是，抹去偏正之阴影。各种文学样式，都有其特定的价值，不应有主次、贵贱、高低、偏正之分。应让小说、散文、诗歌、戏曲等种种文学样式，尽可能发挥自己的独特作用，并相互映衬、烘托，创造一个繁荣昌盛的文学世界，汇入中华文化之河，立于世界文明之林。

（2014 年 10 月 2 日作于龙山兴隆街贺龙桥旁）

一碗水，亿碗水

　　每次进城，车过黄土坡后，脑子里便开始搜索少时的记忆，搜索几十年前步行进城求学的路径。上"黄土坡"，走"自生桥"、至"一碗水"。思绪停在"一碗水"。

　　那是一个不高的崖坎，崖缝里流出涓涓细泉。祖先在细泉的下方凿了一口"井"，那井口只有碗口大。细泉流进"井"里，水满时正好有"一碗水"，故名。

　　我每次路过这里，都要走到"井"边，爬下身子，喝那"一碗水"，那水喝进嘴，甜丝丝、凉幽幽、嫩鲜鲜，畅快极了。

　　那时，我心中有一个疑问，明明是"一碗水"，可家乡人总是叫做"亿碗水"。一位老者向我解释说："你看那清泉，涓涓不断，流了一碗又一碗；你看那行路之人，喝了一碗又一碗。这样百碗、千碗，不断地流，不断地喝，天长日久，不是'亿碗水'么"？我听了笃信不疑，觉得老者讲的非常有道理。

　　几十年过去，我逛荡有多，浏览有多，不由得又自问起来，究竟是叫"壹碗水"准确，还是叫"亿碗水"准确？是的，叫"亿碗水"更准确。一碗一碗又一碗，积以时日，不是亿碗吗？不是的，还是叫"一碗水"更准确。亿碗水，亿亿碗水，时空无限，何以计量？一碗水，就是这"井"里的"一碗水"，清楚明白，没有歧义。而且，亿碗水系一碗水积累而来，有了一碗水，才有亿碗水，一碗水是源，亿碗水是流。再者，一碗水包含了亿碗水，且超越了亿碗水，正如一个天际，包含了无数星空，大于任一部分星空一样。

进而想到，内心中这"一"和"亿"的纠葛，实际上可以看做是少与多的纠葛。

小时，什么都喜欢多，多比少好，这是想都不用想的道理。

老了，坎坎路走多了，又想那"想都不用想的道理"，猛然悟出，多比少好是一种思维误区！

常常以为，理想越大越好，官位越高越好，票子越多越好，寿命越长越好。实际上，多数情况下，这些理念使人误入歧途。

因为，理想越大，越难实现；官位越高，越难符实；票子越多，越难清静；寿命越长，越难高质。

就理想而言，一辈子做好一件事，是最好的。为了做好这一件事，必须洞悉并把握这一件事的亿万个元素或因子。想做很多事，就难以认识并掌握其中的无法计量的元素或因子。结果，几十年过去了，一件事都没做好。

就官位而言，想做官者，无论什么动机，都可归为两类：一类为公，一类为私。为公做官，官位越高，学问越深，责任越大，担心越多，积劳越重，何好之有？为私做官，官位越高，欲望越多，良心越少，胆子越大，陷阱越深，没有几个有好下场！

就票子而言，追求票子，最终无非是两种用途：或用于民，或用于己。为民，票子越多，行善越多，多好啊！可是，为了不断行善，必须不断追求票子，就像为公做官一样，必然积劳而终。为己，票子越多，荒唐越多。岂不知，任一荒唐事，都是燃烧生命！

就寿命而言，古往今来，追求长生不老者，谁见了？那么，追求长寿总是好吧。好，是指寿命长且生命质量高，且对社会有贡献者。寿命虽长，几十年躺着，自己痛苦，亲朋劳累，社会供养，何好之有？

由此看来，"少比多好"方为正确思维。可是，"论"是一回事，

2005年的马本立。

"为"又是一回事。为什么"论"时清楚明白，"为"时又误入迷途呢？全在一个"欲"啊！

古人说："利令智昏"。眼界放开，便成了"欲令智昏"。权力欲、金钱欲、美色欲、行乐欲、吃喝欲等等，这些，都会使一个"论"时明白之人，"为"时糊涂起来，变得昏头昏脑，做出智人不做，不会做，不该做的事来，进入"多比少好"的思维误区。

生活，少一点好！少了，容易成功；少了，也会清静；少了，才能洒脱。老子倡导"无为而治"，是不是这个意思呢？

（2011 年）

迟到的贵客

天刚蒙蒙亮，我就起了床。虽然一晚没有睡足，可精神特别好。常言道，人逢喜事精神爽——今天，我要成家了。

我这个家，坐落在陕北高原的一个阳坡脚下，是一个名叫七里铺的村子。三年前，当我成为这个家庭的非正式成员时，这里只住着父女。父亲叫乔富，女儿叫乔秀妮。偌大一个院子，只有两间破草房。如今，两间旧房已经翻新。旧房东头，又竖着盖起了五间新房，就是新房对面的猪圈、鸡窝，也是水泥铺地，一砖到顶，真是鸟枪换炮，今非昔比了。

我信步来到旧房跟前，它已经成了我们的加工厂。西边一间外加一个偏轩，是大小不等、参差不齐的大缸小坛，它们都依着高矮秩序，整齐地站在楼梯式的台阶上，像一尊尊菩萨，送来了不少钱粮，东头一间是磨豆腐、做酱油的作坊。磨出的豆腐被制成豆腐乳，和酱油一起，送到离村七里的县城，然后变成人民币回到这个家。就在这里，我这个还没有得到法律承认的上门女婿，和这一父一女，经过三年奋斗，竟成了一个小康之家。

成家，这是一个幸福的字眼。我相信成家后的幸福是相似的，成家前的道路却各有各的不同。九年前，我还不满十七岁，就穿上军装，从天府之国的四川，来到黄沙滚滚的陕北，被分到离七里铺三里远的一个部队当战士。两个月后，又被调到营部当通信员。一天晚上，我给营长送报纸时，他叫住了我。

"小鬼，叫什么名字？"

"王建新。"

"多大？"

"十七。"

"哪里人？"

"四川丰都。"

"咱俩是老乡，我是涪陵人。"

说者无心，听者有意。营长和我是老乡的消息被伙伴们知道后，都说我交了红运，将来学个技术不成问题，兴许还会当个小干部。我怀着一股不可名状的喜气当了通讯员。我的脸总是笑着的，我的手总是忙着的，我给几位营首长抹桌子，擦窗户，拖地板，一天三遍。他们的衣服我给洗；他们的手枪，我给擦；他们出门时，我把皮带送到手上；他们进门后，我把热水端到脚边……

营长对我的工作并不满意。每当我提着扫把进他的房门时，他说："通信员是管通信，电话要听清，记录要准确，送信不误时。"说着便要过扫把自己扫了起来。后来，当他知道我从小失去父母，是个吃百家饭长大的孤儿时，对我管得更严了，减少了领导对部属的温厚，增加了长辈对孩子的严厉。他给我《雷锋的故事》，并限期读完。当我给他还书时，他说，"你是一个兵，雷锋也是一个兵，要当成雷锋那样的兵，才算一个好兵。"以后，营长又找来初中课本，规定学习任务，按时检查作业。我感到营长什么都好，就是少了点老乡间的亲热劲儿。

一晃一年，这天，我得到消息，团里决定每个营选几名优秀战士学开汽车。按照惯例，我这个"亲信"学开车，是坛子里抓王八，十拿九稳，可一想到营长那个严肃劲，心里就直打鼓。我想找教导员，架几次势，都没好意思开口，觉得领导主动通知我更体面。

过了两天，营长找我谈话了。

"小王"。

"到！"我立正站着，虽然是老乡，我历来是按条令办事的。

"想心事了吧。"

我的脸腾地红了。但嘴上却嗫嚅着，"没……没有"。这时，我开始冒汗了。该死的，这么沉不住气。

"我看出来了，你想学开车。"

我害羞地，使劲地点了一下头。

"我们打算让你回连队当炊事员。"

顿时，我只觉得肚里的酸水直往上冒，喉咙管烧得发痛。好一阵子，我才上牙咬着下唇，眼睛噙着差点滴下来的咸水，使劲而又微弱地"嗯"了一声，再也说不出话来。

营长从上到下，爱抚地看了我好一阵子，似乎有些激动："我们一起生活了一年，我相信你会想通的。"他一反平常的严肃，话语平静而温存，就像给我讲雷锋的故事那样。这时，他一对深沉的眼睛，慢慢地离开了我，向窗外的原野望去。

我是多么希望他继续说下去啊！说出不送我学开车的道理。可是，他不讲了，就像做作文一样，要我自己动脑筋。

我到八连后，连首长分配我管作坊。我心事重重，后悔不该当通信员，更后悔不该碰上这个老乡营长。哼！因为是老乡，怕沾疮？"原则，"偏偏原则到我头上？不开车就不活了？我犟着脾气憋着气，拼命地干了起来。

一年下来，我学会了做酱油、豆腐乳，腌多种咸菜，为连队创造了价值三千多元的财富，荣立了三等功。那天。营长和连长来了，他们转了一圈。营长开心地说，"建新呀，不要小看这一套，将来回去成家立业都是用得上的哟。"

当兵第三年，我当上了炊事班长。尽管是个火头军，据说有人说是营长打了招呼的。不管这话是真是假，是褒是贬，当班长确是事实，而且一当就是三年，入了党，又立了两次三等功。一九七八年底老兵复员时，老连长（已升任营长）又一次将我留下。这时，我的老乡营长调到团里当了两年参谋长后又当了团长。

"建新，想什么呢？"我猛一扭头，岳老子正倚在门口抽烟。

"大，我想团长啦。"

"他会来喝一盅酒吗？"

"会来的，您、秀妮和我都接了，还能不来？"

当我陪着泰山大人在房前屋后转了一圈，在凳子上坐下来的时候，秀妮从房里走了出来。她笑着走着，走着笑着，米黄色的围脖套住了她的头，又露出一张红扑扑的脸，一对温柔的眼睛在两道染霜的淡眉下幸福地闪动。相处四年的秀妮，我第一次发现她这样楚楚动人。

那是七九年早春的一个上午，我正满头大汗翻晒咸萝卜的时候，老连长和指导员领来了一位姑娘。老连长叫住我："你给带个徒弟。"

我茫然地直起了身。

"是团长叫你收下的哟。"老连长显得很认真。

"是这样，七里铺实行责任制了，前几天团长和乔大叔扯起发展副业的事，推荐了你这个能人。乔大叔很高兴，派秀妮学艺来了。"指导员解释道。

我常去七里铺，这个秀妮却是第一次见到，不由得打量起来：瘦高个，穿一件显然太短的带花补丁的刮袄子，周正的脸上像是涂上了黄蜡，圆圆的大眼睛圈着一圈暗影，过长的两只羊辫倚在肩上。"一个营养不良的俏女子。"我心里品评着。她看我直直地看着她，羞赧地低下了头，两只粗糙的手不停地搓着衣角。

"待着干什么？"老连长打破了僵局，"秀妮的妈去世早，是乔大叔的汗水喂大的，体质差一点，你要好好照顾哟。"

就这样，我收下了这个"徒妹"，每每想起自己的身世，我对秀妮的怜悯之心变成了对亲妹妹的抚爱，她也很乐意接受我这个哥哥的爱怜，这使我俩打破了战士和姑娘的壁垒。我买来新衣服给她（不是给，几乎是她从我手里要过去的），她马上穿在身上，高兴得上上下下看个够。自然，她从家里拿来石烙馍，爆米花时，我拿着就吃。

就在这时，可以改变我一生命运的新制度实行了——中央军委决定将部分义务兵改为志愿兵，长期留在部队服役。年纪大了，像干部一样，转业到地方工作，吃一辈子国家粮。我平静了几年的心又荡起了波浪。我是炊事班长，正是改的对象；我已当兵六年，正好够条件；我是孤儿，哪个不知道？我三次立功，无须开后门。当我知道指导员为我填了表，营长（老连长）亲自签了字，团政委也说没问题的"消息"时，我的心快要跳到嗓子眼了。

真是的，捧到手里的鱼，又溜掉了，团长不同意！我烦恼极了。这天早饭后，我懒得安排班里的工作，也忘了叫秀妮，便独自一人进了作坊，心事重重地腌起豆腐乳来。每当我处于生活的十字路口，眼看快要走上笔直平坦的大路时，团长为什么总要把我拽向荆棘丛生的小路呢？我的命运竟然被掌握在这个怪人手里！我的心像猫爪子挖着一般难受……

"发什么呆？"不知什么时候，秀妮进来了。她歪着脑袋，一丝微笑停留在她的唇际。

我连忙站起来，一抬脚，踢翻了盐罐子。

"今天怎么啦？"她一面收拾一面问。

"没什么，"我没好气地说。

"转不上志愿兵就那么伤神呀？"她轻柔的话语里带着责备，完全是一个妹妹对哥哥的劝慰和嗔怪。

"真是个怪团长。"我答非所问。

"怪团长？要是我，感谢还来不及呢。"秀妮收拾好撒在地上的盐，重新摆开了摊子。

我像一个徒弟，乖乖地跟着师傅干，虔诚地等着老师的答案。

怪，秀妮脸红了，头勾得低低的。

"你说呀。"我催促着。

"不。"她抬起了头，望了望我，又低下了头。许久，她像挣脱了什么，羞怯地开口了。"哥，你要我跟你当一辈子妹子不？"

我周身一热，脸刷地红了。

"到我家去，"她胆怯地望着我。

当我缓过劲来，确信这是真的时，我双手向秀妮伸去。可是，她拒绝了，"哥，等以后……"

这年冬天，我复员后就来到秀妮家入赘了。有人说，每个人都有自己的命运，我相信了。

今天办喜事，我和秀妮不想大办，伙伴们说啥也不肯。几天来，他们自动搭起了棚子，搬来桌椅，宰杀了猪羊，磨好白面。我呢，想着二十多年的过去，摸着口袋里的票子，干脆，落雨不打伞，已淋是已淋。于是，场面就撑起来了。

谁知，今天的场面越搞越大，才头歇气功夫，厚厚的人情簿写完了；而且，眼见客人还在来。我心里发虚，想快点收场，可左等右等，团长还不来，他是最珍贵的客人，再怎么也得等呀。过午了，还没见团长的影子。冬天日子短，好多客人都是空着肚子来的，特别是一些小把戏，跑进窜出，喊爹叫娘，有点乱套了。

我心急火燎，从屋里到屋外，从村里到村外，最后，干脆蹲在村口上，伸长脖子，眼鼓鼓地望着。是不是有事来不了？莫非今天不来了？猜测把我带到一个月以前……

一个月明风静的晚上，我做起了甜梦……我和秀妮一左一右，陪着爹看电视剧《乡情》。"咚咚咚"，有人敲门。我开门一看，是团长来了。他笑哈哈地说："好哇，小王，如今富了，把团长忘到脑壳后头去了。"醒来后，我怎么也睡不着。第二天一早，就跑到银行，取出两千块，找到了团长。我从洗得发了白的挎包里取出一大把票子，一色十块的，往桌上一放，笑眯眯地望着团长。

"这是干什么？"

"给你买电视机呀。"

团长望着我，又望着钱，在屋子里来回走了好几圈，然后，点了一支烟，在我对面的沙发上重重地坐了下来。我感到不妙，赶快申明，"团长，我是一片真心呀！"

"我没有说你是假意呀。"团长慢腾腾地说着，一口接一口地抽烟，一团团烟雾在他面前缭绕，我看不清团长的脸是晴还是阴。

"不像话。"团长把烟屁股往烟灰缸里一按搓，"我是菩萨，你来庙里还愿？"

"是……不是……"，我心慌得语无伦次。

"感恩戴德，你有这个良心，好！建新啦，你入党好几年啦，思想该成熟啦。看来，你的钱多得要长虫喽！我问你，几年加起来，一共得多少？"

"净得一万四。"

"那好，我估摸着，你修房子，三千；买电视机，二千；给你爹做老屋，给秀妮做衣着，一千元左右，还干了些什么？"

"还给村里八户军属送了四千斤小麦。石匠刘柱子去年被砸坏了腿，一应用费是我出的。这几年，孤老孙二奶奶过日子是我包着的。"

"那好，做得对，也给你这个老乡团长拣了个面子。那么，今天呢？"

我浑身燥热，好像好多虱子在爬。

"哈哈，感恩来了。"他尽量把话说得随便些，"你想的是，用自己挣来的钱，一方面'感恩'，一方面'积德'，是吧？"团长站起来，推开窗子，望着远方，陷于沉思。他像是对我，又像是自言自语，"我们共产党人，靠什么把我们的国家引向美好的明天？靠个人致富，靠修善积德吗？"他转过身来，深情地望着我，"小王，你有今天，靠什么？现在要社改乡了，要说感恩的话，你自荐当个七里铺的村长，让全村的老百姓都跟你一样富起来，怎么样？"

我捏紧了拳头，全身肌肉都绷紧了，从嗓子眼里蹦出一个字："干！"

团长送到营门口，拍着我的肩膀说："小王呀，莫忘了自己是一个共产党员，你该自己走路啦。"我走了，还不时地望着团长，眼睛模糊了，眼前的田野、树木、房屋都晃动起来，就像没有调好焦距的电影机镜头在屏幕上的影像一样……

坏了，我又走错了一步棋，一定是团长知道我收彩礼、摆酒席，不来了。我三脚并着两脚，急匆匆地闯进家门，"大，秀妮，快来。"我把意思向他俩一说，岳老子一拍大腿，"好小子，你变聪明啦！"秀妮眼睛一亮，"就是的，我去……"

我一纵身，跃上一张桌子，扯开了喉咙，"客人们，乡亲们，我对不起大家……饭菜已经做好了，请大家上席吧。"

"油泼辣子扁扁面，来喽。"我爹和几个小伙子们连吆喝带拉扯，把客人拉上了席。大家拿起筷子，院子安静了。这当儿，秀妮和几个姑娘拿着"人情簿"开始退彩礼。送被面、布料的退原物；送粮、米面的折价退现钱；送票子的当然退票子。就这样，推推攘攘，拉拉扯扯，总算把客人们打发走了。

等到收拾好摊子，院子安静下来后，已经是下午四点了。今天团长虽然没来，我心里却是踏实的，因为我开始学会自己走路了，虽然不怎么利索。当我们一家三口和几个叔伯坐上热炕，端起酒杯时，"叮铃铃"，门外响起了单车铃声。秀妮开门一看，一下子跳了起来，扭过头来使劲喊："团长来了！"我爹抢上前去，接过团长的单车，"来，喝一盅！"

"向你老哥道喜呀。"团长一边说，一边从提兜里拿出一个大纸包，把秀妮和我叫到跟前，"来，给你俩的礼物。"秀妮一手抢过来，打开一看，又赶快包上，往我手上一塞，脸红了。她娇嗔地瞪了团长一眼，眯起双眼，亲热地叫了一声："团长。"噔噔噔，扭身跑开了。

我一看，"嗬，胖娃娃！"

我爹说："就一个？"

团长说："好事成单嘛。"

"哈哈哈哈"。

（作于1983年）

中共最小的官儿们[*]

这就是他们吗？

当他们一个个站在面前时，我们不禁暗暗吃惊。

一张张菜色的皱巴巴的面孔，一双双深陷的布满血丝的眼睛，一副副因太重的负担、太少的占有而佝偻的清瘦的身躯，渺小，寒碜，低贱，这便是湘西龙山县农村党支部书记的群体像……

这些在工资表上找不到名姓的中共最小的官儿们，他们的躯体包裹着的，搏动着的，究竟是怎样的魂灵呢？

挨过几多咒骂，遭受几多恫吓，咽下几多屈辱，只有他们自己知道。反正"嘎二尺五"的气得受，"吃皇粮"的气更得受，好在一条——他们习惯了。他们早已感受不到这种夹在石头缝里的日子有什么不对劲的地方。他们从不叫屈，从不申诉，从不抱怨。我们在公安局、检察院、法院和各级党政机关找不到一纸支书们的申冤与叫屈。当我们一再问起他们遭受的种种屈辱的时候，他们总是淡淡地、开朗地一笑……

一 "炮客"

"兄弟对我讲，'大哥，我们兄弟莫认了。你莫喊我，我也莫

---

[*] 本文系马立本与贾美福（贾僧）共同创作，其中第一部分刊登于1992年1月2日《中国老区报》。

喊你.'听了兄弟的绝情话,看着他手上的血印子,我这当大哥的……"他喉咙哽咽了,眼眶嚼满了泪水……

一米八的块头,手上和胸脯隆起一坨坨黑黝黝的肉疙瘩,结实,粗犷,像青峰尖一棵高大苍劲的松柏。满头硬刺刺的短发,棱角分明的阔脸,浓黑的眉毛下一双眼睛炯炯地透出了几分"凶恶"。

大兴村的人们都叫他"大炮客书记"。

他说:"马书记、贾同志,我彭老大是个炮筒子,当不得书记,再当……还是把我撤了好!"

大炮客书记彭恩祥确实"炮"得很。一九八六年任村支部书记至今,满打满算不足六年,就得罪了不少人,弄得三、四个人手持匕首要放他的血,连亲生兄弟都成了仇家,老死不相往来了……

片完小几百号师生,只有一间五个蹲的小厕所,破烂得出口大气就会倒塌。学校整修厕所,附近一户村民说厕所大梁"挑"了他家中堂,不吉利,硬不让修。女校长多次登门做工作,被丑的烂的骂了几背篓,并把泥瓦匠拉的线扯断,砌的墙推倒,连基脚石也扔了,几个人还手持菜刀闯进学校,要杀校长全家。校长无可奈何,长声痛哭。"大炮客书记"听说此事,心里那个火啊……摔下饭碗,咚咚咚,一股风刮到学校,问那个村民:

"你为什么要撤?"

"我偏要撤,你咬我的屌?!"

他气登毒了,转过身来,对整修厕所的泥瓦匠咆哮道:"哪个再撤,你们给我拿泥瓦刀砍,砍死了,我彭老大抵命!"

这一炮,轰得那个村民不敢再动一砖一瓦,但却不肯认输,找他骂娘,吆喝五个人要扑上来。"炮客"挺在原地一动不动,把胸脯擂得嘭嘭响。"你们几个人多,我彭老大就怕?我彭老大长这么大,从没当过乌龟!"

看吧，看吧，他就这么"炮"。

"你呀，苕！"爱人埋怨，"千人万人没得你彭老大苕！今天得罪一个，明天得罪一个。全村人都得罪完了，看你死了哪个抬丧！"

他两眼一瞪，"婆娘家晓得个屁臭，要是树叶掉下来都怕砸破脑壳，搞得好？变了牛就莫误春！"面对痛他爱他的妻子，他也放"炮"。

这个土家汉子，他什么都不怕，就怕"误春"。88 年上半年，几户村民本来有房住，又打报告要占用稻田修新房。在村蹲点的副镇长不跟他商量（对他检举其接待巡回办案人员时大吃大喝耿耿于怀。9 个人办 7 天案吃喝 2737 元），就擅自批了。他不由火冒三丈，坚决阻止占田修房。这下把修房的几户村民得罪了。有的跑上门来质问："听说你不同意我起屋？"

"就是我不同意！"他把腰杆一挺。

"镇长看了、批了，都作不得数？"

"就作不得数！要是都这么乱批，大兴街的田还不占完了？没得田土，我们大兴儿子儿孙嘴泥巴？"

在这个人满为患的世界上，一个人做一件好事并不是每个人都能理解的。当这好事损害了某些人的不论是长远的还是眼前的利益时，他们心里就很不舒服；甚至从根本上说有百利而无一害，他们也不理解或不愿理解，就在心理上和行动上产生水与火似的对抗。随着最小的官职的任期延伸，我们这位"大炮客书记"的"冤家"也越来越多，日子不像以前当老百姓那样逍遥自在了。

一天傍晚，他正和村长一边喝酒一边合计村里的工作，突然闯进四条粗壮后生，一个个满脸杀气，别在腰间或装在衣兜的匕首时不时把衣服挑起老高。他们嘟嚷着要酒喝。

"喝啊。"他热情招呼他们，忙不迭地递筷沏酒。"没得么子好酒，苞谷烧包你们醉。"

"嗨，他们哪里是讨酒喝！"他对我们说："他们是专门喝我血来的！先天有人报过信，讲有几个人哪天要来杀我，我忘到脑壳后头去了。"说着哈哈大笑起来，好像那个场面是一幕可笑的闹剧。

我们问他，"你连他们的家伙也没看出来？"

他又朗声笑了，"我彭老大生来是个粗人，哪里注意家伙不家伙！"

他粗心，有人可不粗心，他的一言一行都有一本账记在那里，豆腐拌韭菜，一清二白，有的账今天算清，有的账明天讨还。有的呢？怕要记一辈子；还可能交给儿子、孙子，子子孙孙交下去，算下去，永远没有一个了结。

回想起来事情发生并不久，他也实在太粗心了些。那天，他参加镇党员学习班回来，见村民刘某某在文化活动中心（原大队部）坪坝里下基脚修裁缝铺，便说："这是村里的坪坝，你怎么私人起屋？"刘某某火冲冲地回答："我想起就起，关你屌事？"（天晓得"大炮客书记"什么时候为什么事情得罪了这位村民）他耐着性子讲道理，可对方半句也不装耳，自顾修自己的，第二天就砌了墙，第三天硬把瓦盖上了，还说大队坪坝"我也有一股，分了！"他越想越气，连夜里爬起来，挥一把开山斧，噼噼啪啪把铺子门窗砸得稀烂（在有些坐办公室的官儿们看来，他算不得一个合格的党支部书记，"怎么可以砸老百姓的门窗呢，太粗鲁、太野蛮了！"）第二天他召开党员大会，大家一致要求撤。可是那位副镇长会后却对他说："莫得罪人，搞了就算了。"（据说，这位村民事先已得到副镇长首肯）他一听不是味儿，"这是党员大会定的，不是你我个人的事。大家要求撤，如果他不撤，有的群众也要剐一坨，到时候哪个收得拢场？！"副镇长吸吸鼻子，"那就按你们定的办嘛，"一甩手，打道回府了。我们这位"大炮客书记"，中共最小的官儿，看着远去的副镇长，气得浑身打颤颤，"哼！你走就走，我彭老大非撤不可，不撤是狗娘养的！"撤了！

这件事情在他看来处置得是如此正义，如此符合众心，如此问心无愧！他却万万料想不到，别人心底早已埋下了仇恨的种子，如今找上门来，取他性命。

有什么办法呢？你既然命定是一个村主事的官儿，一个"当家的"，你就得在矛盾的旋涡中翻滚、折腾。田土纠纷，群众斗殴，赌博偷盗，计划生育，五花八门的上缴和摊派，两口子打架扯皮……你都得去处理、去平息、去整治、去执行、去化解调和，于是，便产生误解、隔阂、仇恨。某某赌博，你罚他的款，他心里自然不舒服。计划生育利国利民，但有人要"传宗接代"，你把他一刀扎了，他不恨你吗？他们可不认政策。你又不是"吃皇粮"的官儿，人家是水，是云，得罪了人，一拍屁股，"拜拜……""打一枪换一个地方"；你是山，是岩，搬不动，移不开，子子孙孙还得在这块地方跟这班人马"面朝黄土背朝天"，患难生死一堆儿。这报复就来了，屈辱就来了，灾祸就来了！庄稼被毁，林木被伐，鸡鸭被盗，房屋被烧……

"他们来取你的性命，你就一点不怕么？"我们问他。

"怕么子"，他又哈哈大笑，"死了算烈士，开追悼会，光荣！"

人家骂他娘，骂他祖宗，他没怕过；蹲点的领导使绊子，他没怕过；有人动棒动刀要杀他，他没扬一根眉毛，他真正算得上硬梆梆、响当当一条汉子，哪根骨头都能当炮管使。可他的心，也是肉长的，血管奔突的，也是热乎乎、红鲜鲜的血啊！"兄弟不认我这个大哥，连好侄儿、侄女碰面也不喊一声'伯伯'，像见……见了生人……"提起骨肉分离了，他就语不成声了。

每回碰面，他都主动招呼兄弟，可兄弟像没听见似的，旁若无人地擦肩而过。

从前，兄弟俩哪家有好吃的，有好喝的，两家老老少少都堆到哪家吃"大锅饭"，有说有笑，几多热闹，几多宽心。现在呢，他特意做了好菜，请兄弟多少回，一回也没请动过……

为解开兄弟间的"死疙瘩"，他十多次登兄弟家的门槛，讲了几背篓的好话。可兄弟半点声息都没有，那张脸如一块冰，似乎永远也不会融化了。他说，"他就是打我一顿也好啊……"

可他怎么办呢？他得履行他的职责！他得兑现他的诺言！难道他能放兄弟一马，而负全村老少两千三百多颗心吗？

大兴村地处要道，毗邻三乡。责任制后社会秩序一直比较混乱，偷扒赌拐，强奸妇女，闹得村民不得安宁。有的路段，青天白日妇女也不敢涉足。群众强烈要求严加禁刹，可屡禁不止。1986 年，彭恩祥走马上任，铮铮赌咒刹住歪风。他首先从亲兄弟头上动刀子。一次兄弟赌博，他把兄弟逮了，罚款 250 元，又亲自送到镇里关押起来，这下，"后院"起火了。

"好啊，大哥，你好心毒！"兄弟咬牙切齿，"七、八个都不抓，偏在我头上试刀口！我算把你看透了！"

兄弟媳妇上门哭闹，"还是亲兄弟呢，莫子都不顾！人家讲，他哥哥当书记，这回不得拐，哪晓得你抢功……你要是把兄弟搞劳改了，我就走人！伢崽送到你屋里，你各养！"

一根粗绳，五花大绑，又开大会又游街，兄弟被捆得大汗淋淋，眼冒金星，双手布满血道道，回家半月不见消退。他对大哥的仇恨，便刻骨铭心了。

"大哥，我们兄弟莫认了"，兄弟的脸像一块冰，"莫认了，你莫喊我，我也莫喊你！"

"老二，莫这样，你听大哥讲，……"他急忙拉兄弟的手。可是，兄弟狠劲一甩，头也不回，走了。

他蹬在那儿一动不动，木木的像一节树桩子。

唉，唉，我的兄弟，我的兄弟呀，大哥我，我……

他有七个兄弟，感情最深的就是这个老二。父亲早亡，一家几张嘴巴全靠母亲出门卖苦力，老二是他这个几岁的哥哥一天天背大的，一口口喂大的。"苦日子"那阵子，母亲给他一碗野菜粥，他总要给老二留几口。小学才念到四年级，他不得不放下心爱的书包挣工分，供老二念书，当民兵营长十多年，几次提干，就是因为文化低被刷掉了。为此，他伤心过，还悄悄抹过眼泪。但看着兄弟，有知识、有文化，他就想开了。老二呢，也一直待大哥特好。有一年他病重，老二急急火火从部队赶回来。火车上人多，挤在厕所里站了一整夜。又渴，又热，又累，一下昏了过去……可是今天呢？今天，今天……他觉得鼻子发酸，眼睛发涩，怕人看见，慌忙把自己关进屋里……

那一回，他喝得烂醉，吐了一楼板。

吐酒后的第二天，一大早，他就在村里吆喝忙乎开了。他的脸是乌青的，但腰杆像往常一样挺直，脚步咚咚地像过去一样坚定有力，声音还是那么洪亮。早起的村民一个个把头探出吊脚楼，打量他们的"大炮客书记"，似乎觉得书记有点变了，又好像一点儿也没变，还是烧成灰他们也认得的那个大炮客书记……

新修的小学校舍，他白天带着大伙儿运砖搬料，夜里睡在工地守护建校材料，两个月零七天下来，浑身被蚊子咬得尽疙瘩，硬生生掉了五斤肉。那天回家吃晚饭，他边吃边打瞌睡，"哐"的一声，饭碗掉在地上，破了，妻子那个爱，那个痛，那个怨，那个恨哟，两口子平日最喜欢对山歌，她禁不住唱了起来：

> 口喊哥哥听我说，
> 莫必拼命把事啰，
> 无日无夜忙起火，
> 搬起岩头自打脚！

他突地长了精神，瞌睡、劳累不知跑到哪里去了，应声道：

> 茶花红红向太阳，
> 一朵茶花一窝糖；
> 翻身莫忘毛主席，
> 幸福莫忘共产党。

他告诉我们，他的祖父在贺龙部下被土匪打死了。父亲是被国民党抓壮丁死的。那时，他刚刚三岁，就跟母亲逃难洛塔、贾坝。"那真是千个屋场，万个水井啊！"他说："在贾坝新华住两年，就搬了十四个屋场，都是讨人家屋檐、柴房住的，喊走就得走。有一年坐瓦窑，半夜下起暴雨，山上滚下一块比瓦窑还大的岩头，好凶险啊！只差一尺远，全家就成肉泥了。"他扭头望着窗外，良久不语，眼眶又湿润了。

窗外，是满山青郁的松林，一簇簇斑斓缤纷的山花，太阳洒下了辉煌的光芒。

彭恩祥，我们的这位"大炮客书记"，任职六年，挨过多少咒骂，遭受多少屈辱，谁知道呢？没有人知道。一个最小的官儿的酸甜苦辣，喜怒哀乐，谁感兴趣啊！然而，当他几年从县里扛回"文明村"锦旗时，人们这才晓得，在召市镇的山旮旯里，有一个块头很大的村支部书记。不过，真正了解的并不多，只知道这"块头很大"的书记性子"炮"。上任六年甩掉贫困村帽子，社会治安根本好转，再没有丢失一只鸡鸭。全村户户有了"节能灶"，一年少在山上破柴多少万公斤，还建了几口沼气池，做饭不烧柴，照明不用电，可谓山区生活方式的一场"革命"，仅此而已。更多的人对这位"块头很大"的书记是万元户很感兴趣，编着种种理由，打起道道幌子登门造访，或"检查工作"，或"参观、见学"，或"抓点"，或"总结"。问几句，看几眼，赞叹几声，夸奖一番，于是，坐上丰盛的饭桌，吃吃吃，喝喝喝，抹抹嘴巴，饱嘟嘟醉昏昏而去，管你几多苦楚，几多忧愁，几多冤屈……

对于这一切，他从没有抱怨半句。"老百姓还是认得我彭老大，心里红的黑的，他们一清二楚。"他说，神情是那么宽慰，那么满足，还有那么几分骄傲。"那年我要打退堂鼓，他们死活不干。他们说，搞吧，搞，大兴村没得你彭老大，又要乱套！我说，我是炮筒子，肯伤人，搞不好。他们说，是人总有三分性麻，坡上的树还有直有弯哩！为村里办好事，你骂，你吼，大伙儿受得住！"（这是真的。他爱"炮"，但他炮得有理有节有凝聚力感召力，大兴村绝大多人打心眼里拥护他。他推广"双两大"插秧新技术，户户响应；他动员大伙儿修公路，每天上路六、七百人；他禁刹歪风，群众都为他撑腰壮胆……）他又提起那几个上门取他性命的人，"要讲，他们都是我的仇人，有的兄弟被我送去判了十多年刑，有的亲戚是我送去游的街，我还罚过他们的款，在全村人面前亮他们的相。你讲人家恨不恨我彭老大？恨！可他们杀我，我一边跟他们喝酒，一边跟他们摆理儿。喝着、摆着，他们一个二个低了头，收起家伙走了。第二天，有一个上门来，这回不是杀我的，是给我认错的。

他说，我错了，你是个好人。我上了人家的当，是他们出钱请我杀你的"。我说，"么子错不错，来来来，昨天光顾哐白话，没喝好，今天将就有好菜，我们开开堂堂灌几碗。"

不是吗？认他知他的，还是他的相依为命的父老乡亲啊。他彭老大还要什么呢？这就够了，足够了。

他又望着窗外，沉默良久，喃喃地自言自语，"我那兄弟……他……不晓得他肯不肯……肯不肯认我这个大哥……"

肯的，我们说，兄弟到底是兄弟么，今天不认，明天认了；明天不认，后天会认；总有骨肉相认的那一天。

他回过头，开朗地笑了。"对啊对啊！亲生骨肉，哪有不认的？"

我们笑着说，"还要罢你的'官'吗？"

他嘿嘿嘿嘿笑，一副"傻"相。突然来了劲头，有力地挥着大手，"组织上看得起，不见外，那就搞！要搞，我彭老大非得搞好！"

随后又认认真真地说，"领导不批评，我各也晓得，我这个炮筒子脾气啊！还是要改一改！"他擂几拳脑壳，像是坚定"改一改"的决心和意志，然后站起身，手臂和胸脯隆起一坨坨黑黝黝的肉疙瘩，"不过，'炮'瘾发了，硬是憋不住，我彭老大还会'放炮'啊！"

我们一起哈哈大笑起来。

二　酒瘾

他嘶地抿一口包谷烧，咂巴咂巴嘴皮子，乐呵呵地道："酒，硬好。红事喝它，白事喝它，快活人喝它，愁苦人喝它，那滋味，耐嚼。"

每天从地里一身汗一身泥的回到家，或者东奔西跑办公事又疲劳又憋气地归来，他把屁股往饭桌前重重一墩，端起酒碗嘶嘶嘶抿几口，疲劳也好，闷气也罢，一下子就消散了。

到底是哪年端的酒碗，哪年酒瘾上的身子？他说，"我老了，记不得了。也没工夫记它。记它搞么子罗。只晓得酒碗跟自家头上那顶很小的'乌纱帽'有瓜葛，有牵扯……"

他本不该喝酒的。一双发黄的眼睛，一张蜡黄的脸庞，一副空空的骨架，只要扫一眼便知道他的肠道不好，肝脏也有毛病，喝酒等于喝自己的血。老婆伢崽三番五次劝他戒酒，他一回也没装耳："你们硬不准我喝酒，还不如两斧头把我砍了。"

其实，他又何尝不怕死呢？

是责任制到户那年吧。按政策，他把田呀土呀一五一十给各家各户分了。后来"三山变一山"，又分。剩下柏墩山一百多亩好树木，他抱抱这棵枞树，摇摇那棵云杉，好大的树啊，几密的林啊，他硬舍不得分。一连几天，他天天往山上跑，夜夜睡不着觉。他找村长向顺爱商量，"我有这么个私心，柏墩山就莫分了，留着，以后村里搞个么子事情，好派用场；一下子分光了，几天就要砍败，到时候搞么子都不方便。"村长说，"要得，要得"。他很高兴。谁知一开会，十二个党员，八个要分。群众要分的也不少，都吵吵闹闹，"分！分！分！""分了算了"，"早得不如现得，得了才算得！"有的找他质问："上面的政策，你怎么不分？你贪污政策！"还有的人闯进门来，"要留，你各留，我那一段，你分给我！"又召开几夜支部会，党员会，群众会，好讲歹讲，磨破了嘴皮，硬通不了思想；一家一户登门疏通，跑断了腿杆，还是一点用场也没有。"就按大伙儿的要求，分了？……不行！不行！千万分不得，我找领导去。"翻山越岭，跑二十里山路，没想到领导却说："老向，要适应形势啊！形势……"形势？他困惑了。形势！形势！莫非我向顺财真的老了？跟不上形势了么？他有些不知所措了。一步一闪，两步一拖，他回到家，阴沉着脸。哪个搭话都不理会，自顾闷闷喝酒，喝酒，喝酒。不知不觉醉了。吐，吐，五脏六腑都吐出来了。他爱酒，贪酒，但他从不醉酒，这是他生平第一次大醉。他用镜子照照脸，吓了一跳，突然有一种死亡的恐怖笼罩他整个身心，他对老伴说：

"我怕活不长了，日子快了。"

相依为命的老伴泪流满面，"早跟你讲，把酒戒了，可你……"

"这回听你的，戒了。戒，那么样，那么样，都戒了……"

我们笑了，"老书记，你还是没戒啊。"

"戒不脱"。他也笑了。"酒这天杀的，就是好啊。"

柏墩山到底还是被他留住了。"就不戒酒，我也要柏墩山！"他没戒酒，柏墩山自然属于他向顺财的（现在叫村办"绿色企业"）。好大一山树林啊！高大、笔直、茂密，远远望去，黑森森，苍郁郁，爱煞人。他抵制不住洋洋得意的感情，说："现在看起来，我向顺财还有点眼光哩！村里架电线，全靠这座山，这山立了大功啊！通电那天，天上星星都落到咱西屋村来了，哪里都亮堂堂的。七十多的向天友老汉说，'电像这么样子的，电真的好！'要分山的人见了我都不好意思，笑，笑，笑。""嗨！"他又抿了一口酒，有滋有味地咂巴咂巴嘴皮子，没醉也有几分醉意了。

酒，这东西早已溶入他的血液，成为他那渺小而又卑贱的生命的一部分，既是他人生旅途的一大苦难，又是一大快乐，像毒蛇的毒汁吞噬着他的肉体，又像阳光，像雨露，像清新滋润的空气，延长着丰富着他的生命，使他虽渺小而崇高，虽卑贱而辉煌，虽短暂而永恒。

他是个"死心眼"，拿当地老百姓的话讲，是个"古板人"。党的政策，上面讲一就是一，讲二就是二，二十多年支书，他没"灵活"一次，眼睛没"搭"一回。"有的人开一只眼闭一只眼，我硬学不会。"他说，"搞了就莫马虎，把党的大事误了，不屙尿占茅坑搞么子？"这正是他的苦难所在吧。

1979年计划生育，上面讲，"两胎以上全部扎完"，他一丝不苟地执行。扎完！群众不干，"人家大队都没搞，我们西屋忙么子？"他说；"人家是人家，西屋是西屋，党的政策，儿戏不得。"群众又抵，"你屋里的不动，我们硬不动！"有的到了医院，看他兄弟没去，又跑回来。他就找到亲生兄弟，"你是党员，组织上的人，不带头要群众带头？"兄弟两个女子，做梦都想要个"传宗接代"的，"那硬要搞？""政策来了，不搞不行嘛，这个头你非得带！"兄弟狠狠心，扎了。全村生两胎以上的有二十多对，只两个女子的就占七对，咬咬牙齿，扎了！谁知，1981年田土到户，上面抓计划生育不像从前那样紧了，没过几年又发下红头文件，连国家干部、双职工都可以生两胎，大家都比着，三胎四胎噼里啪啦，热热闹闹生起来。这下可苦了他了，难了他了，许多人戳他脊梁骨：

"你嘛得表扬，把我们搞绝代！"

"没得良心，人家眼皮子搭起，还不是过来了？"

"人家都哗哗地生，就我们西屋扎得紧！"

……

近两年，计划生育抓得又紧起来，他又面临着埋怨责难和委屈。但他不管这些，上面喊大抓就大抓，喊狠抓就狠抓，一是一，二是二，丁是丁，卯是卯，半点儿不含糊。然而，人们再也不像从前那样听他向顺财的话了，他们要一是二，二是一，丁是卯，卯是丁，"含糊"了。

他开会宣传计划生育政策，村民阴一个，阳一个，像羊子拉屎，熬到半夜，只到三分之一！

他拖着病体，踩千家门槛，蹲万家火炕，跑断腿，磨破嘴，人家呢，不说扎，也不说不扎，"阳春忙啊！""等人家扎了我就扎。"有的理由还妙些，"来月经了！"天天来月经，看你向顺财怎么扎。

难啊！苦啊！他真想骂娘。可是，骂哪个的娘呢？他无可奈何直摇头，直跺脚，直哼哼，有时急了就找婆娘伢崽锅碗瓢盆生风找岔子。想来想去没想头，他就想，"讲到底是你向顺财没得本事啊！"嘶，嘶，嘶，他又喝开了，火辣辣的包谷烧灌进喉咙，流进肚里，把胃烧热，这热很快遍及全身，血流加快，精神提起，于是，他披一件棕衣，或戴一顶斗篷，出门了。

有时他真想搁挑子，不是怕困难，怕吃苦，是怕耽误了党的正经大事儿。一天，他找到镇里的彭书记。

"书记，我……我想戒酒。"他说。

"戒酒"。彭书记笑，"看你老那架空骨头，早该戒了。"

"下狠心戒了好几回，硬是戒不脱。"

"再下狠心嘛。"

他下了"狠心"，"书记，你把我这顶乌纱帽摘了吧，不摘，硬是戒不脱啊！"

彭书记大笑起来，"那就喝啊，莫戒它。"

"我老了，不中用了，怕耽误了党的正经大事情啊……"

彭书记拍着他的肩膀说："不要东想西想，搞，你搁挑子，哪个挑，搞。"

还说什么呢，党委书记的手拍在他的肩上，热在他的心里，他又来了精神……

校舍狭窄、破烂，"上头"没有票子来，他发动大伙儿自力更生建学校。大会动员，小会疏通，大小会议开了二十三次。捐献木料，他第一个，把老两口的棺木料搬了出来。老伴心里舍不得，又不好阻拦，只是轻声唠叨，"把棺材料都拖走了，我们蹬腿了搞么子埋哟。"搞么子不能埋，学生伢念书是大事，我没念得书，几十年搞苦了！"有一部分群众硬不捐，也不做义务工，说自己没得伢崽念书。他一次两次，五次八次去踩人家门槛。

收种种收不尽的上缴摊派，调解调解不完的民事纠纷，推广这样那样新技术……搞哪样工作办哪样好事都要讲好活，装笑脸，拜矮。老的少的，"上头"的"下头"的，都当"太上皇"，跑断腿，磨破嘴，碰破脑壳。命令，挥手，嘴巴喊，行不通啊……

骨头究竟是骨头，不是铁打的，不是钢铸的。人到底是人，不是机器。机器也要磨损，也要出故障，也要报废。他的虚弱的身体一天天虚弱，生命越来越离他而去。终于有一天，过度的劳累伤神，加上过量的包谷烧，他病倒了，先是吐酒，接着吐了血……

一连几天，大部分日子他都昏昏糊糊地躺着，一个梦接一个梦。梦见打土豪，分田地；梦见毛主席；梦见"大跃进"；梦见"苦日子"；梦见学大寨，学洛塔，文化大革命；梦见田土到户；还梦见阎王爷拿着生死簿念他的名字……清醒时他便静静地、细细地咀嚼他五十多个春秋的生命历程，不觉产生了一种痛切的负罪之感。办大食堂，抓阶级斗争，割资本主义尾巴，他一是一，二是二，丁是丁，卯是卯，付出了多少热情多少生命啊！可得到的是什么呢？他觉得他对不住父老乡亲，抹了组织的脸面。西屋至今未通公路，门前溪沟两旁的稻田年年被洪水冲毁，……西屋，还有多少事情没办好，多少事情急着要办呀！摸着县委发给的"文明村"锦牌，他觉得西屋还很不配。想到自己即将死去，永远不能复生，他很后悔自己的贪杯，不觉心如刀割，老泪纵横……

这天天气很好。久雨放晴，天空蓝得滴水，山河亮得晃眼。几只红嘴雀在他窗前的树上飞来跳去，叽叽喳喳欢叫不息。他突然来了精神，撑一根松木棍，去看他带领大伙儿修的学校，筑起的水坝，安装的自来水管，开垦的层层梯田，架设的高压电线……还有，还有他那心爱的柏墩山。他摸摸校门，开开自来水管，抱抱高大笔直的树木……蜡黄如土的脸上泛起淡淡的酒后特有的红晕。后来，他觉得再也走不动了，就势靠在柏墩山茂密的松林树上。地上铺着厚厚的松叶，酥软而清香。雀儿鸟儿唱着悦耳的歌子。林涛声声，如笛如琴。他很快沉入梦乡，梦见公路修通了，乡亲们突突突地开着拖拉机，敲锣打鼓去卖"爱国粮"。他蜡黄消瘦的脸上荡起醉醉的笑纹，喃喃地说：

"酒……硬好啊，酒……酒……"

三　疑症

医生接过挂号单，"你哪里痛？"

"医生"，她双手按着胸口，"医生，不晓得那么搞的，我的独心子老跳，咚！咚！咚！跳啊，跳到只差跳出来了！医生，怕是心脏病吧。"

听诊，心电图，心动图，结果，正常。

她双手不住地按抚胸口，对我们说："检查几回，硬检查不出来，背时的不晓得害的是么子病。"

这可有点儿怪。我们问，"现在还那么跳？"

"跳，跳得还恶些了！昨麻黑时，我牵头牛，背捆柴回来，路过张斯岳家门。听见他在屋里嚎嚎地哭，我这独心哟，止不住地猛跳，我赶紧回家，喊三儿子："快去幺叔家看看，是不是打架了？我心跳得很，坐坐再来。"

她告诉我们,只要人猛一喊,或者遇到火急事情,独心就跳。"我坐在这里,外面喊声大点,我就疑心是吵架、扯皮,独心跳啊跳。"

我们这位女支书,她患的究竟是什么古怪病呢?

她是1968年戴上比溪湖村党支部书记这项"乌纱帽"的。那时,比溪湖还没通公路,运煤、交公粮、买肥料,每年几十万斤全靠比溪湖人的一双肩膀两只脚。她一上任,便带领大伙儿修路,雄心勃勃地要一个冬春通车,没想到整整修了十年,十年哪!

"这条路,算是把我修苦了。"她说,"现在想起来,牙齿根根都在痛。"

粗壮后生和行家里手都被"上头"抽去搞大工程去了,剩下一堆拖牙带崽的婆婆客和一群叽叽喳喳的姑娘家,公路怎么修?有人提出来等外面的大队伍回来再修。她说:"要是上头年年搞工程,咱们比溪湖就永辈子莫通公路?"带着"娘子军"上马了。可,"娘子军"到底是"娘子军"啊,一次放炮,把一个社员手炸断了,那血呀,流啊流,毛线衣都红了。她看都不敢看,一连七、八天吃不下饭。她说,"现在一做梦,就梦见那只断手杆,血淋淋的……"

公路要从邻村经过,一部分群众不让修,有的直挺挺地躺线路上,有的一放炮就骂娘,骂她金玉香。有一天放炮,警哨吹过三遍,一个60多岁的老婆婆偏不躲,炸死了好让她金玉香抵命。天哪,这可怎么了得?她魂都没了,连滚带爬跑过去,一下子扑在老婆婆身上!

最使她伤心难忘的是,公路修通一半,"上头"说她犯了"方向错误",命令她收兵下马,学习大寨开梯田。这下子,三千多块钱硝白白扔了!"都是老百姓的血汗啊!"她说。"为了买硝制炸药,全大队七年没有搞分配,你讲,哪个不心痛?"看她那副样子,好像这三千块钱是她今天早上丢掉的。

那一回，她哭了。

实际上，她并不是一个怯弱的女人，要不，支书的"乌纱帽"无论如何都戴不到留辫子的头上去。她很坚强，又十分泼辣，风风火火，天不怕，地不怕，连野生后生发憷的事情她都敢做。"

"比溪湖，比溪湖，半年口粮一年糊"，这话一点儿也没有夸张。比溪湖人十年有九年吃统销，仅一年没吃，因为这一年没得统销，只好掰开嘴巴将洋芋、红苕、葛粑粑、厥粑粑这些乱七八糟的东西捣进肚皮去。究竟为哪样穷？地不利！四周是山，坐在中间，像一个水盆，盆中有一个"沃眼"，山洪一发，天眼溺不及，全村稻谷便深陷泽国，毁之一旦。你有什么办法呢？比溪湖人祖祖辈辈束手无策，听天由命。可是，金玉香面对汪洋，毅然将手一挥：

"炸天眼！"

炸天眼？后生们你看着我，我看着你，心里直打鼓儿。

她把粗大的绳索吱嘎往腰上一捆，"嗖、嗖、嗖，"第一个下了天坑，急得当教师的丈夫直跳脚，只差哭出来，拼命喊："玉香、玉香，你不要命啊，蟒蛇……"

我们忍不住笑起来，为他俩夫妻情深而感动，更为她的胆量而惊叹。我们问："金书记，你好大的胆子，当时你真的不怕么？"

"哪里不怕哟"，她说："阴森森的，黑乎乎的，冷飕飕的，越往下心里越打鼓，肉皮子发麻。下到底，你们猜怎么着，哎哟哟，一屁股坐在蟒蛇骨头上！"

我们心里不由一麻。

她笑了，笑得是那么开心，那么任性。可是很快的，一种莫名的、深深的，一直挂在她那消瘦的脸上的忧愁与失意，或者更确切地说，一种负债感，又浮上她的脸庞。

任二十二年书记，下了多少回天眼，她说记不清了，带着后生们在天眼岩壁上打了多少炮眼！她说没记过。一撮一筐，从一、二百米深的天眼里清除多少立方泥渣、碎石，她说没统计过，我们只记下了这样一串数据：天眼由原来的 2 个扩大到 9 个，排水量提高了二十多倍，稻田亩产由原来的四百斤左右增加到八百多斤。山洪，这个可厌可恶的灾星和魔鬼，再也不像从前那样横行霸道侵扰比溪湖人了。

然而，比溪湖人并没有彻底摆脱"天命"强加在他们头上的厄运。我们来到比溪湖的那天，150 多亩的稻秧刚刚从浑浊的洪水中钻出头来，气息奄奄。山洪年年爆发，天眼须得年年清渣排泥，以防堵塞，这是多么巨大的工程，何等壮烈的人与自然的抗争啊！"唉，天晓得怎么回事，今年开春才清理的，又淹了！"她深深地叹了口气，显得十分疲倦。

望着这位女支书，我们想，比溪湖这副担子压在她的肩上，是不是太沉重、太艰难了呢？

毕竟，她是一个女人。

还有多少苦活要她做，有多少百姓愿望须她带着他们去实现啊！村里至今还没通电，全靠煤油灯和松脂照明。今年初，她上州政府参加人民代表大会，乡亲们还在千叮咛万嘱咐：

"玉香，把咱们苦楚耐烦给州长讲啊！"

"大妹子，石州长是个观音菩萨，心肠软，你要一五一十跟她讲，啊！"

"伯娘伯娘，一定一定把电带回来。"

泪水止不住地又涌出她的眼眶。二十二年，她为比溪湖人奉献了许多许多，但她总觉得欠比溪湖人的太多太多……

女人的泪是浅的，她毕竟是女人。

从软心肠的女州长那里，她"磨"回 2 万元"电"款。她心里那个乐呀，一路上不住地唱山歌儿，一支接一支。回到村里，马不停蹄，东奔西跑。买电杆、电线，请工程技术人员……

连日暴雨，把公路冲毁不少，拉电杆的车进不了村，她带着七、八十个劳力，拼了一天。第二天，乡亲们忙地里的活去了。她只一人，一背篓，一锄头，检查昨日刚修复的公路……

乡亲们见了说："我们把抢火候的阳春搞定了，过两天一起干。"

"你们忙，你们忙，我田里的工夫不当紧。"其实，她家的"双两大"秧等她插；"地膜包谷"草等她锄，哪里不紧？她是怕耽误了大伙的阳春啊！

六、七个小伢儿，见她修路，围了上来。

"伯娘、伯娘，你修路搞么子啊？"

"汽车拉电杆进来呀。"

"拉电杆搞么呀？"

"好点电灯啊！"

"还能看电视吗？"

"当然啦，当然啦，通了电，咱们就能看见北京天安门罗。"

伢崽们高兴得不得了，"伯娘伯娘，我们也修"。

"你们还小啊，修不得。"

满世界是朝阳的金辉灿烂。伢崽们起劲地帮她干起来。大的两个姑娘用她的背篓抬沙子，几个小家伙搬石头。叽叽喳喳，像一群刚刚展翅的喜鹊。望着这群"喜鹊"，她乐了……

二十二年，她有几回这样的欢乐？经常挂在她脸上的，是忧愁，是烦恼，是焦虑，是一串串滚动的泪珠，是深深负债的情感。记得二十多年前，她刚上任当村支部书记，那时她多么年轻，多么乐观，多么朝气蓬勃。她浮想着比溪湖的明天，后天，那是怎样一幅文明、富饶、美丽的图景啊！她曾请来高明的师傅，将她的蓝图一笔一笔清晰醒目地描绘在大队部霞白的墙壁上。然而现在呢？现在，比溪湖的文明无疑是提升了，但仍然困于贫穷之中。拼搏、抗争、苦斗！二十二年的热情，二十二年的心血，还有……她的如花似玉的青春韶华，她的一切的一切，都已如水流逝，永不再来。

之于比溪湖的昨天，她今天是一个成功者。

之于比溪湖的昨天，她今天是一个失败者。

她抚摸着她的金光闪闪的"全国三八红旗手"奖章，掩藏不住心底的内疚与羞愧，泪水又一次模糊了她的双眼。

今年还不到53岁吧，可看上去，好像63岁了。头上已见缕缕白发。脸上皱纹横如黄土高坡，一副挺直的腰板佝偻了，远远看是一个十足的驼背老人。

"前天夜里暴雨，我通宵没闭眼"。她说："大清早出门一看，我的独心啊！跳，跳，跳，只差跳出喉咙！水汪汪地一片，秧苗呀，包谷呀，么子都看不见了……"

我们似乎突然明白了，这位女支部书记患的一种什么病。

四　掌声

没有谁比他更清楚更深刻地了解掌声意味着什么。

在掌声中，他曾生活过近二十年。他对掌声有一种矛盾的情感：怕掌声，又喜欢掌声。

当掌声未来的时候，他是那么怕它。一旦掌声暴风雨般地响起，你瞧他，满脸通红，耳根发赤，那么兴奋，那么冲动，那么……怎么形容呢？像喝醉了酒？像……

二十年前，螺丝滩人第一次为他鼓起暴风雨般的掌声，从而标定了他的人生旅途。

那是 1970 年，螺丝大队的"大锅饭"越吃越吃不下去了。14个生产队，队队吃国家统销，欠国家贷款，一半以上的社员填不饱肚子，许多人拿米换洋芋、红苕充饥，党支部书记这顶"乌纱帽"在螺丝滩再也找不到主人了，这时候，公社党委书记找到了他。

"小孙……"

他心里一惊，没等书记说出下文就把脑壳晃得像个"拨浪鼓"："搞不得，搞不得，我不识字，摸不到门头，脾气又丑……"

可是，响起掌声，专门为他拍的，"哗，哗，哗！"下暴雨似的，大队部的屋顶快要飞出去了。这掌声使他浑身爆热，面红耳赤，滚烫的血液呼的冲到了头顶。霍地，他站了起来，矮矮的，恰似一截青刚树兜儿。

"好，好，大家硬要抬举我，我孙乾松认了！认了！"

四队最穷，县里的，公社的，一茬一茬的工作组都唉声叹气，摆脑壳，他偏到四队"蹲点"。转眼到了年底。会计噼噼啪啪，一拨算盘，粮食增产 2.1 万斤，收入增加 1.7 万元，人平口粮增加了一倍，收入增 57 元。分红那天晚上，1.2 万元新崭崭的票子，一沓沓摆在桌子上，社员们心里那个喜呀！许多人哭了。都使劲拍巴掌。巴掌拍得发红发麻，还拍，暴风雨般地……

"哗……哗……哗……"

他的眼睛湿润了。掌声使他兴奋,使他冲动,使他心醉。然而，当掌声响起的时候，他得了什么呢？

那一年，他家由余粮户变成了缺粮户。"还不穷？"妻子嗔怒地数落他，"你光顾四队，四队，屋里连脚也不伸一下，还要天天把饭给你送到地里，我就是三头六臂，拼死拼活也忙不过来呀。家里的母猪喂成了公猪，自留地里光长草，你的工分照二等劳动力套，苦麻苦死，一年剐八、九斤肉，还没得有的妇女多！别人吃干饭，咱们稀饭也得吃沙？我出去挣工分，老二刚满一岁，哪个哄？放到竹席上，板凳围着，屎呀尿呀，让他各人扒，让他各人哭，脑壳边上的头发都擦脱完了，肚皮擦得哟，像猴子疤屁股……"

当四队的社员喜洋洋地领回票子，杀猪宰羊，筹备年货的时候，他家里却忙碌着杀猪还债。一年没沾一点腥味儿，渴肉渴得慌，肠子锈得痛，老大偷偷藏了一块肥猪肉，被他找出来，要背到街上去卖，老大死死吊着猪肉：

"我想吃肉，我要吃肉，不要卖！"

"苕，"他把眼睛一瞪，"不卖肉口粮称不回来，吃么子？"

"人家杀年猪，都有肉吃，我也要吃啊！"

"人家吃龙肉，你也吃龙肉？"

"偏要吃，偏要吃，偏要……"

"啪"，他的巴掌扇下去，老大痛得双脚直打抖，号啕大哭，可双手还死死吊着肉……

他眼眶红红的，重重叹了一口气，对我们说："唉，伢崽可怜啊，我不该打她的……"突然用力地抹一把眼睛，说："老百姓给我拍巴掌，我不能叫他们白拍！老百姓是大头，我家是小头，不能捞小头丢大头啊，是不是？"

掌声，掌声，近二十年，在螺丝滩人一次又一次的掌声中，他失去了几多？

人心都是肉长的，谁都要吃饭，要穿衣，要睡觉，生存的基本需求人人不可缺少。而且，每一个生命躯体都蕴藏着向上的、永不满足的欲望。他是党员，还是小小的"官"儿，可他也是人哪，人，不能光靠掌声生活。

他怕掌声。

　　一个偶然的机会，他被抽到乡里担任"农林水组长"，终于离开了那熟悉的掌声，他长长地吁了一口气，感到从未有过的轻松自在。一年四季，这里走走，那里转转，开开会，参参观，每个月还有五、六张"大团圆"进腰包，日子简直赛过神仙。他的脸渐渐发白，身子也一天天胖起来。可不知为什么，他开会常常打瞌睡，参观时也没精打采，独自躺在窄窄的木床上，觉得孤零零的，空虚而寂寞，他的梦比当书记时少多了，但也怪，只要做梦，便梦见掌声，一大片模糊的面孔，一双双巨大的手掌，拍呀，拍呀……醒转来，仍是黑漆的长夜，或是青蛙咯呱咯呱地清叫，或暴雨哗哗地倾泻，或狂风呼呼地刮来。也许是鬼使神差吧，不久，他又回到生他养他的螺丝滩，回到相依为命的父老乡亲中间。

　　"老书记，你怎么回来啦？"

　　"我命苦，受不住那个福啊。"

　　"县农业局不是开一百块大价，请你服侍苗圃么？"

　　"服侍苗圃有么子意思？一个人搞工夫，诓白话都找不到人，打个屁也没人喊臭，我怕闷死。"

　　"怕闷死啊，那你就跑不脱？"

　　"跑不脱？怎么跑不脱？"

　　乡亲们狡猾地相互使眼色，哧哧笑了。

　　他突然明白了乡亲们的心思，后悔不该跑回来，是什么日子啊！那十五年，没吃一顿安逸饭，没睡一个落实觉，还搞得一身病（由于经常在田里吃冷饭，他患了严重的胃病，还有关节炎，那是带领大伙儿修水库患上的）。家里年年差饭吃，欠贷款，十五年没杀一头年猪，妻子忙里忙外，拖儿哄崽，累得吐血。连老大的书念到半路也丢了，他正准备找抓点的龚副县长"诉苦"，没想到这位戴近视眼镜的领导脚步比他还麻利，先登了他家的门槛。

"大家要求,你老人家还是要搞。螺丝滩这个摊子,你不挑谁挑?"

"龚县长,我……"

掌声!

又是那熟悉的掌声!

血液又窜上了他的头顶,使他那古铜色的脸愈加光泽了。

"好!好!我搞!你们硬要我喝这碗苦酒,我也跑不脱!"

每个人都有他本来的位置,就像一部机器上的零件都有它的位置一样,他的位置就是在螺丝滩这片土地上耕耘劳作,就是跟这片土地上的人相依为命。他曾经错过位,现在又回到他本来的位置上。一股股力量像野马一样奔腾驰骋,冲撞着他那衰老的躯体。

十冬腊月,天寒地冻,他带领村民抢修电排。挖基脚,他第一个跳进齐腰深的冰水里,一泡就是三、四个小时。

每逢天旱,稻田干裂。他心急如火,发动村民集资修渠,吃住在工地,睡在工地,苦战一个冬春,整修水渠 10800 米,灌溉稻田 1600 亩。

今年初,他带领"青年突击队"抢修公路,三天三夜连轴转,累得晕倒在浸骨的水田里,吐血不止,被送进医院急救。病未痊愈,他又回到工地。

螺丝滩的群众说:"孙书记回来了,我们螺丝滩这杆红旗又要树起来。螺丝滩,螺丝滩,名字不吉利,还是改过去那个名字,龙山村。孙书记领我们搞,哪年都是全乡,全县的龙头!"

螺丝滩的名字至今未改,还是叫螺丝滩。然而,面貌改了,又是全乡、全县的"龙头"了:人平口粮 408 公斤,人均纯收入 580 元,富裕户超四成,其中人平千元的占百分之二十。螺丝滩,跨进了全县"文明村"的行列,像一面鲜艳的旗帜,在土家山寨的上空呼啦啦飘扬。

我们来采访那天，是一个阳光灿烂的好天气。眼前是一大坝绿茵茵的稻田，这儿一块那儿一块的油菜点缀其间，远看恰是一朵朵灿烂的黄花；银花花的渠水在田坝中流淌，如一条白练飘舞；一幢幢红砖瓦房，多彩的"洋楼"，齐整大方，折射着朝阳的金辉。我们问陪同的乡武装部长，"田部长，孙书记是哪幢房子？"

"喏，那就是……"

一片红砖瓦房中，见一幢灰色的木屋，矮塔塔的，让人怀疑是一座破庙，或是废弃的库房。我们走进这座灰色的木屋。一股股木头朽味扑鼻而入。泥巴地面非常潮湿，坐片刻功夫便感到冷气侵袭周身。天楼也没铺板子，横搁着几根七弯八拐的木头，还有几捆稻草，微风一吹，便有灰土草屑飘扬而下。内房摆一张老式木床，已经陈旧；一张吱嘎作响的四方形小饭桌，唯一新一点儿的是一口大衣柜，工艺粗糙，未油漆便已使用。堂屋只有几条木凳，屁股一摸就嘎嘎尖叫不止……

"老书记你这个家跟周围黑白分明啊！"我们诙谐地说。

他老伴嗔怒道："他呀，穷相！跟他一辈子，莫想过一天好日子。"

"他怎么不穷？"来看热闹的一群村民中，一个光着上身的后生说，"他怎么不穷？人家白菜卖两角一斤，他卖三、四分。人家香瓜熟了挑上街卖钱，他的香瓜熟了就让它养地。"

村民们轰的一声笑了。

我们纳闷，一打听才知道：去年，他光顾修水渠，修电排，一亩八分地的香瓜全部烂在地里，两亩多的包心白也没赶上好价钱，仅这两项，就跑掉一百多张"大团圆"……

掌声，热烈的掌声。

现在是商品经济了，大家都会打算盘，做生意。我们这位渺小而低贱的孙书记，对那不该丢失的一百多张"大团圆"，并不感到怎样伤心痛惜，对于他的微不足道的报酬从未觉得有什么不公，对于他那贫寒的家庭与周围富裕生活的强烈反差也没埋怨，他发自肺腑对我们说：

"这个账该怎么算呢？要从政策上算。旧社会保甲长又是谁当的？党组织叫你负这个责，你就要死心塌地为大伙儿办事。共产党，共产党，就是要让大家富裕嘛。一个人富裕，吃得进去，屙得出来？"

人们盼望让他们富裕的是共产党，螺丝滩人盼望的是他们的孙书记。十组村民陈定福老汉，听说"社教队"进村了，连夜找到"社教队"，说："你们千万莫撤老书记啊！没得老书记，我们螺丝滩人的好饭碗就砸了。要撤，也得等几年。他老了，也该歇口气，伸个懒腰，歇息歇息。可怜他苦了一辈子，亏了一辈子。"

孙乾松，孙书记，真真苦了一辈子，亏了一辈子，如今老了，是歇息的时候了。可是，他能舒舒服服伸懒腰么？他能安安稳稳地经营他的小家庭、围着儿孙们转么？我们了解他。

他怕掌声，又那么喜欢掌声……

五 圆缺

望着这位年富力强的中年人，我们不由深感惋惜：我们的党员干部队伍，我们的艰难的事业，又少了一名多么能干，多么正直的同志啊！

人制定政策自然是为了人，但政策往往故意刁难人。恰如人发明机器，揭示宇宙奥妙，这机器到头来却成为人的异己，跟人过不去。我们的干部选拔制度，无疑有千百种长处，可有时也把优秀的人物框死在它那密密麻麻的条文的樊篱之中……

他，就是这个樊篱中的不幸者之一。

高大、健壮、精干，虽已而立之年，仍迸发着青年人的朝气。胡子刮得清油油的。眼神里透着机敏、果断、沉稳和耿直。说话不打手势，但响亮的声音和真诚的情感却全心倾心。整个儿给人一种威慑力，一种"压迫"感，假如往黑压压、闹哄哄的人群面前一站，下面肯定鸦雀无声。

"领导不怕路远，就到我们尧城来，"他热情邀请我们，"没得好菜，饭吃得饱；没得好酒，包谷烧有的是！"

开始有点"拒人千里"，当他知道我们是丘八（当兵）出身，他的话便多起来，完全把我们当作了知己。

二十年前，他从乌发蓬松的脑瓜里飞出多少美妙宏大的理想啊。他曾梦想当一名将军，振中国之军威；也立志做一位农业专家，改中国农业之旧貌；还发誓戴一顶"乌纱帽"，励精图治，艰苦创业，当一辈子人民之公仆……不想岁月匆匆，青春迅逝，而今，理想如雾、如梦、如虹，转瞬即逝。他还是他，一个苗家后生，一条庄稼汉子，双脚踏在故乡坚厚湿热的土地上。

命运于他实在太不公平。他的学业很好，门门功课是优秀，可初中未毕业，因家庭贫困而被迫失学。欢欢喜喜穿上绿军装，立功，嘉奖，一个接一个，正要当干部，恰逢部队精简整编，匆匆"解甲"。1980 年戴上尧城村党支部书记的"乌纱帽"，三遇招干良机，皆因文化太低而被拒之考场。1984 年开始从村干部中招聘乡镇干部，又因初中未毕业和年龄偏大，无权应聘。……尽管他精明强干，尽管他拼死劳作，尽管他两袖清风，尽管他把一个穷山村变成一个全省文明的富裕村，年年从省、州、县扛回一面面"文明村"锦旗，然而，在干部制度那冗繁的条件中，他被拒之门外。

凭我们的想象和经验，一个失意者，一个落魄者，一个命运的不幸者，他的脸上总会被一种悲愁，一种苦闷，一种愤世的阴影笼罩。可是，当他坐在我们面前，用他响亮、真诚的话语，轻描淡写他的总总不幸时，我们不禁暗暗诧异，怎么，这就是那个不幸的吴守文吗？

自始至终，他的脸上映着一种知足的情感，还有一缕按捺不住的醉意。

"要是领导到咱们尧城来，就能看到我们尧城的锌粉加工厂。"他说，乐滋滋的，抑制不住自豪，"咱们尧城的矿粉，哪个见了哪个爱，订货运货的，来来去去像赶场。咱们尧城的矿粉，可是瘸子走路，卖俏货啊。咱们尧城……"

他爱说"咱们尧城"，并且特别响亮。

"咱们尧城"，过去是一个年年要吃国家统销粮、花国家贷款的"双靠村"，灾年荒月常有人流落他乡。1980 年他上任时，捡的是拖欠贷款 2.1 万元的债摊子。眼看许多伢崽因贫困失学，仅几岁就放猪放牛扛扁担，他的心如刀绞般的疼痛。"因为穷，尧城人的伢崽念不成书；念不成书，将来尧城就更穷。这样下去怎么了得啊！"他心急如焚，找一把锄头，一个人山上山下转悠了几天。回来，便带着小伙子们上山挖矿了。挖呀，挖呀，日夜不停，拼死拼活。第一年，只挖得十多吨矿石。第二年，又挖，获利 1.3 万元。第三年以后，全村每年挖矿纯收入达 20 万元。他又省内省外东奔西跑，收集信息，反复论证，雇请师傅，购买设备，在村里办起了锌粉加工厂，当年创利 1.2 万元。"咱们尧城"肥了。

我们问，农户存了不少票子吧？

他沉吟片刻，然后伸出右手，张五指，"这个数，最少的 5000，一般的，5000 后加零！"

"最多呢？"

"最多？"他抿抿嘴唇，又摇摇头，"最多就摸不准罗。"他笑了，乐滋滋的。

尧城肥了，他却瘦了。但，比过去更有精神，气色比过去好看得多，性格也开朗了。那罩在脸上的阴云悄然消散了。每天展现在乡亲们面前的是充满笑意的亮堂堂的脸。从前，走路树枝绊了他，他就挥起一刀；现在，不小心踩上一棵花，他也要弯腰扶起……

尧城人祖祖辈辈过的是松照明，礁捣米的生活。他把村里党员招来开会，说："人家村都装了电灯，就咱们尧城还燃松把，咱们尧城人比别人少了脚杆少只手？"他挨家挨户发动，十块八块的凑票子，一根一根的凑木材，又带着工程技术人员攀悬崖，钻刺蓬，测线路。开工后，他起早贪黑，天天泡在工地，一身划了十几道血口子，妻子看了心痛，

"你呀，跳，跳，跳，天天跳，晓得你跳么子鬼！"

他张开起泡的嘴唇"跳亮啊。"

"跳亮！跳来跳去都没跳亮，现在还跳得亮？"

刷的一下，像一道闪电，家家户户闪射出如银光辉，似乎漫天繁星来聚会……

山寨的灯光在他的脸庞闪烁跳跃，使他的脸格外丰富动人，有一种欲望满足后的兴奋，有一种自我力量得以释放，自我价值终于实现后的醉意，有一种冲动，拼搏，神经高度紧张后的松懈与疲倦。

而在尧城人的眼里，"咱们的书记"从没松懈过，疲倦过。修水渠，建学校，安装自来水管，推广科学技术，治理社会秩序，创办"绿色企业"，抓计划生育……就像一个"机器人"，他的双脚年复一年，从不停息地走在故乡坚厚湿热的土地上，稳健而有力。

不过，有时他也感到苦闷，感到惆怅，当他独自一人躺在树林中，仰望浩渺无垠的天空，光辉灿烂的太阳，一双盘旋的雄鹰，或村中某人猝然死去，匆匆走入那黑漆的永恒与虚无，这时，一种莫名的哀伤与惆怅，便会像老鹰的利爪突然抓住他的心，撕呀，

撕呀，撕……而每当此时，他就猛地一拍脑袋，呼地弹跳而起，狠狠地责备自己，"吴守文啊吴守文，你算不算得苗家后生？"又呼呼呼，两脚生风，忙碌去了。

听他对自我真实情感的坦露，我们久久不语。我们同情他，理解他。人生旅途坎坷多，岁月悄然催人老。我们每个人都有梦想的年华，美丽的几多的梦想，几多欲望，虽不能变成现实，却永远印在我们的心坎上，折磨我们，也慰藉我们，轻轻地抚摸我们的伤口，直至我们的肉体和灵魂露珠般地消融。生活不就是这样么？

他用力地拍拍自己的脑袋，好像要赶走头脑中的某些讨厌的、顽固的生命体。很快的，那种知足的情感，那种按捺不住的醉意，又荡在他的脸上。他再次热情地邀请我们去看"咱们尧城的锌粉加工厂"，"咱们尧城的水泥渠道"，"咱们尧城的自来水"，"咱们尧城的学校"，"咱们尧城的……"他乐滋滋地说："咱们尧城的学校，原来是大队的仓库，像座破庙，现在新修的，水刷墙，玻璃窗，亮堂堂的，大大小小十间，总面积 1065 平方米。村里还拿出一万多元，给学校买了彩电，添置了图书资料和教学设备。要看，还勉强看得哩！"

吴守文，这位中共最小的官儿，他的生活并不圆满，但他知足、陶醉、幸福长乐，虽然也有哀伤和惆怅，也许，这就是真正的人生？如果每一个人的每一种欲望，每一个梦想都得到圆满，那么，这圆满本身是否会变成一种缺陷呢？世有悲欢，残缺也是一种美，人生便是一首圆缺之歌。

然而，我们的政策和制度却应该尽量使每个人的生活圆满，尽量不留这样那样的残缺，一旦发现残缺，我们必须努力设法圆满它，是这样吗？

我们多么希望吴守文，以及更多的"吴守文"成为我们的政策和制度的有幸者啊!

六 笔者言

之一,一厢情愿

生活之于他们实在太不公平!

生产责任制后的五、六年中,有 40% 的村支书报酬不落实,其中少部分两三年内未得分文。近几年县委关心重视,落实较好,但未落实的仍有 10% 左右。

1982 年至 1987 年,村支书报酬全年只有 150 元左右,少数村仅 70 元。1988 年后有较大提高,每年 500 元左右。

1979 年前,村支书招干占 18.7%。随着人事制度改革,比例下降为 0.51%。

全县现任和退休的村支书中,贫困户占 31.1%。

现在人们都在起劲的谈论"分配不公",然而,又有多少人稍许留心一下村支书们长期"享受"的这种不公。

他们实在太渺小,太低贱,怪谁呢?

在洗车镇,我们了解到这样一桩事情。一个为非作歹的土匪头目,当年在被解放军押运途中逃跑脱,捡得一条性命。如今落实政策,又神气起来了。每次到乡政府领生活补贴,他都要故意招呼村里的老支书,一个老土改干部,"走啊,共产党发票子了,领一下去。"领回补助,他又在这个老支书,老土改跟前将票子挥得哗哗响,并故作惊讶,"怎么? 共产党给我发工资,没给你发工资?"这个老支书,老土改,为革命辛苦劳作几十年,如今双眼几乎失明,被肺病折磨得只剩空空的一副骨架,年年缺饭吃,四季缺衣穿,但却没有领到分文生活补贴。

农村党支部书记，这些既小又土的官儿，他们的生存环境令我们深深同情和不平，但我们都不是大权在握的人物，这种同情和不平又值几斤几两？可我们的良心不容我们保持沉默，我们希望：

一、村主干报酬由他们自己收缴改为县里统筹支付，以保证他们报酬落实。

二、提高村主干报酬，村长、支书每人每月报酬不少于88元（贫困地区标准）。

三、县里给村主干每人每月解决15公斤平价粮指标。

四、参照军队提干的有关特殊政策（不经院校学习直接提干），选拔村主干或招工。

这只是我们的"一厢情愿"。

但愿，这不会成为永远的一厢情愿。

或许有人会说，你们的"一厢情愿"，是那些中共最小的官儿们的"一厢情愿"吧！

不！他们连想也没想过，一丝念头都没闪现。当我们"一厢情愿"地为这些最小的官儿们力争一个最基本的生活空间时，他们并没有表现出多少热情。他们说：

"哎呀，没么子大事业，哪有脸拿那么多票子？"

"屙泡稀屎照照，各人就这么个鬼样子，提么子干，招么子工罗！"

"不饿死不冷死就万福啦。"

"待遇低点，比老百姓穷点，工作还好做点。"

太少太少的生命欲求，太容易满足的身心欲望，像埋头拉犁的牛，如默默跋涉的"沙漠之舟"，这就是渺小而低贱的他们。

1991年1月26日，县委、县政府下发3号文件，决定对在职和 90 年前退岗，累计工龄 10 年以上的村支部书记和村长（包括土改时的农会主席、合作社时的农业社长，人民公社时的大队支书、大队长）实行生活补贴（每月 10 元，还买不到一条烟，多么微薄啊），累计工龄 20 年以上的村支书、村长，颁发荣誉证书。当支书们接过红鲜鲜的荣誉证书，领到一笔微薄的生活补助时，我们亲眼看到，许多老支书老泪纵横，泣不成声……

之二，万千感慨

仰望一座座高耸入云的大厦，我们有万千感慨。

人们哪，他们把惊叹和赞美慷慨地献给大厦的宏伟与壮丽，而将埋在地下支撑大厦的基石遗忘，甚至很少想到它，你说这多不公平。

农村党支部书记，中共最小的官儿，就是渺小而低贱的他们，承载着人民伟大事业的万丈大厦。正是他们这些埋在地下的磐石，才有大厦的宏伟与富丽。但他们得到的是什么呢？

"万丈高楼平地起"，每个建筑师都懂得这句格言。可是，在我们政权建设和党组织建设的"设计"中，决策者们是否真正懂得了这句格言的意义？

不必担心他们对自己生存环境的抱怨与不平，大可不必。他们并不像某些在红头文件上画圈，在大小会议上念稿，在工资和奖金表上签字的官儿们那样见多识广，对自我生存空间的掠取、护卫和扩张有着强烈的自觉意识和坚韧不拔的毅力。太渺小、太低贱的他们早已习惯了，或者说，他们满足了他们的特殊地位供给他们的极其有限的一份，满足了长期被轻视、被遗忘、没有颂歌、没有祝词，没有欢乐的鞭炮和锣鼓声的孤独寂静的日子。肯放炮的彭恩祥，独心猛跳的金玉香，戒不掉酒瘾的向顺财，爱说"咱们尧城"的吴守文，还有怕掌声又那么喜欢掌声的孙乾松，等等，中共龙山县最小的官儿们，不是这样吗？千千万万农村党支部书记不都是这样吗？我们不无同情并十分敬佩与自豪的相信，不管人们同情或不同情，理解或不理解，关心或不关心，他们，中共龙山最小的官儿们，他们依然会默默的，顽强的，坚定不移地承载人类历史的重负，一年又一年……

让我们低下头来，青睐一下大厦的基石吧。

漫谈养成教育

从吐痰入盂说起

吐痰，司空见惯，区区小事。

然，有的推开窗子，飞溅而下；有的随地一唾，弃而走之；小的寻找痰盂，小心入之。

吐痰如此，吃饭、穿衣、说话、做事，皆如此。有的计划用餐，从不剩弃；有的买得再少，总要倒掉一口。有的衣裳并不漂亮，却整洁干净，一身清爽；有的穿着华丽，却没有洗澡的习惯。有的开口有礼，飘逸在空中的是一种舒坦；有的开口带脏，不是自己充老子，就是伤了对方的娘。有的做事，通情达理，处理问题得当，人们支持；有的做事，得理不让人，无理强三分，常常以对方（个人或集体）的损失换取个人的"利益"。这种情形，只要认真观察，几乎随处可见。

在同一问题面前的种种不同表现，是怎样形成的呢？原因当然是多方面的，其中一个重要的原因是，因为经历不同，所处的环境不同，特别是受教育的程度不同，养成的习惯不同。

于是，为了生活中的美，养成教育便成为教育学中的课题。

何谓养成教育？养成教育是一种以熏陶为主要特征，以自我教育为主要途径，以日常管理为主要形式，通过长期培养而形成优良品格的一种特殊教育。

首先，这是一种教育。朱熹说："无过不及谓之中，足以有为谓之才。养，谓涵育熏陶，俟其自化也。"《礼记·文王世之》也明确记载，"文太傅、少傅以养之。"古代皇帝给儿子请老师，要求老师与学生日夜相伴，不仅教给文化知识，还要教起居作息，言谈举止，社交礼仪等，这后一部分内容，就是养成教育。

其次，这是一种特殊形式的教育，是一种通过潜移默化、耳濡目染、反复熏陶、长期培养而形成优良品格的教育形式。苏霍姆林斯基给儿子的信说："一个人如果从童年时期就受到美的教育，特别是读过一些好书，如果他善于感受并高度赞赏一切美好事物，那么，很难设想，他会变成一个冷酷无情、卑鄙庸俗、贪淫好色之徒。"这里指的是以读书为方法的熏陶、养成。

再次，这是引导受教育者在课堂内外、学校内外、日常生活、处理矛盾中所接触的、感受的、多侧面的、良莠混杂的思想行为中，经过自己头脑思考，反复冶炼，不断融汇，而达到自觉境界的一种教育。养成教育的过程，是使受教育者面对纷繁复杂的外部世界，学会辨别真伪、善恶、美丑并择其善而行之的过程。

还有，这是一点一滴，以微见著，使受教育者在处理身边的"凡人琐事"中逐步养成优良品格，并形成自觉习惯的教育。

最后，养成教育，是教师、长辈、领导的传帮带，也是良好环境的感染、熏陶，但主要是受教育者自觉地、长期坚持的一种自我教育。

小与大是辩证的

上文刊出，褒贬不一。褒者说，注重养成，学会做人。贬者说，区区小事，何必大作。

是的，养成教育，与国家和民族的命运相比较，用改革开放这个大题目来对照，的确是个小题。

然而小，却不可以无。苏格拉底说："好习惯是一个人在社交场中所能穿着的最佳服饰。"有这么一个人，说话养成了带"臊"的习惯，开口少不了"他妈的"，闭口忘不了"娘卖的"，一次介绍人带着他相对象，尽管他一表人才，满腹经纶，却被他的臊音裹满了灰尘。相后，介绍人问那"对象"，那对象的回答既简单又明了，"脏"。相对象如此，其他方方面面亦如此。习惯伴随着人，人需要好习惯。詹姆斯说得好，"好的习惯愈多，则生活愈容易，抵抗引诱的力量也愈强。"

小，会影响大。一位机关领导，养成了不遵守时间又爱讲长话的习惯。一次，应邀参加下属工厂与外商的洽谈会。他先是迟到了三十分钟，外商等得不耐烦；坐下后又口若悬河，滔滔不绝，视会场无旁人。结果，外商勃兴而来，怏怏而去。类似这位领导的，可以说不乏其人；因为类似不良习惯而耽误大事的，也不乏其例。可见，养成教育，看来事小，往往影响大事，诚如欧阳修所说："疾小不加理，浸淫将遍身。"

小，可以演变为大。傅玄说："变故兴细微。"阐明了重大变化是由细小变化积累所致的道理。《礼记》也注释了"君子慎始"

的易经原理。观察人生，也不难发现，不同的养成会导致不同的人生道路。有所成就者，无不是优秀品格长期积累于事业所致；陷于泥潭者，亦因某种恶习逐步发展的结果。翻阅罪案，罪犯们都有发端的"小节"，他们或模仿舞台上的丑角，或欣赏影片中的败类，或迷恋于抄本中的淫荡生活。久之，便形成恶习，种下了犯罪的种子，结出了耻辱的果子。

小，蕴含着大。习惯养成是小事，但却有文明与粗野之分，优良与低劣之别，这里头就蕴含了从粗野走向文明，从低劣走向优良的深邃思想。一位伊朗学者说："人类有禽兽的一面，也有天使的一面。教育家的目的就是在锻炼一个人的灵魂，以天使的一面打垮禽兽的一面。"不是吗？自有人类以来，人们总是在同自己的野性作斗争，不断地追求文明的更高境界。这种追求的长期积累，到了我们这一代，迎来了创建社会主义精神文明的历史使命，这不是个大题目吗？

仔细想一想，小与大是辩证的。

结书为伴，终身受益

人与人之间，夫妻相处是最长的。人与物之间呢？终身为伴的，莫过于书。康拉德说："在人类创造的无生命物体中，书和我们的关系最密切。"

人类文明的今天，不读书的人是很少的，不承认读书有益的人也是有限的。然而，真正养成习惯，视读书为生命的人同样是不多的。由是，结书为伴，终生不渝，仍不失为养成教育的重要课题。

良好的读书习惯怎样才能养成呢？

首要的是倾注"爱"。爱是什么？是渴望、是追求、是倾注。有了渴望，才会追求；为了追求，必然倾注；不断倾注，终成习惯。当学习成为一个人的兴奋中心时，就会时时想着读书，尽量倾注时间；且日复一日，月复一月，年复一年。如此往复，必然养成读书习惯。诚如亚里士多德说："总以某种固定方式行事，人便能养成某种习惯。"

爱是什么？爱是苦。读书要时间，不能随心所欲地把时间花在茶馆、舞厅、月下；甚至如鲁迅那样，把别人喝咖啡的时间都用上，哪能不苦呢？读书要精力，不能坐在课堂想"哥哥""妹妹"；更不能刚打开书本心里就爬满了毛毛虫，怎么不苦呢？据了解，同学中间，一天学习净时间，有九个小时以上的，也有六、七小时的，还有四、五个小时的，如果加上节假日、寒暑假计算平均数，恐怕还要少。大学四年，每天少学一小时，就少读千余万字或少写百余万字。一生几十年要少读少写多少？有的人不理解，为什么现在都是同学，几十年之后却相去甚远，应当说，吃不了读书之苦，是一个关键因素。可见，爱读书的习惯是由苦水养成的。

接着是抓住"随"。这里主要是指课堂外的功夫。书本随身带，随时可以翻开；亲朋处作客，随手拈书来；出差开会带书，随处都可阅读；排出业余时间，安排阅读书目；见习、参观、游览，有感就写随笔；一些不便阅读的时候(如坐车、乘船)，也可随时用来思考。这样，让书本真正成为伴侣；当你偶尔忘了带书，就总感到少了什么的时候，便会总结自己"随"的经验，摸索出适合自己情况的长年坚持有效的读书习惯。钱三强说："知识主要还是靠在工作和生活中自己抓来的。"我想，要抓住知识，就要抓住"随"字。

再就是注重"积"。积累资料，积淀思维。把积累资料当做是采购原始材料的过程，把积淀思维当做是熔炼加工的过程。不同的是，物资产品的生产，可以在有数的工序中完成，精神产品的生产，往往是反复积淀的结果，因此，注重积累和积淀，会养成良好的学习习惯；这种习惯的养成，又促进积累的增多和积淀的加深。

"积"的习惯需要从以下几个方面努力：一是不放过任何可以利用的条件和机会，养成读书、浏览的习惯。二是坚持"不动笔墨不读书"的原则，用提纲、提要、摘录、心得等方法做笔记，养成记的习惯。三是将属于自己所有的图书、刊物、笔记、零星资料、写作底稿等，分类整理、统一编目，养成定期整理的习惯。四是有计划的重复阅读积累的各种资料，并将每次阅读的新发现记录下来，养成翻阅的习惯。五是对于学习和实践的所得，逐步熔炼成具体问题，试着写成文章，养成写作习惯。不去积累和积淀，要么满足于机械地读书、抄书，要么固守自己的经历和自己视角的"一孔之见"，永远达不到实事求是的境界。

人生读书明白史

人的知识来源，一是实践，一是读书，包括前人和他人的实践经验。

实践和读书，只是一种活动，而要从中获得知识，必须要有中间环节：思考。

就读书而言，对于一个人的成熟过程，大致要经历以下阶梯。

始者，若人不读书，不思考，便愚昧无知，讲横话，干蛮事，全凭人的自然本能盲目地支配自己的言论和行动。若一个单位不倡导读书之风，人们常常被不健康的情绪困扰，若一所学校不倡导良好学风，就难以培养出合格的人才。

初读书，获得一些片断、零碎、互不联系的知识，或记得几条干巴巴的结论，或背得若干豪言壮语。这时，往往出现两种情况。一种是用所得的知识装潢门面，卖弄学问，到处引用，哗众取宠，在群众中创造"学者"形象。一种是以为自己是最正确的，常常主观地、片面地、表面地甚至是偏激的对某些问题作出武断的、绝对的结论，且执意坚持。要有谁不同意他的观点，他便激动起来，不但认为谁无知妄说，还以讽刺、讥笑相对。要有谁不采纳他的意见，顿生"怀才不遇"之感，不但心灰意冷，懒得参与火热的实践，还处处设置障碍，反调子没完没了。这时候的人，常见于情的是激昂、慷慨、拍胸脯，常流于言的是"根本"、"完全"、"绝对是"，这大约是毛泽东同志批评的不会思想，只知"生吞活剥"的阶段。

深读书，从知识的大门进入知识的殿堂，其广博的知识不断激发思考的甜蜜。这时，开始触摸知识的整体、各个系统以及相互间的关系，探寻到知识的内核，正如古人说的，"涉浅水者见虾，其颇深者察鱼鳖，其尤甚者观蛟龙"（王弃《论衡·别通篇》）。这时，又将出现两种现象：一是总觉得有许多要学的东西学不完，把业余时间安排得满满的；而且，越学越感到自己的"无知"，正如"学然后知不足"。二是头脑逐渐清醒了，横蛮的劲头没有了，"学者"的姿态消失了，激动的情绪控制了。其言论和行动很自然有了一种分寸感，稳重感，事事养成了一种思考的习惯。可以说，这时便开始进入了理性思维的境界。

将学来的知识用于实践，却碰了许多钉子，遇到若干挫折。这时会产生新的困惑，为什么理论与实践常常有一个差距？带着碰到的矛盾再去读书，再去思考，再到实践中去运用。这样几经反复和磨炼，便可以发现两样东西。一是知识用于实践的过程，也是一个读书的过程，是读"社会"这本大书的过程，是更为重要的学习过程。二是"书"本身也有高下之分，正误之别，实践过程，正是鉴别书的过程。读书和实践的循环往复，一个唯物主义原理在头脑里扎根：一切从实际出发，具体问题具体分析，一切以时间、地点、条件为转移。书本知识只是普遍条件下的知识，只为人们解决问题提供思路和思考的武器，真正解决问题，必须将书本知识与一定时间、地点、条件下的具体问题相结合，认识矛盾的特殊性，找到解决问题的途径。这时，你再去读马克思主义哲学，顿觉有一种新鲜感、亲切感，往往产生顿悟，即人们常说的灵感；这时，你将对读书产生更为广泛和浓烈的兴趣；这时，似乎可以说进入了"学者"的境界。

长期的学习和实践，逐步形成了思考的头脑，思考的顺序产生了质的转变。原来的思路是，用学来的某一个单一的结论，去套生动活泼、复杂多变的实际现象或矛盾，得出书本上的结论。新的思路是，从若干实际情况出发，逐步酝酿出自己的独有结论。这结论好像是某一客观事物，又不全是某一事物，是一定时间、地点、条件下的若干事物的综合体。这结论，既像是这本书上的，又像是那本书上的，可又不全是书上的，二者之间有许多相似之处，却不是"同一"。这结论，是若干书本知识，若干实践经验，若干现实情况在头脑中逐步酿造、融汇、贯通之后而形成的有牢固理论根基的接近了客观现实的结论。他在各种复杂的事物面前，总能理出头绪；他在众说纷纭面前，总有自己的看法，他在若干本书上，若干个答案面前，总能区分真伪。这种头脑，对现实生活就能自觉地进行理性思维，而且形成一种习惯行为。这时，他言论和行为的盲目性、随意性、情感性等非理的东西就少得多了。这时，可称为达到了运用自如，炉火纯青的境界了。

　　读书和实践的过程，是一个没有终期的矛盾运动过程。原来的问题解决了，新的问题又出来了；原来的知识"懂得"了，新的理论又问世了。客观事物的发展没有穷尽，理性探索的过程没有终期，人们读书和实践的过程就没有完结。任何时候停止了读书和实践，就会变得糊涂起来；不断地读书和实践，就会不断由糊涂变得聪明。人生就是糊涂、明白，明白了又糊涂，糊涂了又明白的一路跋涉。所以，读书和实践是一个过程，一个伴随人生的过程。从这个意义上讲，人生的历史，就是一个读书明白史。

人生与金钱

人生与金钱结下了不解之缘。

金钱，可以使人快活得要死，悲痛得欲绝；使贫者贫困潦倒，使富者花天酒地；使无产者拿起武器，使有产者拿起屠刀。那么，钱是什么？怎样用钱？便成为养成教育的又一课题。

首先，要认清钱的本质。钱是商品交易的产物，马克思指出："流通变成了社会的蒸馏器。一切都抛到里面去，为了当做货币结晶再流出来。"从经济学角度看，钱是价值尺度，是交换、支付、结算、储藏的手段。从社会学角度看，钱又是财富的象征，具有典型的两面性，既可以给人带来快乐和幸福，又可以给人悲伤和痛苦。这里的关键，是人与钱的相互位置。当钱为我的时候，正如《忏悔录》所说，"我们手里的金钱是保持自由的一种工具。"当我为钱的时候，又如费尔丁描述的那样，"如果你把金钱当成上帝，他便会像魔鬼一样折磨你。"莎士比亚说得更直接，黄金是"人类共同的娼妇。"这告诉我们，人要挣钱，但必须成为钱的主人。人生一世，切忌改变这种关系；一旦成为金钱的奴隶，便会泯灭理想之光，沦丧人伦道德，忤逆纪律法规，落入泥坑陷阱。

接着，要分辨钱的味道。钱本无味，但不同的人用不同的手段获得的不同的钱，便有了种种味道。一次，托尔斯泰在一个车站的月台上散步。月台边停留的一列火车快要出发，"老头儿，老头儿"，半截身子探出窗外的一位老太太喊道，"快替我到候车室跑一趟，把我忘在那儿的手提包取来。"托尔斯泰照办了。老太太给了一枚大铜板，他心安理得地装进了口袋。当一个旅伴告诉老太太，那就是大文学家托尔斯泰时，老太太惊叫，连喊："托尔斯泰先生，看在上帝面上，别见怪，请把铜子儿还给我。"托尔斯泰安稳地答道："这个铜板是我赚来的，我得收下。"是的，经过自己劳动得来的钱，少到一个铜板，多到几万、几十万，都凝结着自己的辛劳，味道正，应当。改革到今天，一些科学家，企业家，为国家，为企业创造了大量财富，也得到了几万、几十万的奖赏，有什么奇怪呢？奇怪的倒是，有的搞穷了国家，搞垮了企业，自己却悄悄地装满了腰包，他手中的钱，又是一种什么味道呢？

再者，要摆正钱的位置。

人要生活，便离不开钱。但是，钱毕竟只是生活的一部分。世界五大巨商之一马连奴·吉亚华利拥有十六亿四千万英镑的家产，每天利息高达二十七万英镑。可是，他仍有许多烦恼。他早年离婚，一直没有意中人，生活十分孤独；他每周收到两次求爱信，相中的却只是他的钱；他没有时间享受他的财富，每天要工作十四个小时以上；他不得安宁，每年有一半的时间在飞机上睡觉。可见，钱虽然重要，但并不代表一切。如报载："钱可以买房子，不可以买家庭；可以买婚姻，不可以爱情；可以买书本，不可以买知识；可以买药品，不可以买健康。"

倘若把物质享受作为唯一的人生目标，把人生价值作为交换金钱的商品，不仅会妨碍人生的解放和精神的富有，也失去了创造财富的意义，失去了改革的目标。

最后，要养成良好的用钱习惯。善于用钱，是一种人生艺术。良好的用钱习惯有许多，至少有以下几条。一要节俭。"历览前贤国与家，成由勤俭破由奢。"李商隐揭示的是执政者由"玩物"到"丧志"到"亡身、亡国"的规律。作为个人，量入为出，不用没有到手的钱，不买不适用的便宜货，不艳羡别人的阔绰等等，这些看来事小，只要养成习惯，就会减少烦恼，不栽跟头。二是适度。诺贝尔说："金钱这个东西，只要能解决个人的生活就行，若是过多了，它会成为遏制人类才华的祸害。"三要布施。初级阶段的经济制度，会产生一批富翁，有利于推动生产力的发展，是好事。先富起来后怎么办？古往今来，布施于众，仍不失为明智之举，被称为五国之父的西蒙·玻利瓦尔将军，当他拒绝出任秘鲁第一任总统后，人民为了表示对他的感激与敬爱，赠给他一百万比索。他接受了，从奴隶主手中买下了三千个奴隶，使他们获得了自由。爱因斯坦说得好，应当努力挣钱，用得来的钱去"求理想和真理，得到内心的自由和安宁。"提倡奉献精神，岂止是共产党人的追求？共产党人不过是继承了人类文明的优秀遗产。

人生与交往

有人类，就有交往，交往内在于人的生命活动之中。人的喜怒哀乐，往往与交往的成败相联系；人存在的界线，往往与交往的范围相一致；人在社会活动中的自由程度，往往与交往能力的大小成正比。因此，学会交往，养成良好的交往习惯，是养成教育的又一个重要内容。

儒家把人际关系归为君臣、父子、夫妻、兄弟、朋友等五伦，这在封闭的古代，不失为精辟的概括。处于开放的现代社会，人类交往是大空间、多层次的，要学会与不同方面、不同品德、不同性格以及不同社会、心理环境下的人交往，的确是千变万化、难以把握。我想，养成四种习惯，就不难应付了。

一是诚实。诚实交往，给人安全；小小的欺骗，会导致感情的破裂。雨果说得好，"伪善是一种投资，魔鬼要来偿还的。"那么，诚实是什么？诚实是真实，一是一，二是二。讲求是真心，纯如玉、洁如镜；诚实是守信，不反悔，不作假。曾子每天反省并养成习惯的三件事，有两件讲的是交往要诚实，"为人谋而不忠乎？与朋友交而不信乎？"

二是理解。心理学认为，理解是认识事物的一种心理活动。那么，交往中的理解，是对人的思考。我觉得，若能换位思考，即站在对方（个人、集体、组织、国家）的位置上想问题，交往就更易成功，若能排除恶念，即不要把对方想得太坏，交往的情感就更浓；若能适度地估计自己（与对方相比较），交往就更和谐。

实际交往中出现的谦虚、谅解、忍让、宽容等等，正是理解的结果。

三是化解。破镜重圆，故是好事。但是破镜重圆总有痕。我想，不让镜子打破，学会化解矛盾，应是人际交往的重要原则。化解方法很多，如只抽薪，不加火，防止矛盾升级，可化解之；不争强，不好胜，正确对待委屈，可化解之；宽容大度，主动接近，善于消除误解，可化解之；无理先自责，得理也让人，不要以错对错，可化解之；只敲当面锣，不打背后鼓，防止拨弄是非，可化解之，等等。化解了矛盾，就会丢掉烦恼，迎来欢乐。

四是自制。交往是双方的，但主要在自己；自己的因素很多，主要又是自制。首先要克制私欲。私欲生贪婪，会侵占对方的利益；私欲生蛮横，会损害对方的人格；私欲生疯狂，会咬伤众多朋友。其次要节制发泄。礼的本意是节制情感，制怒的古训应当珍视。管子说："善气迎人，亲如兄弟；恶气迎人，害于戈兵"。可见，不加节制地发泄，是人际交往的大害。再次是控制语言。一句话，可以使人"怒发冲冠"，也可以使人"破涕为笑"。因此，成功的人际交往，不可不注重语言修养。

人生与养性

养性，是优良品行的养成，我国古代叫"修身"，主张修身、齐家、治国、平天下。佛教叫"觉行圆满"，提倡自己觉悟（觉），且帮他人觉悟（行），以达到圆满境地。近代西方叫"消灭误区"，劝导人们集优秀品格于一身，以实现"精神健康"之目标。我认为，怎样表达都可以讨论，但个人优良品行的养成，无论于己、于国、于人类，都是至关重要的。

养性的内容，可以从不同角度，用不同的表达方式作多种阐述。我想，把握了养性的原则，并贯穿于内容之中，是养性的重要途径。

一是形神兼备。形，是仪表，言谈、举止，是品行的外在表现。神，指思想、情感、气质，是品行的内在本质。"形神相依"的特点决定了养性的要求必须是"形神兼备"。古今中外，人们都十分注重自己品行的外在形象，如居里夫人的形象是"蚕"，法拉第自喻为"烛"，鲁迅俯首为"牛"，雷锋自勉为"螺丝钉"，彭加木要做"铺路石"。不注重形象，常常出现醉而忘形，相交忘形，牢骚忘形，得意忘形，见利忘形等不良行为。然，形在外，神在内，神主形。因此，养性的关键在养神。通过养神，使人们的思想、情感变得博大、深厚、丰富、崇高。这样，神固就形真了，就能去掉酒色财气、阴阳怪气、浪声浪气等邪气。

二是浓淡相宜。浓，是浓妆艳裹，深墨重彩，喻示着色彩斑斓的人生，是生命的燃烧和奉献，是志向、抱负激励下的奋进和搏击，开拓和进取。然，这种浓，须以淡为条件，"非淡泊无以明志。"

淡，是恬淡寡欲，轻松愉快，超脱自我。如果把我无限放大，像《红楼梦》的好了歌那样，唯有"私我"忘不了，带着"我"的镣铐去生活，那永远达不到生命的"浓"。人生之养性，当如清澈的激流那样，既能一眼见底，又不断奔腾向前，可以说达到了理想的境界。

三是动静结合。动，是身动，把生命寓于运动之中；动，是心"动"，将生命溶于思考之中；动，是"业"动，让生命贯穿于事业之中。书中常称"生命在于运动，"我想，大概是这个意思。静，是宁静，心境广阔，思路畅通；静，是冷静，冷静地观察、理解自然、社会和人生；静，是平静，平静地迎接人生的种种境遇。人之养性，应将二者结合起来，动中求静，静中见动，实现心灵自由，身心愉悦，就能达到陆游所追求的"君能洗尽世间念，何处楼台无明月"的境地。

四是行思相伴。行，是做，是实践。没有行，世界将会死亡。思，是想，是对客观事物的判断和选择。没有思，人类便无异于动物。行思相伴，蜜如情侣。人之养性，便是一个行行思思，思思行行的过程。行而不思是盲行，诚如韩愈所说，"行成于思毁于随。""东施效颦"是"随"不是"思"，无论怎样做作，总是摆脱不了盲行性。思是为了行，思而不学是枉思，是妄思，永远只是空中楼阁。行思相较，行是第一位的。因为，思源于行而又用于行；且"行可兼知，而知不可兼行。"

人生与思维

思维，一指理性认识，即思想。二指理性认识的过程，即思考。洛弗说："生命不息，思索不止。"而且，会思考，于生命，于事业，大有裨益。于是，学会思维，便成为养成教育的一个重要课题。

思维是一杯苦酒。爱默生说："世界上什么工作最艰苦？思考问题。"然，思维又有规律可循，"思想家帮助人们思维，因为他们给别人定下了思维方式。"（埃·哈伯德）可见，学会思维，须掌握正确的思维方法。

正确的思维方法的掌握，是长期实践的积累。我想，把握思维的特性，走出思维的误区，便会养成良好的思维习惯。

首先看思维的纯洁性。思维的纯洁性，是指思维内容、思维过程、思维结果的客观性。常见的毛病有，以不真实的材料为依据；照主观意愿去推导事物间的联系；将主观感受作为客观结果下判断。例如对人的思考，有的人，看自己一朵花，看别人"豆腐渣"。有的人摆自己"过五关"、"斩六将"，眉飞色舞，滔滔不绝，笑别人，"败官渡"、"走麦城"，唾沫四溅，冷嘲热讽。这种思维上的差距，常常变成生活中的矛盾。又例如，说话做事是否伤了别人，不是由自己（主观）去判断的，而是要对方（客观）来感受的。

接着看思维的方向性。思维的方向性，是指思路的基本走向。有人主张单向思维，以保证排除杂念。有人主张多向思维，以保证兼顾各方。有人主张把握思维的三个基本方向（大众利益的方向，实际可能的方向，社会历史发展趋势的方向）下的多向思维，以保证思维的正确走向。例如对某个问题的思考，当你感到惶惑的时候，当众说纷纭的时候，当处于十字路口可有多种选择的时候，就要拉住思维的缠绳，静下心来，重新确定思维方向后再推进思维进程。我以为，对任何问题的思考，只要既保证了上述三个思维方向的同时满足，又综合考虑其他因素，就能得出较为正确的思维答案。

再看思维的深刻性。思维的深刻性，是指思维内容的完整性，思维过程的彻底性，思维结论的科学性。提出了问题，却不进一步思考解决问题的路子，是思维内容的不完整。对存在的问题清楚明白，对解决问题的办法却茫然无知，是思维过程不彻底。思维结论粗糙，要么是"大概"、"可能"、"差不多"，要么是"根本"、"完全"、"绝对不"，是思维结论不科学。例开座谈会，某位同志指出问题一二三，毛病四五六，当听众正全神贯注，等待他的治病良方时，他戛然而止，思维停止了。又例如，一个时期来，人流如潮，交通拥挤，有的评论"乱糟糟，怎么得了？"有的判断，这是市场经济启动的征兆。

又看思维的顽强性。思维的顽强性，是指思维的承受力。面临前所未有的新问题，难问题，棘手问题，有多大能力去迎接它，解决它；刚刚找到解决问题的思路，新情况又发生了，新矛盾又显露了，有多大耐心去应变它；因解决某一问题而牵动一串矛盾的时候，有多大勇气去面对它，承受它。顽强的思维，可使人的大脑近乎爆炸。然而，顽强思维的自觉训练，又是一个人能力的重要标志，如果回避它，绕开它，推脱它，要么"哼哼"了事，要么"上送"交差，要么发火动怒，要么埋三怨四，那永远只能是一个思维的弱者。

还看思维的灵敏性。思维的灵敏性，是指思维征兆的敏感性，对思维内容的捕捉力，思维过程的快捷性。有时，头脑冒出一闪的"火花"；有时，不经意遇到一晃的"细事"；有时，市井里看到不惹眼的"消息"。如果把这些当做未来事物的迹象，努力捕捉，精细筛选，快捷思考并形成理性认识，组织实践并不断修正原来的思维结论，极有可能是一位成功者。相反，若不留心，不经意，任"思想火花"、"一晃细事"、"不惹眼的消息"流逝而去，以致后来真的成为事实时，才后悔当时为什么没有好好"想一想"，那将是一位失败者。可见，思维的成功，首先需要思维的敏捷。

最后看思维的有效性。思维的有效性，是价值规律在思维中的反映。人之思维，是为了能动地认识和改造世界，离开了这一点，一切思维就变得毫无意义。要使思维有效，须防止无效思维，不要为一些毫无意义的事情去苦苦思考，自寻烦恼。要使思维有效，还要克服有害思维，不要在"我"的得失圈子里无限循环，以致变得神经脆弱，易动肝火。这样，不仅有害于思维，而且有损于健康。

环境与养成

《孔子家语》说："入芝兰之室，久而不闻其香，入鲍鱼之肆，久而不闻其臭。"意思是说，进入有兰花的房间，待久了闻不出香味；进入鱼市，待久了也闻不到腥味。这说明，环境，特别是不同的社会环境，可以使人养成不同的品格。

然而，一定时空范围内的环境，是不依人的主观意志而转移的客观存在。于是，处理好环境与养成的关系，做到在各种不同环境下，都能养成优良品格，是养成教育需要研究的又一课题。

首先，要清醒地认识环境。

我国古代，即使是文景、贞观、洪武那样的盛世，也照样有人犯罪。而在许多恶劣环境下，例如政治腐败，国家危亡之时，却仍有无数仁人志士，为正义和真理去奋斗。这说明，良好的社会环境，不一定每个人都能养成良好品格；恶劣环境下，许多人却仍能保持自己的高风亮节。

当前，改革开放大潮涌来，为人们施展自己的聪明才智创造了良好的环境，造就了无数个奋争进取的时代骄子。同时，也为一些营私舞弊、贪污腐化提供了"机会"，使许多人陷入了唯利是图的泥潭。这又说明，在同一社会环境下，受不同方面的影响，也会使人养成截然不同的品格。

不同的时代，不同的个人，都无法自己挑选环境，但却给每个人提供了认识环境的同等条件。因此，清醒地认识自己所处的环境，是养成良好品格的前提条件。

进一步，要正确对待环境。

一个时期的社会环境，是一定社会运动规律的外部表现。古代社会的闭关锁国，是小农经济运动的规律所致；现代社会的开放开发，是市场经济的必然要求。处在各自时代的人们，只能顺应那个时代的社会规律，在特定的社会环境下，养成那个时代的优良品格。

然而，顺应不是屈从。任一社会环境下，都有反映社会本质的积极因素，也有反映非本质的消极因素。人们良好品格的养成，是顺应其本质因素的结果；而恶劣习惯的养成，是屈从非本质因素的产物。

一定时期的社会环境，任何个人都难以控制；然而，却可以支配自己的行动。例如，我们国家仍不富裕，不可能为教育投入更多的钱财；我们的学校也不优越，不可能为师生提供应有尽有的条件。但是，静心读书而不去追求花花世界，尽力教学而不因业余奔忙而降低质量，则完全可以由自己支配。在客观环境面前，正确地支配自己的行动，就会养成敬学、敬教、敬业的良好风尚，也是养成良好品格的基本要求。

再进一步，要善于驾驭环境。

面对整个宇宙，人类无法驾驭；而面对已被认识和实践的领域，人类却能驾驭。面对整个社会，个人无法控制；而面对自己活动范围内的环境，个人却可以驾驭。一个厂长，可以驾驭本厂范围内的人财物、产供销；一个工人，可以驾驭手中的机器设备。同样，一个老师，一个学生，以至一个班，一个系，一所学校的负责人，皆可驾驭自己范围内的实践活动。

这种驾驭的基本特征是做环境的主人，而不沦为环境的奴隶。厂长面对销售疲软的环境，积极展开促销活动，而不被市场的争夺所挤垮；老师面对后进学生，平心静气地引导，而不为他们所伤头；学生面对酒馆、舞厅，有节制地活动，而不会因喝酒、跳舞荒废学业，甚至做出更蠢的事来。

因此，利用现实环境（无论有利或不利）去进取，而不被环境（即使有利）牵着走，便实现了利用环境养成良好品格的自觉状态。

又进一步，要学会创造环境。

环境是不断变化的。变化的原因，有自然规律的作用，也有人类的创造。道路的产生、城市的形成，以致冬天的暖气，夏天的空调，都是人类创造的。进而，良好的道德风尚或恶劣的社会习俗，公正廉明的社会风貌或腐败混乱的社会秩序，亦为人类活动的结果。作为个人，面对纷繁复杂的社会环境，学会判断真伪，辨别善恶，区分美丑并择其善而行动之、倡导之、弘扬之，便是尽到了创造环境的责任。长期坚持且不为恶劣环境所改变，既能养成自己的良好品格，又可促进良好环境的创造。

作为单位、地区、国家的负责人，在自己的实践范围内，带领所属民众，去伪存真，惩恶扬善，择美弃丑，且一以贯之，不懈努力，则一个单位、地区、国家的良好环境便可创造出来；良好环境的创造，又可培养出良好品格的人来。

如此往复，社会环境将进入良性循环，不断促进物质文明和精神文明建设，在处理环境与养成的关系上，可以说达到了最高境界。

教育与养成

加里宁说:"教育是对于受教育者心理上所施行的一种确定的、有目的的和有系统的感化作用,以便在受教育者的身上,养成教育者所希望的品质。"普托勒说:"下列五项考验,为受教育的明证——本语言之精确运用;温文的举止,出自思想行动时的固定习惯;崇尚优美的标准,并且有一个基于那些标准的个性;反省的能力及习惯;做事的效率与能力。"上面两段话,从教育的出发点和归宿点两个方面说明,教育是养成优良品格的途径之一。那么,作为教育者,怎样实施这种教育呢?

首先,要把握教育内容的科学性。史宾塞说:"教育的目的在于性格的塑造、成型。"但是,不同的教育内容,塑造成型的性格是不同的;只有科学的教育内容,才能塑造出有益于人类进步的优秀品格。如果不分是非,不辨良莠的向受教育者灌输,势必塑造出种种性格畸形的人。当前,社会犯罪上升且青少年居多,探其教育根源,不能不说是对拜金主义、权欲主义、极端个人主义的抵制、批判不力所致。一些人,肝火亢进,动辄秽语伤人,拳脚相加,这可从黑道、打斗"文化"中找到线索。又一些人,称第三者插足为"婚外恋",称非婚姻关系的性行为为"做爱",而"乱伦"、"通奸"快要在辞典消逝,这难道与非法色情淫秽物品毫无关系吗?

其次,要理解教育过程的持久性。养成教育是持久教育、终身教育。思想靠潜移默化,作风靠耳濡目染,知识靠常学常练,基础靠日积月累。任何优良品格的形成，都需要长期的、持久的、坚持不懈的努力才能实现。如果不理解这一点，就会为一次、几次教育未见成效而奇怪，也会为发生反复而困惑。一些教师面对过道里脏，厕所里堵，龙头水长流，门窗玻璃被损的不良现象发出感叹，"唉，讲过了的，就是做不好。"这可能是不甚理解养成教育是持久教育的缘故。

因此，养成教育不能一劳永逸，要经常抓；不能急于求成，要反复抓；不能时抓时不抓，要持久以恒长期抓；不能只靠少数人抓，要发动全体师生一起抓。有的单位，只在突击性工作花本钱，只在出名的事情上下工夫，对养成教育兴趣不浓。结果，往往是"前台出经验，后台出问题。"有的单位，十分注重养成教育，把功夫下在量起来没有什么标准，做起来难以数出个数，评起来得不到第一第二的日常的、细致的、琐碎的基本品质的养成上，结果，不仅仅保持数年甚至数十年不出任何问题；而且，关键时过得硬、上得去、凝聚力强。

再次，要提倡教育方法的多样性。皮亚杰说："良好的方法可以增加学生的效能，乃至加速他们的心理成长而无所损害。"可见，方法多样且适当，是养成教育中必须倡导的。例如，依据教学规律，把学习、生活、管理中要做的事情以至动作规范到每天、每周、每月、每学期中去，为学生提供一个较清晰、易把握、便操作、好落实的行动依据；并且，一丝不苟，反复训练，最终养成良好的习惯。又例如，结合各种任务，进行讲清意义，明确目标，交代方法，组织检查等全过程训练，让教师的工作程序潜化为学生的思维习惯。再例如，在文化、体育、娱乐活动中，赋予积极的思想意义，并引导学生正确处理活动中的各种矛盾，让学生在蹦蹦跳跳中养成良好的人际交往习惯。还例如，针对学生的不同个性和不同情境下的不同情绪，恰到好处地进行个别谈话，引导学生养成发展优良个性和情绪，控制不良个性和情绪的习惯。这样，把教育活动扩展到课堂外的时间和空间中去，就使教育工作显得更加厚实。

最后，要注重教育者的示范性。瓦尔德说："平庸的老师叙述，好的老师讲解，优异的老师示范。"要使学生养成优秀品格，教师应以自己的优秀品格去熏陶。很难设想，一个德行不好的教师，会教出德行高尚的学生来。因此，一个教师，应当把自己的德行修养放在首要位置。当然，教师是人不是神，难免有不足之处。"真正的教师，极力防止自己的坏习惯及于学生。"（《神秘的格言》坦诚的教师，则以自己的优点示范学生，以自己的弱点告诫学生，让学生在剖析教师中养成美德。这里需要说明，本文所说的教师，当泛指学校的教师、教育工作者和一切工作人员。诚如卡莱尔所说："谁能在质朴的日常生活中给我们以指导和帮助，谁就是老师。"

自觉与养成

这里的自觉，是指人们认识、掌握一定客观规律的一种活动。这种活动，是有计划、有目标、一般都能预计后果的活动。人们优秀品质的养成，需要良好的环境，亦需要良好的教育。但是，最根本的是自身自觉的养成活动。这不仅是因为客观环境和外界教育要通过本人的认识和实践才能实现，还因为优秀品质养成的长期性特征要求受教育者适应不断变化的客观环境和教育条件，甚至要接受恶劣环境和错误教育的考验，真所谓，"师傅引进门，修行在个人。"从这个意义上讲，内容、方法可以从多个角度展开讨论，我觉得至少应当把握"四自"。

一是自识。所谓自识，就是自觉认识自己。老子说："知人者智，自知者明。"法国人蒙田也说："这世界上最直接的事情，不论从任何角度来说，都是自己彻底了解自己。"从养成教育的角度来看，要认识自己，基本前提是正确思考自己，因为思考是行动的种子。只有思考，才能认识自己品格上的优点、缺点、弱点，明确哪些要发扬，哪些要克服，哪些要加强，使自己的品格不断完善。只有思考，才能认识自己品格在社会中、集体中的位置，以确定应当向哪些品质学习，以哪些品质为戒，与哪些品质保持距离，使自己的品质不断优化。只有思考，才能认识自己在历史长河中的位置，通过扬弃，学习古人的优秀品质；通过预测，自觉培养未来社会需要的优秀品质，使自己的品格适应创造性劳动的需要。一句话，只有思考，才能认识自己现有品格的坐标位置，并确定今后的坐标。

　　二是自动。所谓自动，就是自觉地调节自己的行为和欲念。大学生活，不同于家庭的孩提生活。在家庭，主要是亲属抚育，基本不能自动。大学也不同于小学和中学，小学、中学管得具体、细致，只有部分自动。大学则要求从基本不自动、部分自动，养成基本自动的品格。大学几年，同学间素质差距拉大的原因，很大程度上是自动力的差距引起的。我想，大学生自动的主要表现，一个是勤奋读书不懒散。因为进取是大学生的要务，而要进取，非勤奋不可；任何懒散都将磨钝智慧的锋刃。又一个是生活节俭不浪费。因为节俭既是珍视父母的汗水，又是求知的动力，更何况还包含一分一秒地节约时间。陆游说得好，"天下之事常成于勤奋而败于奢靡。"再一个是按照美德的要求规范自己的一切行为。大到诚实、公正、尊敬师长，小到吐痰、用水、丢弃废物，都要养成良好德行，为进入社会进行全面训练。

　　三是自律。所谓自律，就是自觉约束、控制自己。人有七情六欲、喜怒哀乐，若不加节制，任其放纵，必将失去自己的生存空间。希腊学者说得好，"不能克制自己的人，便没有自由。"要能自觉养成良好习惯，首先克服本能的冲动，因为"人的本能从未趋向完善与正确，它总是把人引向华而不实和虚伪的方向。"（门肯语）特别是年轻人血气方刚，戒之在斗。要知道，好斗是一种烈性本能，其恶劣后果是始料不及的。接着是不要走极端。要么绝对肯定，要么绝对否定；情绪激动得无法控制，或者意志消沉得毫无生气；批评别人时一无是处，肯定自己时毫无瑕疵，等等。自己的思想、行为一旦陷入极端，就会失去正常的判断力。再就是学会忍耐。酷暑寒冬需要忍耐，口袋钱少需要忍耐，相互拌嘴需要忍耐，种种引诱需要忍耐。学会了忍耐，就会战胜厄运。

四是自省。所谓自省，就是自觉回忆、检查自己的思想和行为。曾子提倡"吾日三省吾身"，意在通过反省，克服不良习性，养成良好美德。反省的方法很多，例如，定期回忆总结法。一日、一周、一月、一学期末了，认真回忆自己的思想和行为，总结坚持得好的优良德行和约束得不好的不良习性，逐步提高养成的自觉性。又如事件分析法。抓住一些感受最深、情绪最浓、久久抹不掉记忆的事件，沿着自我意识的方向，找出其中起决定作用的，无论是良性或劣性的要素，深刻反省自己，不断提高自己的品行素质。再如以人及已法。从别人的不是看自己的不是，从别人之是看自己之非。程汉舒说："看他人错处，应当反观内省；说他人非处，应将自己一一勘验。"还如严己宽人法。自己与他人、与集体发生不快，首先并着重反省自己，检讨自己。人人这样做，一切矛盾便冰消雪化。韩愈指出："古之君子，其责已也重以周，其待人也轻以约。重以周，故不怠；轻以约，故人乐为善。"

塞万提斯说："懒汉凌驾于勤奋之上，消沉凌驾于努力之上，罪孽凌驾于美德之上，理论凌驾于实践之上，而所有这些被凌驾者，只有金色时代才生机勃勃，闪闪发光。"

自觉养成吧，金色时代已经到来。

说教耶，实话乎？

"漫谈"与读者见面以来，大多数人点头称是，也有人摇头说不。"大学主要学知识，讲养成教育多此一举，养成再好有何用？""市场经济讲竞争，哪个给你讲仁义道德？"我觉得，摇头说不者，在认识上至少有以下误区，现提出来商量。

误区之一，对知识理解得太狭窄。相声名家马季和赵炎说过一段医生请客的相声。宴席上，医生滔滔不绝，用业务语言介绍菜肴。说到猪舌头，便大讲流哈喇子；说到牛心脏，大讲冠状动脉硬化；说到羊肝，又大讲肝癌；说到鸡丁，便说客人夹的那一块是鸡屁股，有营养。结果，弄得客人倒胃作呕，食欲全无。这段相声至少说明：一位满肚子墨水的医生，招待不好一位客人，就是因为缺了礼仪知识。可见，我们讲知识，书本上的原理、定理、公式要尽力学好，生活中的知识也是少不得的；课堂上的学习一定要抓紧，课堂下的养成也不能放松。现在不是养成教育讲多了，而是讲少了。当前，面对"浮躁"的心理世界，提倡养成教育不是很好吗？

误区之二，把生活看得太简单。在送别加拿大年轻女教师莱丝丽·奥斯丁时，我问她，"你来中国教书，加拿大给你发工资吗？""没有，只在圣诞节发个小红包。""这样，你在中国一个月的报酬远不及在国内，合算吗？"她略略沉思后说："我到中国来，可以学习你们民族的文化，游览东方的名山大川，体验多数西方人体验不到的东西，这个，比工资更有价值。"她的回答使我惊奇不已，原来西方人不都是为了钱而活着。由此，我陷入深深地沉思，是的，我们学习西方，不仅要学习他们的科学技术，还要学习西方人这种价值观；是的，我们不能把生活看得太简单，钱只是生活的手段，奋进和创造才是生活的目标；是的，一个人只有同时拥有健康的体魄、渊博的常识、应有的成就以及良好的养成，才称得上是"不白活一回。"

误区之三，对市场经济的认识太片面。我结识了一位企业家，几年之内，将一个负债几千万的衰败企业，变成了每年上缴利税几个亿的兴旺企业，我问他："你是怎样在市场竞争中站起来的呢？"他望着我迷惘的眼神说。"市场经济是竞争经济，但不是骗子经济，弄虚作假的人是永远站不起来的。"他向我叙说了多年的酸甜苦辣后说："搞市场经济，要有政治家的眼光，学问家的智慧，外交家的敏锐，道德家的诚实。"后来，我翻开加拿大企业家伍德给儿子的家信，其中说："一个诚实的人所表现出来的认真、正直和坦率，是永久性成功的生命。"日本实业家镰田胜论及价值判断十项原则时写道："人在物理生命意义上的追求是有限的，而在精神方面的追求是无限的，能否真正懂得这个道理，将深刻影响一个人乃至一个企业的前途，这就是价值判断的关键。"中外企业家这种惊人的相似告诉我们，市场经济与仁义道德原本是一个整体。

误区之四，将"说教"释以贬义。说教，并非贬义。人生坠地，是在父母的说教中认识世界的；豆蔻年华，是在老师的说教中获得知识的；步入社会，是在亲朋尊长的说教中成熟的。没有说教，不能训化。没有训化的人，只有野性；野性发作，便是兽性。这不能不说是少数人只能在囚笼里生活的原因。没有说教，不能纯化。人的思想总有杂质，滤掉杂质，纯化思想的过程，便是接受说教的过程。一旦拒绝说教，人就会变得昏糊、贪欲起来。没有说教，不能升华。按照马斯洛"人类欲望阶段说"，要从生物本能欲（贪欲、性欲、睡眠）升华到安全、安定欲（生活、地位、职业的安定），再升华到和睦欲（集体观念、人际交往），又升华到自我欲（自尊心、独立自主、名誉等），最后升华到自我实现欲（事业、创造、贡献），从教育学角度观察，每一步升华，都是说教的结果。

真正的说教，就是讲实话。

雷锋精神与市场经济

提起学雷锋，有人就嘟哝："一面学雷锋，一面向钱看。"这种矛盾心理，集中反映了雷锋精神与市场经济的关系问题。

首先，雷锋精神与市场经济的范畴是不同的。

雷锋精神，是奉献精神。这种奉献精神，是与大禹的治水精神，岳飞的报国精神，康梁的改革精神一脉相承的。是与刘胡兰、董存瑞、罗盛教的牺牲精神息息相通的，是与两弹元勋邓稼先等优秀知识分子的奋斗精神相一致的。一句话，奉献精神是中华民族优秀品质的结晶，是人们奋斗不止的精神支柱，是人活于世的做人哲学。

市场经济，是以市场为主配置资源的经济模式，是通过价值机制、竞争机制和市场供求相互作用来组织经济活动的运行方式。与市场经济相对应，计划经济是依据中央计划当局的决策来组织经济活动的运行方式。两相比较，市场经济能更有效地利用资源，提高效率，推动生产力的发展。党的十四大决定建立社会主义市场经济，是对两种经济模式的选择，属于经济活动范畴。

其次，雷锋精神与市场经济又是一致的。

前面讲到，雷锋精神的本质是奉献精神。讲起奉献精神，许多人立即想到不吃、不穿、不娱乐，其实，这是一种误解。我以为，奉献，就是一个人创造的财富（价值）减去他获得的财富（价值）之后的得数。这个得数愈大，奉献愈多。建立市场经济，就是要创造一种人们积极奉献的激励机制，革掉干多干少一个样，干和不干一个样的滋长惰性，鼓励落后的平均主义旧体制，认真贯彻多劳能够多得，或者说，要想多得，必须多劳的刚性原则。从这个意义上说，市场经济机制，是一种奉献机制。

有人会问，现在一切向钱看，哪有什么奉献？我觉得，这要作具体分析。向钱看，希望大家生活得更美好，这是人的天性，也是共产党人为之奋斗的目标。雷锋有句名言，自己活着是为了让别人生活得更好。这句名言的实现，在思想领域，要完善教育机制，在经济领域，要建立激励机制；建立市场经济，这是目前经济发展史的最佳选择，至于那些靠投机倒把，贪赃枉法而大发横财的人，不是市场经济的题中之意，是自有人类以来的共同恶魔。相反，权力生腐败，竞争出活力，抑制腐败的根本之举就是变权力经济为市场经济。

最后，雷锋精神与市场经济的结合是我们的理想目标。

资本主义制度国家搞市场经济，经济发展了，精神颓废了，富而无礼，富而不仁，各种丑恶现象与之伴生。我们搞市场经济，目标是物质文明和精神文明协调发展，创造出一个以富裕经济为基础的，融中西优秀文化为一体的，既充满生机和活力，又处处文明和健康的现代化中国，这正是我们的市场经济与资本主义市场经济的根本区别。

有人会问，现在不是有许多丑恶现象吗？是的，滚滚洪流，泥沙俱下，改革开放大潮涌来，势必产生一些副产物。市场经济的逐步发展和完善，副产物将同时得到清理和制约。这种清理和制约的办法之一，是加强精神文明建设，这正是发扬雷锋精神的意义之所在。面对大潮中的小股浊流而伤感，叹息；甚至认为失去了学雷锋的价值，自动放下雷锋精神这个思想武器；或者自己不能与浊流划清界限，甚至置身于浊流之中，这不正是偏离了社会主义市场经济的目标取向吗？

奉献与价值

　　发展经济，要不要提倡精神文明？树立市场观念，是不是一切向钱看？鼓励竞争，要不要互相帮助？当一些人徘徊、困惑的时候，当一些人怀念雷锋、王杰、欧阳海的时候，徐洪刚不畏强暴、勇斗歹徒的英雄事迹，如一声惊雷，震撼了亿万人的心灵。于是，学习徐洪刚的热潮，在神州大地涌起。我觉得，在人们的价值观不断强化且趋向多元的今天，认识徐洪刚的价值，将有助于提高学习徐洪刚的自觉性。

　　马克思说："价值这个普遍的概念，是人们对待满足他们需要的外在物的关系中产生的。"简言之，价值是客体对主体的有用性。人的价值，只有当他作为客体并为他人创造物质和精神财富时，才具有价值，裴多菲说得好："生命多少用时间计算，生命的价值用贡献计算。"徐洪刚的价值，正是他用鲜血甚至生命保护了吴道蓉、保卫了人民的生命财产而表现得淋漓尽致。

　　人作为主体时，只是获取客体的价值，成为价值的享受者。徐洪刚受伤后，受到党和政府的抢救和治疗，人民群众的慰问和爱戴，正如徐洪刚所说："我只向人民献出一份情，人民却给了我百倍的爱。"徐洪刚的享受是对他无私奉献的报偿，这与一些人不劳而获的享受，一些人贪赃枉法的享受的本质区别在于，徐洪刚对人民的贡献，和人民对他的爱戴，是在物质、金钱、鲜血里溶入了真挚的情和爱，人类正是在这种情爱的交流中离开了动物界而不断高尚起来的。如果离开了这种情感交流，人们都为票子而淡化情感、鄙视情感、丢弃情感，那么，人类不是退化了吗？徐洪刚的价值，正是他用鲜血甚至生命揭示了这一真理，拨开了障在许多人面前的迷雾。

徐洪刚的英雄事迹和人民爱护徐洪刚的动人事迹的广泛宣传，激发了人民学习徐洪刚的热潮。大家以徐洪刚为榜样，把自己的情和爱献给周围的人们，必将涌现出更多的徐洪刚式的英雄模范人物，如此不断扩展和升华，将形成一股无形的、自觉的、全社会的力量，推动思想道德建设。这样，我们的社会主义，将在发展物质文明的同时，不断加强精神文明建设；也只有这样，建设有中国特色的社会主义的本来之意才会实现。徐洪刚的价值，正是他用鲜血以至生命展示了他高尚的情怀，给我们创造了享用不尽的精神财富。可以毫不夸张地说，徐洪刚的价值是无价的。许多年前，爱因斯坦在评价居里夫人时说过："第一流的人物，对于时代和历史进程的意义，在其道德品质方面，也许比单纯的才智成就方面还要大。"徐洪刚，正是当代第一流人物。

卷 六

实践与理论

从机关人才的成长看精兵简政的必要*

我军各级领导机关，是在各级党委和军政首长领导下，处理日常事务的部门。机关工作人员，是各级领导的参谋和助手。按理说，各级领导机关应该是人才荟萃之地。但是，常听到一些同志抱怨，现在机关缺乏人才。为什么会出现这种现象？原因当然是多方面的。而从人才成长的规律来看，机构臃肿，人浮于事，无疑是一个重要原因。

实践出真知，斗争长才干。要成才，必须注重学习，提高文化水平和专业知识，同时要靠实践。实践是成才的主要的、基本的要素。实践越多，经受的锻炼越大，积累的知识和经验就越丰富，认识和把握各项工作客观规律的能力就越强，成为本职工作的行家的可能性就越大。因此，要使领导机关人才济济，关键的一条，就是要让机关人员尽可能多的亲身参加部队工作的实践。而臃肿、重叠的机构恰恰严重地妨碍着人们的实践活动，妨碍着机关人才的成长。

第一，机构臃肿，会使人陷入事务，偏重文牍，滋长官气。机关部门多，人员就多，分工就细，工作环节和层次就增多。本来当面说几句话就办好的事情，也非得来回协调，反复审批，搞电话穿梭、文件旅行那一套。而长期陷在文件堆里，泡在电话上，就容易使机关人员滋长高高在上、指手画脚的官僚主义作风和"等

---

* 本文为马立本与范长秘共同创作。原载1982年9月18日《解放军报》。"思想战线"专栏。

因奉此”的文牍主义。

第二，机构臃肿，会使人脱离实际，无法研究部队不断出现的新情况、新问题。机关部门多，首长就多，上层活动就多。许多机关人员只能整天围着首长转，有时想深入基层调查研究，也难以脱身。长期不能了解和掌握部队的第一手情况，不能亲身参加部队各项工作的实践活动，就难以真切地掌握部队工作的客观规律。

第三，机构臃肿，会使人产生依赖思想，难以提高独立工作的能力。机构重叠，人员饱和，工作起来常常是职责不明，界限不清。一事当前，本来自己可以干，甚至就是分内的事，也得要干事推给科长，科长推给部长，或者是反过来，部长推给科长，科长推给干事。有时本来一个人可以完成的任务，也非得要多摊上几个人“集体合作”。这样，机关人员就经受不到艰苦、繁重工作的磨炼，发挥不了主动性和创造性，难以从实际情况出发，独立地分析和处理问题，反倒容易养成“一推二靠三上交”的坏习气。

第四，机构臃肿，会削弱机关人员积极进取的精神，削弱人们的干劲。机关人员一多，往往就把一件事分成几件事去做，把简单的事复杂化，以至相互掣肘。其结果，必然有对付混日子的，甚至有没事干专讲闲话、无事生非的；就是一些想把工作做好的同志，也容易沾染拖拉、懒散的不良习气，或者只能“凭良心干活”，很难集中心思钻研、精通本职业务，以高昂的革命热情创造第一等的工作。

胡耀邦同志在十二大的报告中，提出了“改革领导机构和干部制度，实行干部队伍的革命化、年轻化、知识化、专业化”的任务，它的主要内容之一，就是要消除机构臃肿、重叠、人浮于事的状况。重叠臃肿的机构所产生的种种弊端，像一条条绳索那样，紧紧地捆住了机关人员的手脚，使他们难以投身到火热的部队工作的实践中去，经风雨、见世面、长知识、施展自己的才华，致使有的机关工作人员在部队基层工作时，学习刻苦认真，工作勤勤恳恳，办事雷厉风行，各方面长进颇快，而当他们被选调到机关后，就逐渐变得懒惰了，前进的步子停滞了，有的甚至倒退了。现在的问题是，我们一些领导干部对机构臃肿的危害还认识不足，只相信"人多力量大"。因此，每做一件事，他们首先想到的是增设办公室，成立联合工作组，把摊子铺得大一点，人数搞得多一点，"以多取胜"。其实，做工作常常是"以精取胜"，而不是"以多取胜"。如果单纯地依赖"人多势众"，工作起来就会出现"有的等着干，有的跟着干，有的旁边站"的严重窝工现象，甚至还会陷入"艄公多了打烂船"的难堪局面。结果就会是机关人员越多，人才就生长得越少；人才越少，又只好在人员编制上打主意。像这样"恶性循环"下去，各级领导机关就会变成一个行动不便的水肿的胖子，不仅什么事情都办不好，而且难以经得起未来战争的考验。

因此，想把我们的机关干部培养成才，想把各级领导机关办成精干的高效率的办事机构，根本的出路就是要进行机构改革，实行精兵简政。这是形势发展的必然趋势，也是全军同志特别是广大机关干部的迫切愿望。

（此文系与四十七军政治部秘书范长秘共同完成）

谈谈农民教育的层次性 *

　　农民呼唤知识，是当前农村的一个重要动向；加强农民教育，已为许多领导和部门所认同。

　　然而，农民教育数量大，内容多；农民的文化素质参差不齐；我州贫困，政府和民间财力有限。这种情况下，走出一条用人少、用钱省、形式活、效益广的办学路子，便成为农民教育的一个重要课题。

　　探寻农民教育路子的途径很多。其中，弄清农民教育的层次，从中理出教学头绪，便可以减少盲目性，使农民教育成为农村建设的一大产业，纳入正常的运行轨道。

　　整个教育事业，分为基础教育、职业技术教育、普通高等教育和成人教育四大部分。农民教育，是指对在业农民进行的教育，是成人教育的一部分。

　　农民教育的层次，可以从各个角度区分，显现出复杂的多面性；但又必须从总体上把握，确立立体开发农村智力的观念。

　　从农民教育的内容看，大体可区分为思想政治工作、文化知识教育、科学技术教育三个层次。

　　思想政治教育，主要进行四项基本原则和党的政策教育、理想道德和民主法制教育、社会风尚教育等等。当前，要突出我国

---

* 本文为马立本1987年在湘西州农委工作时调研文章，后刊登于《湘西农业经济》。

社会主义初级阶段这一特征，联系我州实际，着重引导农民克服小农经济观念，树立商品经济观念；克服狭隘的地域观念，封建宗法意识，家庭观念，树立全州上下团结一致，治穷致富的思想；克服陈规陋习，迷信鬼神思想，树立文明健康，相信科学的思想。

文化知识教育，主要是进行以扫盲为目标的初等文化教育，尤其是对农村妇女进行文化启蒙教育，尽快摆脱相当一部分农民的愚昧状态，通过送走愚昧来送走贫困。

科学技术教育，主要是普及现代最普通、最急用的适用科学技术。不仅要普及农、林、牧、副、渔各业的适用技术，还要着力普及与商品经济相适应的工、商、运、建、服的基本知识和基本技术。当前，政策提倡致富，成千上万的农户也盼着致富，就是苦于信息闭塞，没有技术，致富无路。农民们两手搓来搓去，急得在家里转来转去，不知如何是好。这种尴尬局面，没有科学技术去武装，是无法打破的。

三个层次的内容，应以思想政治教育为指导，以文化知识教育为基础，以科学技术教育为重点。作为农民教育的组织者，在教育内容上要有整体观念。

从农民教育的对象看，大体可划分为农村知识青年，农村技术员，农村专业户，科学示范户，基层管理人员，广大农民等几个层次。

上述层次人员中，由于民族素质不同，生活环境不同，社会实践不同，年龄大小不同，文化基础不同，接受教育的能力有差异，对知识需要程度和范畴有区别。因此，应区别对象，因人施教，因需施教。

一是以农村知青、专业户、重点户、科技示范户为对象，进行科学知识与生产技能的培训。二是对上述对象和基层管理人员中的先进分子进行中等以上以至高等专业教育，使他们成为农村中的知识骨干和专业人才。三是对现有技术人员进行新知识、新技能的继续教育，使他们跟上科技发展的步伐，更好地发挥技术骨干作用。四是对广大农民进行扫盲和责任田、土、山的技术辅导，提高生产技能。五是对全体农村人口进行社会文化和社会生活教育，加强农村精神文明教育。

从办学形式看，大体可分为常年性、规范化的县、乡农民技术学校，专题型、季节性的短期培训，开放型、远距离的广播、电视、函授、刊授学校等层次。

鉴于我州人力、物力、财力不厚的实际，每种办学形式可有主有从，一校多用。采用学校与社会联合，学校与行政、科技部门沟通的办法办学。例如乡农校，一套设施，多种用途。既可开办农民技术学校，又可举行短期培训，还可作为广播、电视、函授、刊授的教育场所。又如县技术培训中心，既可开展专题性技术培训，又可利用其设备、场地，承担广播、电视、函授、刊授的辅导、考试任务。

从教学方法看，大体可分为以面授为主的固定式教学；以自学为主，进行必要辅导，集中考试的活动式教学；以一定地域内的志同道合者自动结合，以责任田、土、山、为实验基地，以一定专业为内容的组合式互帮互学；以印发科学资料、开展科学咨询、举办科普集市、订阅科普报刊、收集科普信息等多种形式的社会教学活动。这种社会教学活动，形式活，花钱少，效果好。许多农民家庭养牛，牛风久治不愈，《农民文摘》一个方子便解决了。许多农民想开展多种经营，找不到门路，《农村百业信息报》便可提供名目众多的可供选择的致富路子。这些游击队，目前尚未引起普遍重视。

从办学机构看，乡、村是农民教育的基本组织单位；县有关职能部门是主要组织者；各级教育、农业、科研、技术、共青团、妇联等部门和组织，是重要力量。当前，下大力发动、组织乡、村基层组织；调动各方联合办学的积极性，是两个突出课题。

研究农民教育的层次性，并不是要把农民教育的各部门、各层次分割开来，而是要通过层次性研究，认识农民教育的重要性，树立农民教育的主体观，综合各教育层次的优势，确定农民教育的总体规划。以上教育内容，教学对象，办学形式，教学方法，办学机构的层次分析中，可以明确以下几点：

思想观念上，克服鄙薄、轻视农民教育的思想，树立求富必先求知、治穷先要治愚的观念，把农民教育纳入农村发展的总体规划之中。农业区划对农民教育论及不多或未能论及，似应在今后的实际工作中加强和补充。

指导方针上，一是要发展。把农民教育作为加强农村两个文明建设的战略措施，下真功夫抓起来。二是要改革，把重点放在提高农村生产力上，把各方力量动员起来，把各种办学方式，教学手段运用起来，加快农村智力开发的速度。特别是要克服那种一讲办教育，先要拨款子，修校舍，打围墙，建机构的传统观念，树立多门类、多渠道、多形式办学的大教育观，各类农业广播、电视、函授、刊授学校，各类训练班、讲座，各类资料报刊等，都是很有潜力、很有前途的办学路子。

培养目标上，要坚持总目标的单一性，即从根本上提高人的素质，培养农村劳动者和专业人才。要确立具体目标的多样性，即一方面要着眼当前，培养农村建设急需的科普人才；另一方面要着眼长远，培养系统掌握农业科学理论，从事农业生产管理和技术指导的专业人才；还要着眼全体，在全体农业人口中加强教育工作。

　　专业的设置上，即要把握总体的多样性，以适应农、林、牧、副、渔、工、商、运、建、服等多方面的需要，又要注意专业的专门性，设置适合当地生产条件和生产特点的专业。既要培养一专多能的综合性人才，又要培养深钻一门的专业性人才。既要培养技术人才，又要培养管理人才。既要保持基础课的相对稳定性，避免不必要的重复，又要注意专业课的较大灵活性，以适应生产发展和产业结构调整的需要。

　　教学力量的组织和教学经费的筹集上，既要发挥职能部门的作用，又要联合各部门，还要发动社会各方面，做到政府、部门、集体、社会、个人一起上，形成合力，发挥整体效益。

浅议物资部门的思想政治工作

一　关于思想政治工作的地位和作用

地位和作用问题，是要解决的首要问题。人的思想和行为的活动规律是什么？导向人的思想和行为的规律是什么？这正是思想政治工作所要研究和回答的问题。封建阶级的"三纲五常"，"三从四德"，资产阶级"平等、博爱、自由"，无产阶级的"为人民服务"，是各自的思想和行为准则。可以说，有国家就有政治工作，有人就有思想工作，只是不同历史时期，不同社会制度，有着不同的内容、目的和形式罢了。

战争年代，军事工作是中心，而军事斗争的胜利，则有赖于思想政治工作的保证。现在，经济工作是中心，而经济建设的发展，同样有赖于思想政治工作去保证。工作中，各种关系的协调，纠纷的处理，都需要思想政治工作去完成。如当前社会分配不公的现象，群众认识不一，对此，应当用政治工作的方法作具体分析：有的是合理的，对发展生产力有推动作用；有的虽不合理，但属过渡性质，需要加以调整；有的的确不合理，需要深化改革去完成；有的是违法乱纪，需要严加制裁。这样的分析，才能说服群众；这种分析过程，便是思想政治工作。

从物资系统的实践看，在开始实行奖金制度时，职工们得到几元钱的奖金，便心满意足。而现在，一个月发几十元奖金，仍

* 本文原载《湖南物资经济》1989年第2期。

觉得不过瘾。这种现象告诉我们。只注意金钱的作用，忽视精神的作用，只搞物质刺激，不搞思想教育，企业就会畸形发展。为此，我们应大力加强思想政治工作，引导职工正确处理好国家、集体、个人三者的关系。

二　关于思想政治工作的根本目的

思想政治工作的目的是什么？我认为，其直接目的，是要塑造人，塑造企业（集体），塑造民族精神。根本目的，是发展社会生产力。

塑造人，就是帮助人们自觉地改造主观世界，亦即我们通常说的，塑造人的灵魂。其任务是通过思想意识的改造，提高人的积极性；通过思想方法的改造，提高人的认识能力。我们说思想意识的改造，就是清除头脑中形形色色的错误思想，保持人们思想意识的纯洁性。如损人利己，损公肥私，投机倒把，贪污受贿，就是思想意识蜕化变质，我们要通过思想政治工作，批评、抵制各种错误思想，帮助人们树立正确的世界观，人生观。

思想方法的改造，旨在提高全面的、发展的观察能力，本质的、辩证的分析能力。实际生活中，认识上的主观性、片面性、随意性是很多的。如看问题只看局部，忽视全局；提出问题，却不分析问题的原因和解决问题的方法；在处理个人与组织的关系时，把个人放到不适当的位置，稍不遂意，便觉得组织对不起自己；用有色眼镜看自己，瞧别人等等，这些，都是因为思想方法的不科学，故学习辩证法是我们的一大任务。

一个好的企业家，不仅要懂得经营学，还要懂得做人的思想工作。思想政治工作做得好，广大职工的积极性就会充分调动起来，企业的生产也就会上得去。

塑造企业（集体），就是培养企业成员的集体主义精神。企业精神，是时代精神、优良传统和企业个性的结合，是企业内部形成的共同信念、作风和行为准则。一个企业、一个集体，都要培养良好的"自我意识"，使这种意识为大多数职工所自觉接受，并形成一种内聚力，这就需要思想政治工作去完成这一任务。

塑造民族精神，就是培养正确的民族意识。一个民族，物资生产不发达，贫穷落后，当然可怕；但如果精神不振奋，受束缚，也同样可怕。历史告诉我们，一个民族兴衰的原因固然很多，其中民族意识是否强烈，是否健康，起着重要的作用。培养民族精神，就是要通过多渠道、多形式的宣传、教育、熏陶、潜移默化，使全体人民意识到我们国家在国际上处于什么地位，意识到摆脱贫困，走向富裕的根本出路是依靠我们自己的奋斗，任何妄自尊大和自暴自弃的意识都是错误的，这种意识，就是中央概括的"振兴中华，实现四化"。这可以说是现阶段应着力培养的民族精神，培养这种精神，正是思想政治工作的任务。

发展社会生产力，是我们一切工作的落脚点，思想政治工作也不例外。塑造个人、塑造企业、塑造民族精神，最终目的是发展生产力。离开发展生产力这个根本目的，就会失去方向。不难看出，无论经济工作，还是政治工作，都要以推动生产力的发展为根本目的。

三 关于思想政治工作的理论基础

马列主义、毛泽东思想，是四项原则之一，是党章和宪法规定的社会主义国家的指导思想，是经过革命和建设实践检验的正确理论。我们要用马列主义、毛泽东思想营造精神大厦，就要学习马克思哲学，学习他们的立场、观点、方法，改造我们的世界观；学习毛泽东同志和革命领袖的著作，特别是毛泽东同志的哲学著作，坚持社会主义方向；学习初级阶段理论，认识现阶段中国的国情，为祖国的繁荣昌盛贡献力量。我们要汲取古人的和学习外国的优秀思想，然而，古人的、外国的思想，只能借鉴参考，不能作为理论基础。我们不能离开马列主义、毛泽东思想这一基础理论，去企图建立什么新的理论体系。

　　作为思想政治工作者，应在马列主义、毛泽东思想理论体系中，重点学习辩证唯物主义、历史唯物主义、党的学说，心理学、教育学、道德学等基础理论。当前，要特别注意用马列主义、毛泽东思想的基础理论去正确回答和解决物质与精神、经济与政治、民主与集中、自由与纪律、党的建设与企业建设、商品经济与伦理道德等一系列的关系问题。

四　关于思想政治工作的重点

　　基层思想政治工作的重点是回答解决现实思想问题。当前，我国处在社会主义初级阶段，多种经济成分和多种经营方式、多种分配形式并存，必然使人们的思想道德出现多元化倾向。这就告诉我们，社会主义的思想道德不是一块纯而又纯的思想圣地，而是一个先进与落后，高尚与低下，真善美与假恶丑共同生长的现实世界，面对千差万别的现实思想问题，作出具体分析，恰如其分的处理，便成了思想政治工作的重要课题。

　　从改革时期的特点看，改革时期思想活跃，在这种情况下，要对传统观念有鉴别的继承，对新思想进行有分析的肯定，要对改革中的困难和曲折给予科学的解释，要对群众种种疑问给予正确回答。就物资系统的现状看，我认为有如下一些现实思想倾向应注意去解决。一是国家、集体、个人三者利益上，存在着对国家、集体利益淡化的倾向。二是在民主与集中、自由与纪律的关系上，存在着对集中、纪律淡化的倾向。三是在思维方法上，存在着对辩证思维淡化的倾向。四是在是非的分辨上，存在着界限上的淡化倾向。五是在人生目标的追求上，存在着对精神生活淡化的倾向。面对上述情况，我们各级领导，应当冷静地加以观察，科学地加以分析，积极着手解决。

五　关于思想政治工作的原则

思想政治工作的原则可以列举很多。这里，就当前的情况简述几条。

1、整体性原则。思想政治工作是我们事业若干工作的一个部分，所谓整体性原则，就是从我们事业的整体来把握思想政治工作。不要在做其他工作时忘记思想政治工作；强调思想政治工作时，不要贬低甚至否定其他工作。思想政治工作要融入两个文明建设之中。

2、党性与情感性相结合的原则。党性，就是理论原则；讲党性，就是要讲社会主义整体和长远利益；讲全党服从中央的组织原则。情感，就是感情。过去，批判"人情感化"，近年来，强调"以情动人"，这是两种倾向，都有各自的片面性。我们需要的是党性与情感性的结合，"以情感化"同"以理教化"交融，把思想融化到感情中去，在情感的交流中传导真理。而且，这种结合，应当是三分含情，七分叙理，情理交融，以理为主。

3、灌输与疏导相结合的原则。灌输，是列宁提出的一条思想教育的原则；对群众进行马列主义、毛泽东思想的理论灌输，是思想工作的任务；离开灌输，正确思想观念无法确立，错误思想观念无法克服。疏导，就是广开言路，集思广益，把群众的思想引导到正确方向。正确的原则是，在灌输中实施疏导，在疏导中实现灌输。

4、继承与创新相结合的原则。继承，是优秀传统的发扬，是人类实践中获得的真理性认识在新的历史条件下的运用。创新，是新鲜经验的总结，是对传统的丰富、完善和发展。继承是发展的条件，创新是继承的必然道路。

六　关于思想政治工作者的修养

这里，我把思想政治工作者的修养作为一大问题提出来，是因为，思想政治工作是一门科学，没有一定的修养水平，要驾驭这门科学是不可能的。特别是我们物资系统的思想政治工作人员，大都没有接受专门培训，要加强和改进我们的思想政治工作，关键是要提高工作人员的思想水平。

思想政治工作者要在哪些方面加强修养，我认为，品德是修养的第一要素，是做好思想政治工作的起码条件。品德修养，主要是使思想政治工作者有热爱事业、立志奉献、不计名利、坚持原则、光明正大，豁达大度、任人唯贤、不谋私利的高尚道德形象。此外，在知识、能力、方法上也要注意修养。知识是人类智慧的结晶，是做好思想政治工作的主要武器。能力是品德、知识、方法和个人气质的综合反映，是思想政治工作者素质高低的主要标志。方法，是过河的桥，摆渡的船，是发明的钥匙，成功的秘诀，是思想政治工作者的必修课。

总之，思想政治工作者修养水平的高低，直接反映着威信的高低。可以说，品德修养是建立威信的前提，知识修养是建立威信的基础，能力修养是建立威信的条件，方法修养是建立威信的手段。作为一个领导者，要在群众中建立威信其诀窍可以从自身的修养中去寻找。

正确认识反倾向斗争*

去冬今春，学潮迭起，"全盘西化"论者鼓舌文坛。为此，中央连发三个文件，布置反对资产阶级自由化的斗争。一些同志摩拳擦掌，准备大干一场。另一些同志则不以为然，"这不影响改革开放吗？"四号文件下发，既定政策不变，有的同志觉得遗憾，"咳，只下了一点毛毛雨。"另一些同志却顿觉轻松，感到"一块石头落了地。"不同的看法，反映了一些同志认识上的差异偏颇。要按中央要求，把反对资产阶级自由化的斗争坚持、健康、持久地开展下去，就必须正确认识反倾向斗争。

事物发展的客观规律，决定了反倾向斗争的长期性

唯物辩证法告诉我们，客观世界是不断运动、发展着的世界。运动、发展总的趋势是上升的、前进的。但具体道路又是曲折的、迂回的。社会运动是客观世界的运动形式之一，也必然呈现出波浪式前进、螺旋式上升的特点，这是事物发展的客观规律。

曲折、迂回前进的客观规律，由于各方力量的起落，各种因素的消长，以及起落、消长的速度、规模、作用的差异，曲折和迂回的形式呈现出绚丽多姿的图像。其中，有前进中的"倒退"、"逆

---

* 本文原载《探索与求是》1987年第1期。

转"，有表象上的"回复"、"复归"。社会倾向，则是对社会发展道路的"偏离"，是以某种社会思潮为导向的、社会发展过程中的离心倾向。在新制度确立、巩固和发展的过程中，反对新制度的势力必然会散布、传播某种思想和理论，使其在留念旧制度的人们的心里产生共鸣，形成偏离新制度的社会思潮，即某种社会倾向。我国春秋战国时期，奴隶制度向封建制度变革的过程中，复古倾向时起时伏，延续了几百年。欧洲由封建制度向资本主义制度变革的过程中，保皇倾向对资本主义制度的偏离，也持续了二百多年，资本主义制度才在欧洲大陆上最后确立下来。

以前的制度更替，仅仅是一种剥削制度代替另一种剥削制度。而社会主义制度则是对私有制的彻底否定。这种否定过程，必然要经历新旧势力的反复较量，其中就包括了反倾向斗争这一形式。近几年来，一度泛滥的资产阶级自由化倾向，就是对社会主义制度的偏离。虽然，我们主观上希望过安稳日子，不要出现曲折、反复和偏离，但客观规律是不以人的意志为转移的。所以，从事物发展的客观规律认识各种倾向产生的必然性，就能保持冷静的头脑，既不会因产生某种倾向而迷惑不解，也不会在错误倾向面前回避退让、软弱无力。

各种错误倾向的产生是必然的，我们同错误倾向的斗争则是长期的。因为整个现代化建设过程中，我们都要实行对外开放。对外开放的主要成果是积极的，但必然伴随着带来某些消极因素，各种资本主义制度腐朽思想，资产阶级自由化思想会侵袭进来。我们的开放是持久的，我们同资产阶级自由化思想的斗争也必然是持久的。所以，我们打开窗子，既要吸进新鲜空气，又不要让苍蝇钻了进来。更重要的是，我们现在还处在社会主义初级阶段。这种实际情况，决定了我们不能一下子抹掉旧社会的痕迹，毫无疑问，也会给资产阶级自由化留下得以滋生的土壤。所以，我们也只能是，一方努力进行现代化建设，一方面同资产阶级自由化作斗争。正如小平同志最近指出的那样，反对资产阶级自由化同四个现代化是平行的。整个现代化建设进程中，都存在一个反对资产阶级自由化的过程。这是现代化建设过程的一个客观规律。认识了这一规律，我们就有了同自由化作长期斗争的思想准备。

倾向本身的特征，要求反倾向斗争必须讲求科学性

认识了倾向存在的长期性，为我们自觉地进行反倾向斗争奠定了思想基础。而要更有效地进行这一斗争，还必须深入分析倾向本身的种种特征，寻求其规律，树立科学态度，才能获得驾驭反倾向斗争的自由权。

1、从倾向的性质看，由于历史条件不同，错误倾向时而是"左"，时而为右，时而又"左"右交错，呈现出复杂的性质。这就要求我们具体分析具体历史条件下的错误倾向的具体性质，决不能棍棒在手，乱打一气。我们党总结了历史经验，认识到一个规律，即必须坚持两条战线的斗争。既要反对"左"的错误倾向，又要反对右的错误倾向，有"左"反左，有右反右，要在反"左"时防右，反右时防"左"，防止一种倾向掩盖另一种倾向，更不能用右反"左"，或用"左"反右，从一个极端走向另一个极端。

历史上，我党在一九二七年反对陈独秀右倾投降主义路线时，未能防止"左"倾情绪的滋长，以至于一些党员和党的领导骨干从对国民党屠杀政策的仇恨，对陈独秀右倾投降主义的愤怒，发展到"左"倾错误的产生。三十年后，我党在少数右派分子进攻

面前，用"左"的思想去反"右"，发生了扩大化错误。以致逐步酿成包括十年内乱在内的长时间的"左"的错误。而一九三五年反对王明的"左"倾路线，以后的延安时期，反对王明的右倾投降主义，都采取了正确的方针。这不仅使错误倾向得到有效克服，而且开创了抗日战争、解放战争、解放初期的胜利道路。历史经验证明，用科学的态度反对错误倾向，对党和人民的事业是何等重要。

这次反对资产阶级自由化的斗争，中央连发三个文件，点明斗争性质，表明坚决态度的同时，又发了四号文件，重申三中全会以来的既定方针，告诫全党不要用"左"的方法反对右的倾向，使这一斗争得以健康持久地开展，这是坚决态度和科学精神相结合的典范。实践证明，这样做，既有效地制止了资产阶级自由化思潮的泛滥，又防止了"左"倾错误的重演。

2、从倾向的表现形式看，时间上，任一倾向都有其发生、发展、蔓延、泛滥、直至被克服的过程，表现出复杂的阶段性。空间范围上，任一倾向，都有其中心点、趋向带、影响面的区分，表现出复杂的层次性。对象上，任一倾向，都有其发起的代表人物、追随者、受影响的群众等多种情况，表现出复杂的差异性。这就要求我们对某一倾向的某种发展阶段、某个空间范围、某些人员对象有一个符合实际的科学分析，区别情况，具体对待，切不可一刀切、一锅煮、一律化。如果企图用形而上学的简单化办法，去处理复杂问题，势必自食其果。

这次反对资产阶级自由化的斗争，中央正确分析了一这倾向的错误性质，发展程度，波及范围，不同对象的不同情况，作出了正确决策，规定只在思想政治领域内进行，军队、机关、厂矿搞好正面教育，农村不搞；规定了不搞运动，只用说服、讨论的办法和必要的行政法律手段；并且指出，反对资产阶级自由化同改革、开放、搞活是一个统一的整体，等等。实践证明，这样做，既有效地坚持了四项基本原则，又保证了改革、开放、搞活的顺利进行，保持了安定团结的社会环境，原来摩拳擦掌的同志也消除了"不过瘾"的思想。

3、从倾向的成因看，任一社会倾向的出现，成因是错综复杂的。就历史原因而言，一定的社会经济基础改变之后，反映原基础的社会意识还将在相当长的时间内存在，并影响和毒害着我们的人民。当前，我们正在进行改革，新旧体制交替，必然会引起矛盾和摩擦；改革的深入发展，必然会触及一部分人不合理的经济利益。犹如产妇分娩，总有阵痛一样，人们面对改革出现的新情况，必然会依据自己的实践经验，理论修养，知识素质，所处环境，作出不相同的判断，发生认识上的碰撞。其中一些人，特别是世界观尚未定型的青年人，受到错误思想的影响而产生盲目性，是符合认识规律的。

由于上述的历史的因素，利益的选择，认识的偏颇等种种原因。以及这些原因在社会成员身上的复杂表现，要求我们具体分析各种矛盾，防止造成性质上的混淆。过去，"左"的错误倾向泛滥时，那种无限上纲，人人自危，上挂下连，层层揪代理人的错误做法，给社会带来的动乱，给经济造成的损失，给人们心灵留下的创伤，是难以用数学方法计算的。教训告诉我们，用一个模式，一种政策，去处理千差万别的社会问题，而且，就高不就低，就重不就轻，势必增加社会阴影，加深社会矛盾，这与我们的宗旨是相悖的。

这次反对资产阶级自由化斗争，中央从我国当前经济、政治、社会条件出发，尽量减轻问题的性质，缩小问题的范围，规定不抓代理人，不搞大批判，不准上挂下连等等，便是基于对错误倾向的成因的客观分析作出的判断。实践证明，这样做，既保证了社会主义事业的正确方向，又化解了社会矛盾，教育了大多数群众，避免了社会震动。所以，不是不联系实际，而是要联系反对资产阶级自由化的实际。如果不分性质，上挂下连，乱联一气，又会回到十年动乱的恐慌之中去。

思想建设的任务，要求反倾向斗争
必须实现革命性与科学性的统一

反对错误倾向的斗争，就是要破除妨碍四项基本原则的错误思想，树立与社会主义经济基础相适应的思想意识，从根本上加强思想领域的基本建设。而要实现这一任务，就必须在反倾向斗争中做到革命性与科学性的统一。

首先，思想建设的直接任务，要求革命性与科学性的统一。

反倾向斗争的目的之一，是要在同错误倾向作斗争的过程中，区别真伪，澄清是非，使人的思想从错误倾向的束缚下解放出来，换句话说，反倾向斗争的直接任务，是要转变人的思想。这就要求我们去研究思想转化的特征。由于接受教育的客体是有思想的而不是物，因此，这种转变只能通过人的思考来实现；由于思想转变是一个渐进过程，因此，这种转变只能通过感染、熏陶、说服以至等待去实现；由于社会思想的转变是群体意识的转变，因此，这种转变只能在一定的社会经济、政治、文化条件下才能实现。

上述思想转化的特征，要求我们在思想建设中做到革命性与科学性的统一。坚持革命性，就是要看到思想转化的艰巨性，用斗争去克服各种错误倾向，决不软弱退让；用坚韧不拔的毅力，宣传正确思想、绝不半途而废。坚持科学性，就是要看到思想转化的复杂性，用科学态度对待错误倾向，绝不胡干蛮来；用思想变化的规律指导转化工作，绝不简单粗暴。过去，由于片面强调革命性，不讲科学性，企图用专政的办法解放思想问题，犯了"左"的错误。近几年来，一些同志片面强调科学性，放弃革命性，在资产阶级自由化面前软弱放任，又发生了右的失误。

这次反对资产阶级自由化斗争，中央在严肃指出资产阶级自由化的性质和危害，斗争的重要性和长期性的同时，规定了斗争的范围、重点、方法步骤和若干政策界限。提出用平等、文明、和风细雨的方式，强调精心、仔细、心平气和的方法，实现革命性和科学性的统一。实践证明，这样做，既体现了原则的坚定性，为思想转化指出了明确方向，又实现了方法的科学性，消除了过去那种受压抑、被束缚的心理屏障，使人们在和谐的气氛中领悟真理，受到启迪，为思想转化开辟了正确道路。

其次，思想建设的社会任务，要求实现革命性和科学性的统一。

反倾向斗争的又一个目的，是要在同错误倾向斗争中，研究和解决社会矛盾，而不是加深、扩大以致激化社会矛盾。从思想建设的角度看，社会矛盾的解决，不是立足于"消灭"，而是着眼于建设，不是一方吃掉另一方，而是在旧的思想基础上，建立新的精神大厦。历史表明，任何制度的建立和巩固，都要求与之相适应的意识形态来保障。欧洲资本主义制度的建立，不仅以文艺复兴为前奏，而且以资产阶级思想为精神支柱。中华民族历尽沧桑而仍能独立于世界民族之林，原因当然很多，其中爱国主义思想是重要的精神支柱。我党关于社会主义精神文明建设的决议，用相当大的篇幅阐述现阶段我国各族人民的共同理想，共同道德标准，共同纪律和法制观念，就是要建立一个统一的社会主义精神大厦，确立一个共同的精神支柱。

然而，任何一种反映新制度的思想体系的建立，意味着对旧的思想体系的否定。与社会主义制度相适应的思想体系的建立，则意味着对一切剥削阶级思想的否定。这种否定，是思想领域的革命；没有革命精神，同旧思想的决裂是困难的。反对错误倾向的斗争，是思想革命的一部分，必须有坚定的革命性。同时，任何一种新的思想体系的建立，不是一朝一夕能够完成的，对旧思想体系（包括思潮）的否定，也不是简单的抛弃所能实现的。弃旧图新的过程，是全体社会成员在一定历史条件下共同实践、思考的过程，绝不是痛快一时，乱打一顿所能奏效的。因此，思想建设的社会任务，要求我们必须实现革命性和科学性的统一。过去，片面强调革命性，在思想建设上提出过高的要求，离开了大多数群众的觉悟程度，犯了"左"的错误。近几年来，一些同志又片面强调科学性，对错误思潮采取迁就、放纵的态度，以致造成了资产阶级自由化的几度泛滥，出现了右的失误。

这次反对资产阶级自由化斗争，中央以坚决的态度，捍卫马列主义、毛泽东思想的纯洁性，对哲学、社会科学、文学艺术、伦理道德等方面有影响的非马克思主义观点进行批评。同时，又反复强调采用讨论的方法，批评和自我批评的方法，进行实事求是的分析，弄清是非，统一认识，坚决反对打棍子、戴帽子、专横武断，以势压人的"左"的做法，实现了革命性和科学性的辩证统一。

最后，思想建设的根本任务，要求革命性与科学性的统一。

作为上层建设的一部分，意识形态是为经济基础服务的，反倾向斗争的根本目的，是要排除经济建设的思想阻力，促进生产力的发展。因此，反倾向斗争，必须服从和服务于经济建设。

　　强调革命性，就是要坚决排除各种错误倾向对经济建设的干扰，保证经济基础的方向，提供持久的精神动力。强调科学性，就是要保持经济建设所需要的安定团结的政治、社会环境。强调革命性，并非要在反倾向斗争和搞政治运动之间画等号，以为不搞运动，便不是反倾向。其实，搞运动，不仅会打乱正常的生产、工作、生活秩序，影响经济建设，也易给各种错误思想留下活动阵地，达不到反倾向斗争的目的。强调科学性，并不是放任错误思想的泛滥，以为加强思想建设会有碍于经济工作。其实不然，前几年，正因为资产阶级自由化思想泛滥，才使一些人有机会歪曲改革、开放、搞活的本意，钻空子，牟暴利。去冬今春的学潮，则直接干扰了经济建设。可见，放弃革命性，不仅会削弱思想建设，也会直接干扰经济建设。实现了革命性和科学性的统一，既能保证经济建设的社会主义方向，又能保持经济建设的良好环境，还能保持思想战线的纯洁性，是一举几得的事，何乐而不为呢？

　　这次反对资产阶级自由化斗争，中央再三指出，我们的现代化是社会主义性质的现代化，并坚决制止影响经济建设的过激行为，迅速解决了学潮问题。同时，又反复重申，不能用过激行为去反过激行为，不搞运动，不影响正常生产、工作、生活秩序。实践证明，这样做，既有效地纠正了资产阶级自由化倾向，又避免了社会震动；既坚持了四项基本原则，又保证了改革、开放、搞活的顺利进行，是革命性与科学性相结合的最好范例。

关于强化生产力意识的几点思考[*]

当前，生产力标准讨论正不断深入。怎样才能更快、更健康地推动生产力发展呢？这是讨论的中心议题。我觉得，制约生产力发展的诸因素中，人们的生产力意识是一个不可忽视的重要因素。现将个人的几点思考，提出来和大家讨论。

一　发展生产力，必须强化生产力意识

意识，是人的大脑对于客观物质世界的反映，是感觉、意念、思维等各种心理过程的总和。强化生产力意识，就是要使人的"发展生产力"这种感觉、意念、思维达到十分强烈的程度，以致支配人们的整个社会活动。

发展生产力，为什么要强化人们的生产力意识呢？

从意识对行为的支配作用看，人们的思维、观念、情感，来源于社会实践，又支配着社会实践。如果加以强化，其支配作用就更为明显。近几年来，哲学界以"商品经济和当代中国的马克思主义哲学"为题，突出"主体意识的强化和觉醒"，以主体为中心作为认识和改变世界的基本立足点，强调事物的意义以人的需要为转移，

***

[*] 本文1988年参加湖南省委组织县以上干部学习党的基本路线，开展生产力标准讨论，被评为优秀论文。

把意识的反作用提到了更高的程度。事实的确如此,自然界正是在人们意识的支配下,创造了今日的物质文明;人类社会也是在人们意识的支配下,创造了提高自身思维能力的思维科学。

从生产力发展的诸因素看,人们生产力意识的强化,影响、制约、推动其他因素的变化,而且,这种影响、制约和推动作用,是以渗透为特征的。在生产力领域,人们发展生产力的意识强烈,就会在当前生产力要素中的薄弱环节(如人才的培养、科学技术的应用、管理能力的提高)上下工夫。在生产关系领域,人们发展生产力的意识强烈,就会勇于投身改革,努力探索适应,促进生产力发展的所有制形式、经济模式和分配制度,在不断提高经济效益上下功夫。在上层建筑领域,人们发展生产力的意识强烈,就会拥护旨在推动生产力发展的政治体制改革。所以,从总体上把握生产力意识的重要性,并且不断地使之强化,是推动生产力发展的思想条件。

从我国历史发展的进程看,不同意识的作用,给历史留下了不同记载。儒家思想的强化,抑制了科学技术的发展,使一个曾有四大发明的文明古国,成了经济技术落后的穷国。当我国处于深重的阶级压迫和民族危机的时候,我们党唤醒了全民族忧国忧民、救国救民的民族意识,引导亿万民众,夺取了民主革命的胜利。57 年以后的近 20 年的时间里,当阶级斗争的强烈意识笼罩人们的时候,导致了长期的工作上的失误和损失。十一届三中全会提出:无产阶级和劳动人民掌握政权,社会主义制度建立并巩固以后,党的工作重心应该转移到经济建设上来,集中全力发展社会生产力。这一理论,结束了二十年徘徊不前的困难局面,引导全国人民取得了举世瞩目的进步。

从改革、开放遇到的矛盾和冲突看,观念落后于实践的矛盾比较突出。改革不断深入，出现了两个方面的情况：一方面，新事物不断涌现，新观点不断提出，新成就不断获得；另一方面，矛盾接踵而来，物价上涨，治安不稳。那么，成绩何以取得？问题何以出现？前途究竟如何？这不仅要给予政治上的回答，还必须进一步从理论上加以阐释。而且，这种回答和阐释，要有一个统一的、正确的理论做指导。这个理论，就是生产力标准理论。生产力标准理论，经过近几年反复宣传，不那么陌生了，但在全体人民的思想、情感、意识中还位置不高，还需要加强这方面的工作，需要作更大的努力。

这里需要说明的是，强化不是极端化，强化是对某一问题认识的强度而言，丝毫没有排斥其他的意思。强化生产力意识，是要加深对发展生产力的认识，自觉地用生产力标准指导工作，评判是非优劣，而不是用生产力标准这一理论去贬低、排斥、否定其他。

二 强化生产力意识，当前要着力解决的几个现实思想问题

生产力发展是人类社会发展的根本动力。强化生产力意识，不仅要懂得、接受这一原理，更重要的是要着力引导群众用生产力标准的理论去回答和解决现实思想问题。现就个人感受，提出如下看法。

一是要克服改革过程中的困难，为改革创造一个良好的思想环境。当前，我国的改革进入关键时期，也是困难时期，又是各种矛盾显露的时期。面对这种情况，一些生产力意识薄弱的人，思想上产生了种种迷惑和困扰。"物价为什么老是涨呢？""怎么越改社会治安越糟呢？""一些人买不起青菜，一些人万元在手，这不是两极分化吗？"等等。在这种情况下，许多人思想模糊，

甚至得出一些悲观失望的结论，严重影响了他们发展生产力的积极性。对此，我们要站在群众的前头，用生产力标准的理论去回答这些现实问题，讲清改革的目的是为了解放和发展生产力，上述那些问题既不是改革本身的产物，更不是发展生产力的罪过，而是两种体制交替和同时运行中发生的摩擦、碰撞和一定社会范围内的震动，是旧体制弊端的延续和特殊环境下的发展，只有随着改革的深入和生产力的发展，这些问题才能从根本上得到解决。事实上，任何社会改革或革命，都有一个从乱到治的过程；而且，每次改革或革命的结果，都推动了生产力的发展。我们的改革所遇到的困难，是事物发展客观规律的反映。这样，让群众认识客观规律，站在人类历史的长河中看待当前的问题，头脑就会冷静，情绪就会缓和，行为就不会过激，改革的安定环境就可以形成。

二是从认识上克服是非曲直上的徘徊心理。改革的逐步深入，使许多人产生了一种复杂的心理现象。他们在判断是非，辨别曲直时，一面认为"铁饭碗"应该打破，一方面又千方百计保"铁饭碗"；一面认为平均主义应该革除，一面又认为拉开档次不合社会主义原则；一面痛恨不正之风，一面又为办某些事情"找门子"、"拉关系"；一面认为党政机关臃肿，应当精减，一面又要求增加编制，增加经费；一面主张量才录用，凭本事吃饭，一面又丢不开裙带关系；一面说要启用有创新精神的干部，一面对新干部的毛病议论纷纷，指责不已；一面说要改变那种"看的看，干的干，看的给干的提意见"的不正常状况，一面又认为干事多，矛盾多，告状的多，崇尚"清静无为"的佛教道教观，等等。这样的例子，比比皆是。产生这种现象，思想上的原因，是在处理整体与局部、国家与个人的关系时，冲不破局部、个人利益的狭隘圈子；认识上的原因，是生产力意识薄弱，在新旧体制交替、两种理论根据同在、两种是非观念并存的时期，不能自觉地用生产力标准去判是非、定曲直。只有强化生产力意识，才能统一是非标准，改变那种在同一事物、同一问题面前的众说纷纭、莫衷一是、谁也说服不了谁的状况，改变人们评论是非时的徘徊心理。

三是要努力突破思想束缚。一些人老爱回忆过去的时光，叹息"今不如昔"；看眼前，局限于困难和问题的一面，抱怨"何日了了"，想将来，听命于自然的变化。这样久之成习，又形成了一种有害的思维定势，束缚了人们思路的扩展，打不破狭隘圈子里的自我循环。这种情况下，改变陈旧的思维内容，加进生产力标准的内容，就能获得好的思维效果。用生产力标准去思考过去，就会在回味美好时光的同时，看到旧体制对生产力的束缚；用生产力标准衡量眼前，就会在看到问题的同时，真实地发现改革带来的生产力巨大发展；用生产力标准展望未来，就会对前途充满信心。因此，生产力意识的强化，会使人产生新的、积极的思想观念。因为生产力标准强调发展，会引导人们从向后思维转向朝前思维；商品经济带来竞争，需要独立，会启发人们从抱怨思维、依赖思维转向自主思维；生产力的发展强调诸因素的共同作用，会提醒人们从单向思维、平面思维转向主体思维。

三　强化生产力意识的基本途径是加强思想上的引导

发展社会生产力，有赖于生产力意识的强化；生产力意识被接受和强化的过程，是不断提出和解决现实思想问题的过程；现实思想问题的解决，又必须在"引导"上下工夫。因为，社会的复杂性决定了人的思想的复杂性，在纷繁复杂的思想面前，需要我们去其假而存其真，去其恶而存其善，去其丑而存其美，把人们向真善美的方向"引导"。放任自流，听其自然，其结果只能是杂草丛生。又因为，一个正确的思想被接受的过程，是一个反复感受、比较、选择的渐进过程，是潜移默化、耳濡目染的熏陶过程，既不能凭借政治权力去压服，也不能靠一次教育去解决，只能通过耐心地、反复地引导来实现。

那么，在强化生产力意识这一任务上，怎样做好"引导"工作呢？

首先，要围绕基本路线，加强理论引导。理论一旦为群众掌握，就会转化为强大的物质力量。一些年来，我们接受了一些所谓的社会主义理论，这就是大家比较熟悉、而且已经被实践证明是错误的理论。近几年来，一些西方理论又被人崇奉，这是不适合中国国情的，我们不能套用。党的十三大充分肯定、明确提出了社会主义初级阶段理论，这是理论与实践相结合的正确理论，但又是大家比较陌生、尚须深入理解的理论。因此，强化生产力意识，就要围绕基本路线，加强"初级阶段"这一理论引导。一是要围绕初级阶段理论，进行多学科、多侧面、多角度研究，为基本路线提供理论依据。二是要围绕初级阶段理论，组织群众讨论，将大量的、生动的实践材料进行理论概括。三是要运用科学方法，汲取古今中外的优秀思想，丰富初级阶段理论。

其次，围绕改革开放，进行舆论引导。从事任何事业，先要舆论引导，叫"鸣锣开道"；事业进行之中，需要舆论保证，叫"击鼓助威"；事业成功之后，需要舆论总结，叫"鸣金收兵"。我们改革开放的成功，一刻也离不开舆论引导。那么，怎样进行引导呢？

一是要围绕改革开放，选择舆论内容。改革时期的种种思想、观点、意念、情绪，千头万绪，纷繁复杂。我们的责任，是加以收集、整理、分析、研究。对其中正确的，要加以肯定并大力宣传，不要吞吞吐吐；良莠并存的，要去其莠而存其良，不要禾稗混杂；妨碍生产力发展的不良倾向，要明确制止，不要含含糊糊。

二是围绕改革开放，用好舆论工具。我们的新闻出版、影视戏剧、文艺剧作等，应集中力量宣传改革、正确解答群众的种种疑问,努力避免不正确的东西进入舆论领域,正确发挥"鸣锣"、"击鼓"、"解疑"的作用。

三是围绕改革开放,占领舆论阵地。街头巷尾、公共场所、亲朋往来、家庭生活,都要倡导舆论风气,传播正确的意念和情感,造成良好的舆论环境,以陶冶群众的思想情操,净化精神生活,强化生产力意识。

再次是围绕中心任务,加强知识引导。人们接受正确思想、理解现实问题的能力,与知识的拥有量紧相关联。强化生产力意识,必须围绕中心任务,加强知识引导。

一个是要围绕中心任务,大兴读书之风。读书是汲取人类知识的基本途径。然而,读书不是为了装潢,而是为了应用;不是应用于个人得失的角逐,而是为了事业的兴盛;更不是要模仿凶杀、色情之类的"诀窍",而是要培养民族精神。因此,必须围绕发展生产力这个中心任务去学习、去读书。这方面的知识学得越广阔、越深刻,对生产力标准理论的理解就越全面、越彻底,发展生产力的愿望便越强烈、越迫切,付诸实践的行动就越积极、越坚决。

另一个是围绕中心任务,普及、推广科学技术。科学技术是第一生产力,然而,只有努力推广、普及,才能转化为现实生产力。因此,要围绕发展生产力这个中心任务,引导群众学习、推广和普及科学技术,以强化人才和科技兴国意识。

再一个是围绕中心任务,开展交流活动。交流是获得知识的重要途径。国与国、省与省、地与地、县与县,相互走出去,请进来,可以扩大交流,开阔视野。然而,这种"走"与"请",不是为了游山玩水,而是为了增长知识;不是要增吃熊掌、喝茅台之知,而是要长发展生产力之实。因此,我们的交流活动,应当围绕发展生产力这个中心任务来展开。

适应现代社会需要着力提高民族素质*

湖南回族是全国各民族大家庭中的一员，它有光辉的历史和灿烂的文化，为社会发展作出过较大贡献。同时，在为社会发展的奋斗中也提高了自己。实践证明，一个民族的进步与提高，与整个人类的进步与提高有某种同步性。能够跟上并适应时代的民族，就能获得本民族的进步与发展，反之，会走向落后和衰微。湖南回族在各个历史阶段的杰出表现，证明她是一个适应性很强的民族。

历史进入现代社会，给每个民族都提出了全新课题，回族也不例外。现代科学技术的飞速发展，世界经济一体化的进程不断加快，民族压迫、民族歧视的形势日趋"文明"，要求我们回族同胞们尽快地从传统文明走向现代文明；从封闭文明走向开放文明；从个别杰出人物的进步走向全民族的文明。并通过我们民族自身文明的提高，促进整个人类社会的进步。

走向现代文明，需要包括物质财富和精神财富的武装。然而，财富是人创造的，现代社会的物质的、精神的财富，需要高素质的人来创造。因此，克服"见物不见人"的思维误区，把聚焦点放在提高人的素质上，便是摆在我们回族人民面前的核心问题。

生活在湖南境内的回族同胞，必须与全省、全国各民族团结一致，为中国的民族复兴而努力奋斗。其人的素质的提高方向，亦应

---

* 本文系应湖南省民委马亮生同志之约而作，原载《湖南民族工作》1997年第3期。

从我们自己面临的基本国情出发。那么，我们面临的基本国情是什么呢？我以为，我们面临的基本国情，一是社会主义加中国特色。其坚持社会主义方向，继承祖先的优秀传统，吸收和融汇全人类的文明成果，要求我们努力提高人的素质。二是科学技术的新时代。其高起点、高速度、短周期、综合化与大科学体系的特征，以及由此带来的正面的和负面的影响，要求高素质的人去驾驭。三是社会主义市场经济体制的建立。这一方面加快了我国经济发展的速度，另一方面也加剧了功利主义的竞争，这种功利性竞争，又障碍了不少人，障碍了他们培养人、提高人的素质的视线。

依据上述基本国情，我以为，提高我们回族的民族素质，其价值取向应当是建立双重目标，既现代人文素质与科技素质并重。使我们整个民族既具有较高的科技水平，又具有较高的文化素养，从多角度、多侧面提高全面素质。特别是在人的素质的价值取向上，人类经历了漫长的古典人类素质标准，独领风骚的现代科学技术标准之后，应当给这种重科技、重物质的世界里注入必要的人文精神。当前，我们应当努力克服知识过于单一、职业特点过于强烈、功利导向过于偏颇的状况，利用我们回族遗传下来的优秀品格和我们国家良好的社会环境，调动全体成员学习与实践的主观能动性，促成我们民族生理与心理、知识与智力、认知与意向等因素全面的、和谐的发展。

人的素质的提高，由多种要素构成。例如，遗传的优化，环境的熏陶，实践的深化，教育的强化等等。其中，教育的强化是最基本、最核心、最关键的要素。我们的祖先说：“性相近，习相远”，“建国君民，教学为先”。外国学者说：“普通的心智必须用教育加以强化”，“只有受过一种合适的教育之后，人才成为一个人。”

重视并致力于教育，是我们湖南回族的优良传统。我们的前辈,每到一地,先办教育;回族家庭,生活再艰苦,也要供子女念书;回族同胞之间,扶贫济困,帮助聪颖的孩子求学,代代相传。以致我们回族,辈辈有骄子,代代出英才,为国为民作出了杰出贡献。时至今日,重视、发展教育,用现代人文、科技知识武装新的一代,便成为我们的历史使命。我建议,我们年长者,在努力提高自己的同时,应当倾其力于教育;特别是当前许多人重财不重才的情况下,应当树立"给子孙留下万贯家财,不如留下一个智慧的脑袋"的强烈意念。我建议,我们的年轻人,应当拉开金钱的帷幕,矢志于学,在知识的殿堂里努力探索,通过基础知识的学习,"临床"实践的学习,使自己成为市场经济海洋中的游泳能手。为了从整体上提高湖南回族和维吾尔族同胞的整体素质,我郑重建议,请省民委或省伊斯兰教协会牵头,建立一项由回维吾尔族穆斯林成员捐资,各级政府资助,社会各界援助的,用于回维吾尔族穆斯林贫困学生的助学金基金。这项事业的长期坚持,这项资金的长年积累,扶贫助学金的基数将逐步加大,扶持家境贫困又品学兼优的各级各类学生的能力将逐步增强,这对我们民族,对我们国家都是一件功德无量的善举。这样,我们就会用自己的努力,实现我们祖先的"有教无类"的追求。

学习邓小平同志的思维方法[*]

《邓小平文选》第二、三卷，汇集了小平同志最主要的和最具独创性的著作。目前，全党、全国正在学习小平同志建设有中国特色的社会主义理论。我想，通过学习邓小平同志的著作，进一步学习和研究他的思维方法，对于从总体上把握其理论体系，进而完整、准确地实践这一理论，是大有裨益的。

一

五十年前，毛泽东同志曾要求全党"要有目的地去研究马克思列宁主义的理论，要使马克思列宁主义的理论和中国革命的实际运动结合起来，是为着解决中国革命的理论问题和策略问题去从它找立场、找观点、找方法"。五十年后的今天，我们学习邓小平同志的著作，亦应遵循毛泽东同志的教导，努力从小平同志的著作中去找立场、找观点、找方法。因此，学习邓小平同志的思维方法，是学习邓小平著作的一个重要内容。

首先，学习小平同志的思维方法，才能更好地转变观念，准确地理解建设有中国特色的社会主义理论。

从马克思的科学社会主义，发展到列宁主义，再发展到毛泽

---

* 本文原载《吉首大学学报》1994年第4期。本文选载时省略注释。

东思想，说明世界共产主义运动的每一重大发展，都伴随着理论的创新。当前，我们正在进行的改革，"实质上是一场革命"。在这场革命中，诞生了有中国特色的社会主义理论。

面对全新的革命和全新的理论，必然首先产生思想观念的摩擦和碰撞。于是，思想大解放，观念大更新，便成为全部问题的关键。然而，解放思想、转变观念，首先要解放思维方法。如果用阶级斗争的思维方法去理解以经济建设为中心；用封闭的思维模式去认识改革开放的新形势；用计划经济的思维框架去研究市场经济，对于理解"建设有中国特色的社会主义理论"只能是隔靴搔痒。因此，要准确理解建设有中国特色的社会主义理论，不仅要学习理论本身，还要进一步学习小平同志创立这一理论的思维方法。学会了新的思维方法，才能跳出原来的思想窠臼，防止机械地死背某些论断或将这些论断简单地罗列、随意乱套，克服学习中的教条主义；防止片面地强调某一原理或断章取义偷用某一讲话为一己私利作辩护，克服学习中的实用主义。

其次，学习小平同志的思维方法，才能更好地联系实际，完整地实践建设有中国特色的社会主义理论。

改革开放以来，我们的事业取得了举世公认的巨大成就。但也确实出现了一些问题，例如，资产阶级自由化思潮几度泛滥，腐败问题始终是心腹大患，资产阶级没落腐朽思想不断侵蚀，思想政治工作软弱乏力等等，正如小平同志指出的"今天回头来看，出了明显的不足，一手比较硬，一手比较软，一硬一软不相称。"

那么，产生这些问题的原因是什么呢？是建设有中国特色的社会主义理论错了吗？党的十三大概括的"一个中心,两个基本点"对不对？回答是肯定的："我们没有错"，"四个坚持、思想政治工作、反对资产阶级自由化、反对精神污染，我们不是没有讲，而是缺乏一贯性，没有行动，甚至讲得都很少，不是错在四个坚持本身，而是错在坚持得不够一贯，教育和思想政治工作太差。"小平同志这些深刻的论述，给我们提出了一个至关重要的课题，那就是建设有中国特色的社会主义理论，必须准确地理解它，完整地实践它。

于是，我们不得不进一步探索理论与实践产生差距的原因。其中十分重要的一条是我们一些同志的思维方法仍停留在原来的模式中转变不过来。例如，改革开放过程中遇到困难，一些同志要么埋怨改革开放本身，要么希图回到老路上去找出路，这种非此即彼的思维方式阻碍着他们努力通过深化改革去解决困难。又如，一些同志在批判"左"的错误时，忽视了对四项基本原则的坚持；提出以经济建设为中心，便放松了思想教育。这种片面性、绝对化的思维方式，往往使一些人陷于自相矛盾之中。可见，只有学会用小平同志的思维方法去观察思考问题，克服当前存在的某些思想混乱，才能完整、准确地实践有中国特色的社会主义理论。

第三，学习邓小平同志的思维方法，才能更好地把握未来，不断丰富和发展有中国特色的社会主义理论。

我们的事业是全新的事业。小平同志指出："我们现在所干的事业是一项新的事业，马克思没有讲过，我们的前人没有做过，其他社会主义国家也没有干过，所以，没有现成的经验可学，我们只能在干中学，在实践中摸索"。那么，怎么干，怎么摸索？这不仅要努力学习邓小平同志的著作，还要进一步学习他的思维方法。学会了小平同志的思维方法，就可以科学地预测未来，减少摸索中的盲目性；可以把握前进的方向，减少摸索中的曲折性；可以更好地实施宏观调整，减少摸索中的摇摆性。

我们的事业是充满困难的事业。在干和摸索的过程中，不仅要探索客观事物的规律，还要同人为的阻力作斗争。例如，面对西方世界的挑战，要努力去战胜；面对"左"的和右的干扰，要随时纠正；面对内部的腐败现象，要坚持不懈地斗争；面对人们的种种疑虑和迷惘，要耐心地说服和引导等等。要在如此纷繁复杂的矛盾面前分清主次、辨别真伪，抓住实质，仅仅靠热情，靠现成的结论是远远不够的，还须努力运用小平同志的思维方法去作具体分析，找到解决种种矛盾的具体途径。

我们的事业是长期奋斗的事业，不可能一次完成，一蹴而就，"需要我们几代人、十几代人，甚至几十代人的坚持不懈努力奋斗。"对此，小平同志说过，"我们不能要求马克思解决一百年以后的问题"。同样，我们也不能要求小平同志为我们解决将来的所有问题。事实上，列宁提出的社会主义革命可以在一国首先取得胜利的论断，并不是马克思留下来的；毛泽东提出中国的革命走农村包围城市的道路，也并不是马克思、列宁留下来的；小平同志提出建设有中国特色的社会主义理论，同样不是毛泽东留下来的。然而，列宁却从马克思那里，毛泽东从马克思、列宁那里，小平同志从马、列、毛那里学到了科学的思维方法。正是用了学来的思维方法，他们各自从自己所处的实际出发，提出、分析、解决了前进路上的重大问题。可见，要使我们的事业在荆棘丛中辟开路来，非得用革命领袖们留给我们的思维方法这把开山斧不可。特别是小平同志的思维方法是在新的历史条件下形成的，最贴近现实，我们必须努力学习它、掌握它。

<h2 style="text-align:center">二</h2>

思维方法是思维活动运行的规则，是人们认识客观事物并把

握其规律的具体途径，人们在认识过程中，可以学习和运用一般的、普遍的思维方法，同时又形成自己个别的、特殊的思维特征。小平同志学识广博、阅历丰富，作为杰出的马克思主义者，伟大的无产阶级革命家，他在领导中国革命和建设的长期斗争实践中，形成了独有的思维方式。

（一）整体思维。通读《邓小平文选》，就会强烈地感受到，小平同志思考问题，总是尽量扩大思维空间，从整体上把握；延长思维跨度，从全部历史过程中去考察、分析问题本身的各个方面，系统地、辩证地去研究；注意现阶段的种种因素，将主观与客观恰到好处地统一起来。这种思维的特点是，把客观世界作为一个整体，把具体问题放到整体中去考察，把握与整体的联系，分析对整体的影响，从而对具体问题得出科学的结论。小平同志论述具体问题时，总是把中国放到世界中去认识，把社会主义放到共产主义运动中去观察，把将来的发展方向放到人类全部历史过程中去理解。例如，小平同志关于"一个国家，两种制度"的构想，是把思维领域从社会制度扩展到民族统一这个更大的范畴来考虑的。既然大陆都允许多种经济成分并存，何况台湾、香港呢？他总结了从明朝中期到鸦片战争的历史后指出："长期闭关自守，把中国搞得贫穷落后，愚昧无知"。他多次指出，中国要安定，不能搞动乱，说："治理国家，这是一个大道理，要管许多小道理，那些小道理或许有道理，但是，没有这个大道理就不行"。可见，小平同志思考问题那种贯通古今，中外捭阖的政治家的整体思维，具有高屋建瓴，势如破竹的气势。

（二）聚焦思维。在整体思维的基础上，通过分析、比较、综合、聚焦到核心的、本质的主题上来，使人清晰明白，一下子便抓住了要领，这是小平同志思维方法的又一特征。通读小平文选，几十万字的著述，全部聚焦到建设有中国特色的社会主义这个主题上。在这个主题下，又围绕思想路线、政治路线、组织路线层层展开。有的问题，如"实事求是"、"经济建设"、"四项原则"、"改革开放"、"共同富裕"、"社会稳定"等，从开卷到末篇，前后十余年间，几乎年年讲。有的问题，前边提出来，中间论述，最后作出结论，思维的焦点十分集中，思维的轨迹十分清晰，思维的成果不断丰富。例如，判断姓资姓社的标准，早在1983年春天同中央部门负责同志谈话时就作了论述，1992年南巡时，又进一步完整地提出了三项标准。有的问题，在实践中出现了新情况，有了新变化，小平同志总是聚焦到主题上来观察、思考、选择。例如，1989年2月，小平同志以他一叶知秋、见微知著的敏锐洞察力，预感到将要有一场风波，明确指出："中国的问题，压倒一切的是要稳定"。三月又指出，"中国不能乱，这个问题要反复讲，放开讲。"可是，4月开始的动乱并没有有效制止，且愈演愈烈。到5月，小平同志与中央负责同志谈话，开宗明义第一条，就是："要改换领导层"。9月，小平指出："过去两个总书记都没有站住，并不是选的时候不合格"，"后来他们在根本问题上，就是在坚持四项基本原则的问题上犯了错误，栽了跟头"。

（三）创新思维。突破原有的认识领域和认识成果，开创新的认识领域和认识成果的创新思维，是小平同志思维方法的突出特征。建设有中国特色的社会主义理论的创立，是他带领全党创新思维的最大成果。在这一崭新的理论体系中，又有许多创造性思维成果，如在国际问题上，变"领土争端"为"共同开发"；在国家统一上，变"势不两立"为"一国两制"。在所有制上，变"一大二公"为多种经济成分并存；在经济体制上，变"计划经济"为"市场经济"；在党内关系上，变"斗争哲学"为"不搞争论";在统一战线上,将"主义"与"爱国"相区分等等,这些重大疑难问题,多年来百思不得其解,小平同志得出了全新的思维成果,使人们豁然开朗。小平同志创新的思维特色,他自己作了通俗而又精辟的解释:"新问题就得用新方法"。

(四)决断思维。小平同志对客观事物的观察、分析、判断,鲜明而不含糊,肯定而不暧昧,稳定而不多变,坚决而不摇摆,快速而不拖拉,表现出政治家的决断性思维特征。他面对西方利用"人权"的高压,十分鲜明地予以回击:"人们支持人权,但不要忘记还要一个国权。谈到人格,但不要忘记还有一个国格"。他认准了的,决不轻易改变,在"左"和右的问题上,他非常肯定而且反复告诫我们,"我们既有'左'的干扰,也有右的干扰,便最大的危险还是'左'"。1989年5月,正值动乱高潮,他一方面要求"我们首先要清理自己的错误";一方面又十分肯定,"我们不但不会改变改革开放的政策,而且还要继续深化改革,扩大开放"。这些表现了一位政治家思考问题的鲜明性、坚定性、成熟性。

(五)风险思维。正当世界共产主义运动出现曲折,我们的社会主义经历灾难的时候,小平同志对一系列重大问题作了全新的回答。而且,这些回答又是在人们已经接受了原来的思想并形成思维定势和时候,大家几乎用震惊的神色接受一个又一个"离经叛道"的新观念。作为牵动十二亿人民命运的最高领导,勇于提出这些问题,的确是要冒极大风险的。毛主席刚刚去世,在人们十分乐意"两个凡是"的时候,小平同志说:"两个凡是不行"。原来天天喊"以阶级斗争为纲",小平同志却提出"把全党工作的重心转到实现四个现代化上来的根本指导方针"。以前总是喊"准备打仗",小平同志说,"大仗打不起来,不要怕,不存在什么冒险问题",等等这些"老祖宗没有说过的话"。小平同志以他革命家大无畏的气魄，说了出来。这种在风险中思考新问题，在风险中提出新问题，在风险中坚持新问题的全部过程，在常人来说，恐怕大脑都要爆炸了，可是小平同志以他政治家的责任心，敢于冒历史之风险，且泰然自若，谈笑风生。真是壮哉！伟哉！

（六）理智思维。遇事冷静，不感情用事；从事业出发，不计个人恩怨；对待历史重在总结，不去埋怨、指责；处理问题宽容大度，不拘泥细枝末节；对待自己一分为二，从不居功自傲。这种伟大革命家思维理智性是小平同志思维方法的又一重要特征。89 年东欧剧变，苏联解体，西方七国制裁中国。对此，小平同志告诫全党不要着急，"要冷静、冷静、再冷静"。表现出全局在胸，运筹帷幄的政治家风度。"文革"期间，小平同志曾"刘邓路线"遭批判、受迫害。重新工作后，他不计个人恩怨，总是从全党和人民的利益出发，充分肯定毛泽东同志。在起草《关于建国以来党的若干历史问题的决议》过程中，他九次讲话，每次都把"确立毛泽东同志的历史地位，坚持和发展毛泽东思想"作为最核心的一条，"最根本的问题"来坚持，并反复指出，"毛泽东思想这个旗帜丢不得"，"如果不写或写不好这个部分，整个决议都不如不做"。后来，他多次强调，"总结历史经验，不要着眼于个人功过，而是为了开辟未来"。表现一位伟人的高风亮节和宽阔胸襟。

小平同志思考问题，总是遵循一定的原则，诸如"中国的现代化，绝不能搞自由化，绝不能走西方资本主义道路"。"一切反对，妨碍我们走社会主义道路的东西都要排除，一切导致混乱甚至动乱的东西都要排除"。"一定不能让我们的青少年做资本主义制度腐朽思想的俘虏，那绝对不行"。"思想文化教育卫生部门，都要以社会效益为一切活动的唯一准则"。"当我们听到西方七国首脑会议决定要制裁中国，马上就联想到 1900 年八国联军侵略中国的历史，"庄严宣告"中国永远不会接受别人干涉内政"。小平同志著作，十分注意遣词造句的分寸，只有在原则问题上，才使用"绝对"、"唯一"、"一切"、"马上"、"永远"这些修饰十分强烈的语言。从小平文选中，我们真切感受到，高度的原则性和高度的灵活性的和谐统一，是小平同志思维方法的突出风格。

小平同志创立的有中国特色社会主义理论体系，继承了马克思主义的基本原理和我党奋斗几十年形成的毛泽东思想，以及一整套光荣传统。小平同志两本文选，166 篇著作中，单独成篇论述这些问题的，就有 50 多篇。可惜，我们在实践中产生了片面性，受到小平同志多次批评。例如反"左"防右问题，一段时间里，"只提'反左'，不提反右"，"滋长了过分容忍，优柔寡断，畏难手软，息事宁人的情绪，这就放松了党的纪律，甚至保护了一些坏人"。"如果不坚持这四项基本原则，纠正极左就会变成'纠正'马列主义，'纠正'社会主义"。又如党风民风问题，他说，"风气如果坏下去，经济建设搞成功又有什么意义，会在另一方面变质，发展下去会形成贪污、盗窃、贿赂横行的世界"。再如动乱问题，他说，"动乱给我们上了一堂大课，多年来，我们一些同志埋头于具体事务，对政治动态不关心，对思想工作不重视，对腐败现象警惕不足，纠正措施也不得力"。可以说，有中国特色的社会主义理论，是马列主义、毛泽东思想、我党优良传统与新历史条件下新的思路、新办法的科学结合的产物。

三

小平同志思考问题，为什么有那么高的立足点，那么广阔的思维空间，那么深邃的思维结论呢？进一步研究便会发现，他的整个思维体系，全部建立在坚实的思维基石之上。有了这坚实的思维基石，整体思维就有更高的支点，更广的视角，不致被分割而破缺；风险思维就有了依托，惊而不险，化险为夷；决断思维就心中有数，不致犹豫徘徊，优柔寡断；创新思维便有了根基，不致丢主就次，弃质就壳；理智思维才胸襟坦荡，不被个人私利纠缠。

小平同志的思维基石，可用"人民利益"、"实事求是"八个字来概括。

（一）坚持人民的根本利益，是小平同志思维方法的一大基石。

立场问题，近些年来人们似乎有些忌讳，怕染上"左"。其实，这是客观存在。有人主张"西化"，这不是立场问题？可见，回避立场问题是没有根据的。同样，把一切立场问题都上升到阶级立场，也是错误的。

立场是思维方法的基石之一。认识的正误，往往源于立场；观念的摇摆，常常因为立场的变化；彼此的分歧，也与立场的不同有关。可见，思维立场制约着思维方法；思维方法影响着思维结论。那么，小平同志的思维立场是什么呢？是人民的利益。

以人民利益为基石，规范思维起点。小平同志说："如果搞资本主义，首先发生的是无法解决十一亿人都有饭吃的问题。""要对世界上五分之一的人负责，要发展经济，使他们生活得更好"。他指出，发展经济的目的是人民的幸福，而"共同富裕的构想是这样提出的：一部分地区有条件先发展起来，一部分地区发展慢点，先发展的地区带动后发展的地区，最终达到共同富裕"。这既坚持了人民利益的立场，又提出了实现人民利益的道路，突破了过去那种"一大二公"，平均主义的思维模式，实现了坚定的立场与求实的方法相统一。

以人民利益为基石，规范思维路线。小平同志说："加强对人民进行思想政治工作，提倡艰苦奋斗"，"通过全体人民的共同努力，使经济得到发展"。这种依靠人民奋斗去实现人民利益的思维路线，既避免了只靠少数英雄拯救多数穷人的英雄史观，又避免了靠上帝神仙布施百姓大众的宗教观。

以人民利益为基石，规范思维尺度。小平同志总是把"人民拥护不拥护"，"人民赞成不赞成"，"人民高兴不高兴"，"人民答应不答应"，作为判断是非，评价政绩的尺度。1989年，小平同志交班时语重心长地说："第三代的领导要取信于民，要得到人民对这个集体的信任，使人民团结在一个他们所相信的党中央周围"。这与眼下一些人"官位有多高"，"腰缠多少万"的评价标准，形成了鲜明的对照。

以人民利益为基石，规范思维要素。一切从人民的根本利益、整体利益、长远利益出发，是小平同志思考人民利益的基本要素，他说，"只有社会主义制度才能从根本上解决摆脱贫困的问题"。"改革的意义，是为下一个十年和下世纪的前五十年奠定良好的持续发展的基础"。等等。小平同志的这种思维方式，常常与只考虑眼前利益，甚至只想个人私利的思维方式发生摩擦和碰撞，这不能不说是一些人"端起饭碗吃肉，放下筷子骂娘"的一个原因。

（二）坚持辩证唯物主义根本观点，是小平同志思维方法的又一大基石。

世界观是方法论的基石。人们观察世界的观点不同，分析和处理问题的方法就不同。辩证唯物主义世界观要求其思维方法必须反映现实的客观规律。小平同志的思维方法，正是奠定在辩证唯物主义世界观这一基石之上的科学的思维方法。

实事求是是辩证唯物主义的精髓。早在1978年拨乱反正时，小平同志就指出，"实事求是是无产阶级世界观的基础，是马克思主义的思想基础"。后来，他在构想一国两制的构想时，对思维基石又作了精辟的阐释。他说"如果一国两制的构想，是一个对国际上有意义的想法的话，那要归功于马克思主义的辩证唯物主义和历史唯物主义，用毛泽东主席的话来讲，就是实事求是"。小平同志一方面坚持四项基本原则，另一方面坚持改革开放。当国外一些人称他是"保守派"，另一些人称他是"改革派"时，他纠正说："我是实事求是派"。可见，小平同志思维方法的基石是辩证唯物主义；而辩证唯物主义精髓是实事求是。

　　实事求是，首先要解决"实事"，即实际情况。小平同志把握实际情况的特色是：实际的范围广，包括宇宙、世界、全国的事物；实际的跨度长，包括历史、现实和将来可能发生的实情；情况摸得透，力求弄清事物的各个方面，各个层面；问题抓得准，在纷繁复杂的矛盾中抓住根本问题，在根本问题上抓住本质。这样，他思维仓库里的思维材料都是经过整理的、条理清晰的、整齐有序的。例如1978年，毛泽东同志逝世不久，人们希望坚持毛泽东思想而陷入思想僵化。小平同志及时把握这个最大的思想实际，回答了什么是高举毛泽东思想伟大旗帜这个根本问题。他指出，"毛泽东思想的基本点就是实事求是，"坚持实事求是就是高举；"毛泽东同志在世的时候，"就想扩大开放，"但是那时没有条件，人家封锁我们"，现在"有了过去没有的条件"，努力扩大开放就是高举；"世界天天发生变化"，根据变化了的情况作出新的决策，同样是高举。从而，冲破了僵化的思维模式，获得了解放思想的重大成果，为我党按正确的思维方向寻求中国自己的社会主义道路奠定了思想基础。可见，把握了实际情况，就从根本上避免了资本主义，避免了纯逻辑的主观论证，避免了情感倾向的参与，与唯心主义思维观划清了界线。

实事求是，接着要解决"是"，即客观规律。思维的目的是认识客观规律，而不是臆造某个"理论"体系。在规律论上，小平同志强调思维成果必须反映客观实际，不去追求华丽的语言外衣，朴素中蕴含真理，平淡中显出神奇；他强调认识特殊问题的特殊规律，不追求一劳永逸，到处套用的"普遍"结论；他强调用社会实践检验真理的规律性，反对用现成的本本对照；他强调新的理论要用新的社会实践检验，反对将他本人的理论凝固化。小平同志强调规律的客观性、特殊性、实践性、动态性的特色，给了我们宝贵的精神财富。例如，在世界发展道路的问题上，他选择了社会主义道路这个特殊问题；从中，他又选择了中国发展道路这个特殊问题，提出了一系列具体问题的具体结论。这些结论，回答了当今世界共产主义运动十分棘手又不能回避的问题，引导全党进入了一个又一个思维的新天地，在世界共产主义运动大曲折面前独树一帜，谱写了我们社会主义事业的新篇章。

实事求是，还要解决"求"，即思索、研究。在探索中，小平同志的思维特点是：以实际情况为依据，以认识规律为目的，进行能动、辩证地思维。在探索这个环节上，关键是把握思维的目的性、计划性、创造性和进取性，并贯穿于思维活动的全过程。例如在对外开放上，小平同志思考的主导方向"不是收，而是放"，但是，又不是一刀切、一锅煮、一窝蜂，而是区分先后，划分层次，实行梯次开放，这就把开放政策的方向性和开放步骤的阶段性辩证地统一起来了。他提出，有的特区"不叫自由港，但可以实行自由港的某些政策"，有的地方"不叫特区，但可以实行特区的某些政策"，就是最实际的佐证。又如"一心一意搞建设"这个命题，也是辩证地"从政治角度讲的"，是从社会主义制度、人民富裕、国家安定等政治问题上来思考的。因此，在贯彻以"经济建设为中心"的指导时，他同时要求加强法制，打击犯罪；加强党风，反对腐败；加强精神文明建设，反对社会丑恶现象。这种辩证地思考问题的方法，与我们一些同志就经济抓经济，或者把经济建设和思想政治建设看成是互不相容的两极而对立起来的形而上学的思维方法，形成了鲜明的对照。

关于高校人才队伍建设的思考[*]

一

综观人类社会，政治家推动着社会制度的变革，科学家促进着物质财富的增长，思想家为人类进步提供思想武器。哪一个世纪人才辈出，哪一个世纪加速进步；哪一个地区人才聚集，哪一个地区就跨越式发展。人才是人类社会进步的加速器、催化剂和核心力量。

21 世纪是知识的世纪，是知识经济的时代。知识经济本质上是人才经济；知识经济时代的竞争，从根本上讲是人才的竞争。谁拥有人才，谁就拥有知识、拥有智慧，谁就能赢得竞争。为了迎接知识经济的到来，许多国家不断增加教育和科技的投入，视教育为立国之本。党的十六大报告指出，要把教育摆在优先发展的战略地位。因此，面对新世纪的新形势，正确认识人才资本，优先开发人力资源，全面提高全员素质，已经成为我们在新世纪求得新发展的必要前提和当务之急。

得人才者得天下。自古以来，开创江山，治理天下，发展经济，昌盛文化，哪一项都离不开人才。楚汉相争，刘邦重用"三杰"（张良、萧何、韩信），强楚败，乌江刎，弱汉胜，得天下。刘备"左右未得人"时，转战南北十余年，不得要领；三顾茅庐，请得诸

---

* 本文原载《吉首大学学报》社会科学版1996年第2期。

葛亮出山，如鱼得水，成就霸业。唐太宗坚持"用人如器，各取所长"。身边聚集了一批治国人物，成就"贞观之治"。二战后，德国高度重视人才资本的投资和开发，85%以上的职工受过职业教育，25%受过高等教育，所以，德国的整个经济贸易一直处于世界领先地位。日本重视人力资本投资，20世纪中叶的短短几年内，以人均不及中国2/5的条件，一跃成为世界经济强国。印度，拥有位居世界第三的信息技术人才，其信息技术产业快速发展，特别是计算机软件的开发和出口跻身世界前列。

得人才者得事业。人才是企事业的第一资源，人才决定企事业的前途。我们所熟悉的世界企业巨头，都对企业的人才问题给予了高度重视，聚集了一批精英人才，从而使企业蒸蒸日上、兴旺发达、长盛不衰。日立公司的经营理念是"事业即人"；东芝集团的经营理念是"人最宝贵"；惠普公司的用人公式是"人才就是资本"；松下公司的管理哲学是"以人为中心"；长江实业的管理哲学是"新经济发展关键是人才"；微软公司网罗天下人才的策略更有气魄："请来一百个能人"。

得人才者得发展。人力资源是获得竞争力的基础。人力资本和物质资本是资本的两大形式。二者相比，人力资本是第一资源，是终极资源。舒尔茨指出，空间、能源和耕地并不能决定人类的前途，人类的前途将由人类才智的进化来决定。联合国开发计划署在《1996年度人力资源开发报告》中指出："当今世界一国国民生产总值3/4靠人力资源，1/4靠资本资源。"据统计，1960—1978年间，注重人力资本积累的国家和地区，人均国民生产总值平均增长4.68%，注重物质资本积累的国家和地区，平均增长3.86%。美国钢铁大王卡耐基说："将我所有的工厂、设备、市场、资金全部夺去，但是只要保留我的组织人员，4年以后，我仍是一个钢铁大王。"无独有偶,汽车大王斯隆也说过类似的话:"你可拿走我的资产,但将组织留给我,5年之内,我一定可以将那些资产再赚回来。"二战期间、美苏同时攻入德国,苏军抢运德国的工厂设备、仪器;美军却把德国大批科学家抢运回美国,这叫"棋高一着",这批人才,为美国的繁荣作出了重要贡献。世界竞争中,美国大量吸引、争夺世界各地人才,使美国成为这个地球上的超级大国。

人才资源与区位资源相比较,前者是能动的、可变的,后者是固定的、难变的。二者叠加,可有四种组合:人才优势与区位优势叠加,此为"上势";人才优势与区位劣势叠加,此为"中上势";人才劣势与区位优势叠加,此为"中下势";人才劣势与区位劣势叠加,此为"下势"。我校的区位劣势是已定的,经过努力,北上张家界办学,有所改善,但"区位劣势"没有根本改变,难达上势,要想实现"中上势",须通过主观努力,变现在的人才劣势为人才优势。"区位不好,引进留住人才难",这是我们常有的慨叹。但事实上,不发达地区聚集人才,形成人才优势,从而获得事业发展的例子很多。例如,美国西部在大开发前,有着明显的区域劣势;但在开发过程中,西部注重建立有效的人才资源开发机制,特别是发端于斯坦福大学的高新技术浪潮,使加州圣河塞市的圣克拉拉县成世界著名的硅谷;在硅谷约 7 500 平方公里(相当于半个湘西自治州)的狭小地区内有大批高校,比较著名的就有 48 所,这些大学培养的不同层次的人才构成了美国西部的人才优势,使西部的一些农业城市变成了蓬勃发展的工业城市,后来,还造成了美国生产力布局和经济活动重心的西移。又例如,二战期间,德国巴伐利亚州工业被摧毁殆尽,巴州夹在阿尔卑斯山脉与东欧前社会主义国家接壤的边界构成的死角里,没有出海口，交通十分不便，其地理位置有着先天的劣势；但巴州重视教育，进行教育制度创新，提高全民素质，培养了大量高水平的科研人才和应用性强的专业人才，促使经济快速发展，取得了举世瞩目的成就；最后巴州成为德国经济实力最强，失业率最低的州。所以，任何事物在一定条件下是可以相互转化的。在高校发展史上，通过跨越式发展而后来居上的事例也屡见不鲜。我们不能妄自菲薄，更不能怨天尤人。我们要坚定不移地实施人才强校战略，创造人才优势，最终在全国高校群体中占据一席之地。

要实现我们的战略目标，实现教学、科研、社会服务整体推进，需要许多保证条件：物质条件、内外环境、管理制度、人才队伍、党建和思想政治工作等。所有条件中，最当紧的，起根本作用的，涵盖方方面面的是人的问题。我们现在面临的最突出的问题是人才队伍的状况与学校事业发展的要求不相适应，全员素质提高的速度落后于学校事业发展的速度，这是我们最根本的弱点、痛点和难点。从数量上看，我校已有教职工 1 765 人，其中 353 人离退。在职的 1 412 人中，高学历人才比例偏低，博士和在读博士只有43 人，占 4.4%；硕士只有 76 人，加上完成硕士研究生课程学习的一共才 247 人，仅占 32.2%，离教育部要求的 15%、60% 还有很大一段距离。管理人员中，普通本科以上毕业的只占 31%，其他学历的占 69%。可以看出，我校人员特点是人力资源丰富而人才资本稀缺。从要素关系看，吉首大学在网大中国大学排行榜的排名，2000 年度学校的综合排名为 550 名，教师资源的排名为799 名；2001 年度学校的综合排名为 381 名，教师资源的排名为397 名；2002 年度学校的综合排名为 352 名，教师资源的排名为688 名。三个年度，教师资源排名比综合排名分别落后 249 名、16 名和 336 名。这虽然是非官方排名，数据也不是完全可靠，但却给我们的人才队伍建设敲响了警钟——在学校各项建设中，人才建设大大滞后。从结构上看，学科专业人才、管理人才很缺乏，思想政治工作人才短缺，经济工作人才严重短缺。从质量上看，现有人才的内涵不够充实，整体素质亟待提高。主要表现：一是部分人员思想落后，观念陈旧。二是不少人员知识老化，更新缓慢甚至没有更新，处于"亚知识"状态。三是部分人员纸上谈兵多，实践能力弱。造成这种状态，我应首先检讨，在处理事业发展与人的发展的关系、眼前使用和长远培养的关系上把握不好。如果我们现在看不到问题的严重性，不下大决心强化人才培养，不着手于全面提高全员素质。学校的可持续发展、长治久安就很成问题。我们的教职员工，如果看不清自身学习、提高的紧迫性，不跟上知识更新的节奏，不提高自身的能力，就没有出路，没有前途。

二

确立人才强校的方略后，接着要思考的是造就一支什么样的人才队伍的问题。

人才队伍的造就，不仅要有统计表上的，诸如学历、职称、年龄、地域等方面的一般的结构比例，更要有不同类型的、不同层次的、不同特色的人才功能结构。人才队伍和其他事物一样，没有运转好的结构，就如同一盘散沙，发挥不了一部机器的整体功能，人才也会被埋没。如同建房一样，将各种建筑材料组织起来，建成满足人的某种需要的建筑物，各种建筑材料才能充分发挥作用。从学校的发展战略目标出发，按功能搭建人才队伍结构，既可以充分发挥人才的作用，也可以降低造就人才队伍的成本。这就是结构之奥妙。

那么，从我校2003年到2010年的战略目标出发，我们的人才队伍应当建立什么样的功能结构呢？

（一）类型结构

1. 教学人员。按照学科专业建设规划，确定一定数量和层次，培养和引进相关学科门类的教学人员。

2. 科研人员。按照学校科研的价值取向和战略方向，聚集相关学科的、相关研究方向的、科研能力强的高层次人才。

3. 产业经营人员。按照学校产业发展方向和需要，培养和引进一批科研开发、生产、营销、管理等各方面的人才。

4. 思想政治工作人员。按照高校思想战线的特点，培养有理论功底、表达能力、策划能力、组织能力的思想政治工作专门人才。

5. 党政管理人员。按校级、中层、基层三个层次，建立后备干部队伍，有计划、有组织地培养校级领导人才、中层领导型管理人才、基层管理人才。

以上五种类型的人才，教学人员在数量上是主体，质量上是精英，是学校人才工作的重点。科研开发人才，一头面向教学，为提高教学质量服务；一头面向当地经济和社会发展的需要，加强市场前景好、经济效益好的应用性、开发性项目研究，为产业开发提供科技支撑。产业经营人才，为教学科研提供物质保证，以经济效益、社会效益和向学校上缴资金的多少为评价的基本标准。思想政治工作人才，为学校教学、科研、产业、服务等方面提供精神保证，以学校全体人员的积极性、创造性发挥的程度、人际关系的和谐程度、学校目标实现的程度为评价的基本标准。党政管理人才，是学校发展建设的组织保证，是整个学校的领导核心和人才队伍的组织骨架，虽然数量不大，但须着力精心培养，力求精干高效、胆识过人。这是学校求得长治久安、长足发展的根本保证。

（二）层次结构

1. 挂帅型人才。即我们通常讲的帅才。其中又可分学校的帅才、各二级单位的帅才、各个领域的帅才和各个项目的帅才。他们必须是独立思考，独立负责，独挡一方的德、才兼备的、素质全面的优秀人才。学校未来的前途和命运，在一定程度上，维系在这群人才身上。

2. 领衔型人才。又可称为专家型帅才。他们或者是教学专家、或者是科研专家、或者是经营专家、或者是管理专家、或者是思想领域的理论家，但前提必须是能领衔的或可称为挂帅的专家，而不是单打独奏的散兵游勇。与挂帅型人才相类似，但又有区别。其区别是：层次低一些，但专业精一些；领域窄一些，但学问深一些；专业领域内领衔是好手，跨专业领衔可能会别扭。

3. 专家型人才。是一定学科的专门人才。在自己的学科或相邻学科领域内，研究独到、造诣精深。与领衔型人才有共同点，但又有区别：专业上高于领衔人才，管理上低于领衔人才，甚至是专业上如痴如醉，旁人望尘莫及，却难以进入管理大门之内。

4. 服务型人才。即保障性人才。谓之人才，因独有学问；称之服务，属行业分工。这类人才又可分为技术型服务人才、组织型服务人才和生活保障型服务人才。

按这种方法分类，旨在依据每个人的特长定向培养，使其特长得以发挥，弱点得以回避，防止出现所用非所长的人才浪费现象，防止发生所用恰所短的尴尬局面。

（三）特色结构

1. 统驭型人才。在自己的领域内统领部属、驾驭全局。既见人，又见物，更善于通过做人的思想工作，做人的观念转变工作，来推动各项具体工作，实现预期目标。这类人才具有挂帅型人才的特征，其区别是领域面相对单一，但目标指向更加具体，具有管理型人才的特征，但人本思想更加鲜明。

2. 外交型人才。在学校面对社会的交往中，善于结交朋友，沟通关系，把学校推向社会，让社会认识学校。这类人才，在素质上，既有广博的知识，又有开朗的性格；在品格上，既能守住基本原则，又能包容方方面面；在公众面前，既落落大方，又文雅得体；在交往中，既重情重义，又不流于粗俗；在工作中，既遵守必要的程序和形式，又注重内容和实效。

3. 沟通型人才。这类人才精通理论，但不局限于书本理论，而是能联系学校思想领域的现实问题和师生进行理论上沟通；这类人才，注重实践，解决师生之中的思想问题不局限于就事论事，而是善于将现实思想问题提升到理论的高度和师生沟通；这类人才，站在思想界的最前沿，和师生沟通最新观念、最新思想，把师生的思想引向思想战线的前沿阵地。

4. 苦干型人才。吃苦耐劳，埋头苦干；不计名位、任劳任怨；长期奋斗，默默奉献，是这类人才的基本特征，这类人才是学校人才队伍的基石和主体。

5. 复合型人才。国内、国外皆通，文科、理科兼容，专业、管理齐备，方方面面都能上手，是这类人才的主要特征。这类人才，是综合学校各项事业、各个单位、各个方面、各个领域的协调性、管理性、沟通性兼备的人才。

三

人才队伍的功能结构建立起来后，怎样才能提高他们的素质呢？可以采取若干措施，选择多种途径。

（一）提高全员素质的核心：观念创新和演进

优秀人才的一个突出标志是，能够自觉地、主动地在观念上"解放思想、实事求是、与时俱进"，适时地突破陈旧观念的禁锢，实现观念上的创新和演进，中华民族史上的"康乾盛世"是中国封建社会最为繁华的时期之一。乾隆末年，中国经济总量为世界第一位，机器制造业占世界总量的三分之一，对外贸易长期出超，堪称"超级大国"。但是这种辉煌，毕竟只是"落日的辉煌"。因为这时，西方社会的文艺复兴（观念革命）运动已经引发了改天换地的资产阶级革命，整个社会摆脱了传统的发展模式而突然加速前进，跃上了世界文明进程的制高点。在变化了的世界面前，康、雍、乾三代"英明君主"和后来的"女杰"慈禧却表现出惊人的麻木和愚昧。他们固守传统、反对变革、闭关锁国、故步自封。种种陈旧、僵化的思想观念给中华民族带来了100多年的屈辱和痛苦。从认识论的角度来观察，从社会变化背后的观念层面上考察，中国近代史的落后与灾难，是以上君主及其王朝的僵化的思想观念之树结出的苦果。

这里有两个比较。一个是同一时空的比较。同样面对西方列强入侵的日本，却表现了截然不同的思维方式和行为方式。他们推进明治维新，全方位引进西方先进事物，"一瞬之间由武士发髻时代经过文艺复兴的壮举而进入近代"，走上近代化的道路。另一个是超时空的比较。即200多年前的"超级大国（中国）"和200多年后的"超级大国（美国）"相比较。200多年前的"超级大国（中国）"遭到西方列强的欺凌并由此使几亿中国人承受了100多年的苦难。这是一个"超级大国"的悲哀。200多年后的"超级大国（美国）"却到处去欺侮别人，这是另一个"超级大国"的"雄风"。同是超级大国，何以境遇如此不同？明眼人看到的是社会制度的差异，睿智的人看到的是引起制度变迁的观念的魔力。为了说明观念的演进带来的事物整体的、战略的、全新的变化，再举一个例子。1974 年，美国政府为清理给自由女神像翻新带来的垃圾，向社会广泛招标。麦考尔公司董事长听说后乘飞机赶往纽约，看完自由女神像下堆积如山的铜块、砖石、断木，当即就签字承揽下来。纽约的许多运输公司为他的这一愚蠢举动暗自发笑。因为在纽约州，对垃圾的处理有严格规定，弄不好会受到环保组织的起诉。可麦考尔以他特殊的思维方式为指引，产生了全新的处理垃圾的观念。他让人把铜融化，做成小自由女神像；把水泥块和断木加工成底座；把剩余的碎钢烂铁做成纽约广场的钥匙。结果，这堆废料变成了 350 万美元现金。这就是新思维、新观念下产生的智慧的价值。真可谓是观念一变万物变，观念一新天地新。

当今世界，在我国改革开放的历史进程中，在高等教育国际化、大众化的历史条件下，我们面临着"跟上现代化"这一历史课题。社会现代化，关键是人的现代化；人的现代化，标志是观念现代化，即价值尺度、思维方式、行为方式和情感方式等文化心理方面的现代化。如果观念不创新，不演进，就意味着落后，意味着最终的衰败。而在当前，一个重要的倾向是，相当一部分人重物、轻人，重硬件、轻软件，重货币资本、轻观念资本。因此，在推进学校战略目标的过程中，首先要努力推进观念的现代化。为此，我建议在我们学校实施观念先导工程，以加速观念的更新与演进。怎样推进观念先导工程呢？

首先是训练思维方法。思想观念决定思维方法，思维方法又影响、制约着思想观念。为了使观念的演进来得顺畅，首先应当训练思维方法。思维方法的训练应该是全面的而不是片面的，历史的而不是孤立的，整体的而不是局部的；不是从书本出发，不是从自己的经验出发，也不是从别人的模式出发，而是从自己的实践出发，融书本的、自己的经验、别人的模式为一体；不单是从过去的实际出发，而且主要是从现在的实际出发，还要从将来可能出现的实际出发，并将其融为一体；不是从某一领域出发，而是从经济的、政治的、文化的各个领域出发；主要从中国的、本单位的实际出发，同时要兼从世界的实际，世界经济的、政治的、文化的，世界过去的、现在的、将来可能的实际出发等等。我们党"解放思想、实事求是、与时俱进"的思想路线，是管总的思维方法。我们对某个问题想不通的时候，首先要反省思维方法对不对头；思维方法理顺了，其他问题就容易理顺了，这叫做思维顺、一顺百顺。思维方法是第一生产力。

接着是探讨实现观念现代化后现代化人身上的一般表征。这种表征是动态的，也是不断演进的。就现有的认识水平而言，大体有如下特征：

（1）有较强的主体意识，不依附他人或单位；（2）崇尚民主法制，具有社会责任感，主动参与社会公益活动；（3）重视精神生活，自觉地追求真、善、美；（4）积极向上，具有创新精神；（5）倾向于内省，勇于自我剖析、自我批判、自我超越；（6）不因循守旧，不安于现状，具有创新精神和竞争意识；（7）眼界开阔，心灵开放，乐于接受新事物，不断补充新知识；（8）有很强的道德约束力，富于爱心；（9）有很强的环境生态意识，言行着眼于造福后人；（10）重技能，讲效率，有强烈的敬业精神和团队精神；（11）崇尚科学、崇尚实际，不迷信书本，不害怕权威；（12）重视生命质量，保持健康的生活方式和平衡的心理状态。

上述特征的实现，需要从观念变革开始，同时，又可视为观念变革的成果。

其三是探索观念先导工程的活动方式。例如，举办新观念交流会，对在学校建设和发展过程中遇到的问题进行研究讨论，鼓励大家积极思考，创新观念。例如，利用广播、电视、报纸、网络等媒体开设观念先导栏目，鼓励大家各抒己见，展开讨论，在思想的碰撞中创新观念。例如，大力宣传经过实践检验证明是正确的新观念，并强化这些观念。比如这次教代会提出的："向教学、科研、产业协调发展的综合大学转变""管理也是生产力""向资本市场融资办学""兴办教育产业集团"等。例如，设立观念先导奖。开展新观念、新成果评价活动，并建立科学的奖励评估体系，对学校的改革和发展提出新观点、新思路、新思想、新观念并在实践中获得成功的给予重奖。

（二）提高全员素质的活动方式：创建学习型组织

1968年，赫钦斯出版《学习社会》一书。上世纪70年代初，联合国科教文组织提出创造"学习型社会"的目标。1990年，彼得·圣吉著《第五项修炼》，其要点是：

1. 自我超越。超越眼前，学会不断清理并加深个人、组织的努力目标，这是学习型组织的精神内容。

2. 改善心智模式。改善蒂固于心中的、自己又不易察觉的，影响人们更好地认识世界以及如何采取行动的许多假设、图像、印象。

3. 建立共同愿景。看清人类（国家、单位）共同的走向，并使人们的认识趋于一致。

4. 团体学习。通过所谓"深度会谈"，让团体成员摊出个人心中的想法，形成一起思维共同目标的能力。

5. 系统思维。将以上四项修炼融合，形成全体统一的、目标一致的整体思维，以实现统一行动的目的。

该书的立论根据：认为人类冷淡而局限的思维方式和行为方式，使其自我意识膨胀到了极限，征服自然的路已走到尽头。在十字路口，作者为人类寻找一条新路：建立学习型组织，完善整体互动的思维方式。

该书的主题：要么学习，要么灭亡。认为：学习已贯穿了人类从摇篮到坟墓的全过程，成为生存之所需，生活之所需，生命之所需。

该书的精义：学习的真正目的是修正行为。

以上背景材料可以这样理解：所谓学习型组织，就是实现人类社会组织的转型，即由过去的生产型、生活型组织转变为学习型组织。其特征是，将工作与学习融为一体，即在工作过程中，通过持续不断地获取新知识、共享新知识，并利用新知识提高绩效。

因为人类的知识过去是 100 年、50 年翻一番，现在是 3-5 年翻一番。每小时有 20 项发明，每年增加 790 亿条新知识。因此，不断学习，善于学习，善于不断的通过学习改变自己，使自己（个人、单位）跟上新时代、适应新生活已成为新世纪人类最基本的生存形式、生活形式、生命形式。人们把这种形式概括为一个公式：$L < C = D$。L 代表学习速度，C 代表变化速度，D 代表死亡。用语言来表达，就是如果学习的速度小于变化的速度就等于死亡。

那么，结合学校实际，创建学习型组织应当做些什么呢？

一是强化学习观念。"要想生存，必须学习"；"要想生活得比别人好，必须学得比别人多"；"放弃学习，就是放弃生存，放弃生命"；"学习能力是最基本的生存能力，是个人和组织最重要的竞争力"；"终身学习是回报率最高的投资"。诚如彼得·圣吉所说："要么学习，要么死亡"。每个人都必须作出选择。

二是端正学习目的。学习目的是"修正行为"。不是为了形式上读书的数量，心得的篇数，获得学位、职称等等，而是要在我们争论了几千年的"名与实"之间作出选择。

三是转变学风。学是为了用，学习是为了让自己想清楚，让别人听明白，让学校的事业顺利推进，让我们的这个群体形成奋发向上、永远进取的团队精神和比别人快半拍的竞争态势。因此，我们不赞成搞形式主义，不赞成搞虚假声势。那种拘泥于老套的八股的表达方式；那种晦涩干瘪的冗长议论；那种甲乙丙丁的机械排列；那种以曲高和寡而自慰，以雅不近俗而自居，以深不可测为荣耀的清高表现；那种为获得名位，为证明自己博古通洋，热衷于进行毫无意义的考证，热衷于翻陈芝麻烂谷子的无聊炒作，除了把简单的真理裁剪杂乱，把清澈的生活弄得浑浊，把纯洁的情感搅成泥浆以外，没有任何益处。

四是规范行为。当前，一些人追求水分很重的学位，名不符实的职称，能不敷职的"官位"，除了个人因素以外，很大程度上源于制度。有了学位就有钱，有了职称就有钱，有了官位就有钱，这种分配制度怎么不让人争先恐后，望风而追，趋之若鹜呢？因此，在学习上，应当制定出重实不重名，重学校需要不重个人得利，重联系实际、学以致用，不重表面形式和单纯统计数据的人事政策、培训政策、经费安排政策，真正使学校用于人才培养的经费转化为回报率很高的人力资本。

五是摸索方法。学习型组织的活动方式大家都在实践，就目前的认识水平，可采用以下方法。例如，健全组织，加大学校研究室工作的力度，或者成立发展规划处，各单位成立研究小组，组成学习型组织的骨干系统。然后，组织队伍，确定课题，多出成果，定期交流。例如，以网络为工具，建立校内信息系统，并有专人对校内外的资讯进行收集、加工、储藏、交换，实现知识资源共享。例如，建立个人和单位的考评制度等等。

（三）提高全员素质的根本途径：深化人事制度改革

祖先留下遗训："一个和尚挑水喝，两个和尚抬水喝，三个和尚没水喝。"其价值取向是鼓励单干的，而对集体行动难以成功发出无可奈何的感叹。

对此，社会学专家假设，一个有共同利益的群体，一定会为实现共同利益而采取共同行动。可在实践中却很难实现。这是因为，集体行动的成果具有公共性，所有成员均可受益，包括没有行动的成员和"滥竽充数"的南郭先生在内，这叫搭便车。集体成员愈多，搭便车的现象愈甚，而为集体贡献者所获利益就更少。

怎样才能使集体行动成功呢？经济学家发现须满足两个条件。

一是集体成员"不对称"，指集体成员的收益不对称。按贡献大小进行分配能够有效地促进员工积极性的发挥。

二是进行"选择性激励"。其正向激励是，通过奖励的方法，激励集体成员为负担集体行动的成本做贡献。反向激励是限制、惩罚搭便车者，不让自私自利的成员得利。所以，只有让不行动者不得水喝，大家才有水喝。这个例子导出了我们以前搞平均主义，大锅饭，终身制不能成功的道理，也启示了深化人事制度改革的政策走向。

我们学校的人事制度改革已经取得了初步成效。但"终身制"没有彻底打破。"老人老办法"，对先来者还是实行保护政策，"新人新办法"没有真正推行，现行的聘用制实际上还是变相的"终身制"，平均主义仍然严重存在。同一学历、职称、职务上的平均主义，引导着大家求名不求实，熬资格、混文凭、"报"职称、想位子仍然是一些人的思维热点；"能进不能出"，"能上不能下"，"能高不能低"的现状仍然未能得到有效改变。所以，我们学校劳逸不均，分配不公，效率不高，活力不够的问题仍然不同程度的存在。

下轮人事制度改革，深化的方向必须紧紧围绕打破大锅饭，革除终身制，消除平均主义来展开。"让创造财富的人获得财富"，"让挑水的人有足够的水喝"，应当成为改革政策的基本走向。例如，以完全意义上的"聘用制"为着力点，改革用人制度；以岗位和绩效为主体，改革分配制度，打破"身份津贴"制度；实施个性化的权变管理，按市场规律，通过借用、租赁、技术买断、合同管理、人事代理等形式，用活人才；实行"末位淘汰制"，限制和惩戒搭便车者；让"不挑水的人不得水喝"等等。

（四）提高全员素质的根本要求：德性的养成

一个美国老太太将三个系有小丝线的小球放在肚子大、口子小的瓶子里，请三位中国孩子提出来（瓶喻井，井涨水，球代表孩子，7秒钟内提出算逃掉了命）。5岁女孩先拉出自己的球；7岁男孩子看了一眼比自己大的女孩子，也接着迅速提出了自己的球；最后，10岁女孩子从容又轻捷地拉出了自己的球，全部时间未超过5秒钟。

老太太问7岁男孩，为何不争先逃命？男孩子指着5岁女孩子说："她最小，应当让她。"又问10岁女孩子，女孩说："三个里头我最大，我是姐姐，应最后离开。"老太太问："你不怕淹死？"女孩说："淹死我，也不能淹死弟弟妹妹。"

泪水刷地从美国老人的眼里涌了出来。她说，她到过许多国家试过这种游戏，几乎没有一个国家的孩子能够这样完成它，他们争先恐后，互不相让。

三个孩子的行为告诉我们，"聪明不仅仅是智力发达，聪明更是一种爱、一种忘我、一种无畏的品格。"

作为塑造人的高等学校，我们对人才的要求是德、才、健同时兼备。但在三者中，德是首要的。老子说："力降不如智降，智降不如德降。"司马光说："德者,才之帅也。"我们学校的形象设计,将吉大精神概括为"凤飞千仞,德流四海",也是要求以德立校。实践反复证明,德是人才的首要条件,"有德无才办不成事,无德有才办坏事,德才兼备办大事。"这是因为,在成就事业中,德与才相比较,德的地位更为重要,德居统领地位,影响着一个人才智的发挥和健康的程度。从德覆盖的时空而言,它内化于人的一切言行之中,贯穿于人生的始终和人类进步的全过程。就学习和养成的难度言,困难更大,不仅需要长期的积淀,事事处处的养成,更要同与生俱来的种种恶念相碰撞。任何优秀品格的形成,是不断地同自己的不良倾向作斗争,并不断取得成功的结果。

修德的学问极深,所涉范围极广,这里,讲点零碎意见。

一个是注重财富修养,人们从谈财色变的"左"的禁锢中解放出来后,释放出无穷的聪明才智,许多人富了起来。于是,财富修养问题便成为一个普遍需要思考和回答的问题,当人们食不果腹,衣不蔽体的时候,还能礼让三先。不知怎么,现在吃饱了,穿暖了,争利问题反而凸现出来了。要从根本上解决这个问题,还得要回到千百年来的古老话题上去:人活着究竟是为了什么?

一个是抗御诱惑。战场上,战士们抢修防御工事,是为了抗御敌人真刀真枪的进攻。现在,这种血与火和生存状态似乎变得遥远了。那么,还有什么需要抗御?这就是诱惑。这些诱惑是什么?林林总总,五光十色。它们常常在不知不觉中,甚至在舒舒服服中冲破了品格修养的防线。这个问题,是不能回避的。

又一个是零起点思维。因为有了点进步而沾沾自喜,因为得了名次而眉飞色舞,因为有钱喝茶而晕晕乎乎。对此,似乎应当讲两句话。一方面,我们应该看到成绩,该喜则喜。这样,我们就有了自信心。另一方面,我们又要有忧患意识,因为我们面对的是激烈竞争的市场，我们的进步仅仅是初步的、阶段性的。就像有人拿着鞭子追赶一样，我们必须拼命奔跑。所以，我们在任何时候，任何情况下，都要有强烈的"零起点"意识。只有这样，我们才能产生紧迫感，淡化成就感，养成谦虚感。

再一个是远离浮躁。社会转型，利益调整，升降沉浮，朝夕而至，浮躁已成为一种社会病。浮躁，是轻浮急躁之意，既是一种不理智的情绪，又是一种不健康的心态。浮躁袭来，不能坐下学习，更难深入钻研，至于扎扎实实、认认真真做实事，抓落实就更困难了。因此，远离浮躁，应成为新时期品格修养的重要课题。

还有一个是防微杜渐。要"远见于未萌，避免于未形"，不要轻视小事，不要忽略小节，不要疏忽小"伤"小"病"，要时时保持一种"如履薄冰，如临深渊"的心态，这是德性养成并长期保持的重要方法。

最后一个是自我反省。这是修德的一大境界。鲁迅集毕生之思索，感叹道："多有只知责人不知反省的人的种族，祸哉！祸哉！"黑格尔说："自我认识是民族精神的最高成就。"人生经验告诉我们，把自己想得太好，就很容易把别人看得很糟。我们方方面面相处，多一点自省、自责，会减少许多争吵，带来许多快乐。

学习与创新[*]

一 关于学习

学习，对人类来说，是人类文明得以保存、传播、发展的基本形式；对个人来说，是吸收人类智慧于大脑并用之于实践的过程。学习活动是人类最基本的实践活动。这种实践活动已经形成一大社会系统——大教育系统，它包括学前教育、学校教育、在职教育、老年教育以及与现代科技密切相关的远程教育、网络教育等。

1.学习总有目的

每个人的人生追求不同，学习环境和条件不同，学习目的也不尽相同。粗略看来，有为获得技能，提高谋生能力而学习的；有为积累知识、增长才干、提高创造力而学习的；有为全面提高素质，经受各种风浪，为民族的伟大复兴奉献力量而学习的。领导干部讲学习，为讲政治、讲正气奠定基础。这里的学习是特指为实现党的理想、坚定党的信念，贯彻党的基本路线，把建设有中国特色的社会主义事业推向前进而学习马列主义、毛泽东思想、邓小平理论和党的路线、方针、政策，提高理论水平、政治水平和领导能力。

2.学习亦有层次

每个人的学习机会不同、条件不同，努力的程度不同，表现

---

[*] 本文原载《吉首大学学报》2000年第21卷。

为各不相同的学习层次。有的，学习一些片段的、零碎的、浅层的知识。这种学习，所花的时间不多，所耗精力不大，能解决一些基础知识问题。但这种学习，没有更高的学习目标，很难从总体上提高认识世界的能力，在复杂条件下也很难把握自己的行为取向，难以使自己从"必然王国"进入"自由王国"。

有的，沿着某种教材，某部专著学习，以求理解所阐释的原理、把握其理论体系，获得对某一课题、某一领域的更深层次的比较完整的知识，比较前一种学习前进了一大步。但这种学习，易局限于一家之言，没有与百家之言作比较研究，难以鉴别所学知识的真假，也难以突破一家之言的局限，难以走出书本站立起来看世界。

有的，注重学习科学体系，学习某一领域，某一行业的知识体系。这种学习，不是以某一本书为单元，而是以某一领域、行业、课题为单元，涉猎所有成果，研究百家之言，经过自己的实践和思考，悟出对某一领域、行业、课题的独立见解，使自己进入理性思维的层次。但这种学习，仍然停留在探求知识本身，与一定的时空联系不够密切，有一种相对静态的缺陷。

有的，在学习知识、知识体系的过程中，注重探求支持这些知识体系的立场、观点、方法，从中揣摩他们观察问题、分析问题、判断问题时所持的世界观和方法论。例如，学习马列主义、毛泽东思想、邓小平理论，不仅要学习他们的科学理论内容，更要注重从学习中体验领袖们的立场、观点、方法；同时，也学习古代的、西方的相关理论，从中发现古人和西方人的立场、观点、方法；并且，拿着这些人的立场、观点、方法与领袖们的立场、观点、方法相对照，比较相互的相同点、相异点，就会确定人们对西方的、古代的理论的取舍。这种取舍，不是对语言优美与否的取舍，也不是对某一具体论点的取舍，而是立场、观点、方法正确与错误的取舍，真正做到"取其精华，去其糟粕"。这种学习，既是对科学理论的深入理解，又是对自己立场、观点、方法的重塑。这种学习，是一种根本性的学习，有了正确的立场、观点、方法，联系本地区、本行业实际，观察、分析、判断、决定问题时，就不会出大错。即使出现错误，也只是局部的、一时的、枝节的错误。这种学习，是一种鲜活的学习，能够运用马列主义、毛泽东思想、邓小平理论的立场、观点、方法，面对变化了的新情况，发展中的新问题，得出新判断，作出新决定，进行新的实践活动。这种学习，既继承了前人（领袖的立场、观点、方法），又可以突破陈规，不会囿于某些具体结论而驻足不前。因此，这种学习的动态特征，可以将认识和改造客观世界与自己的主观世界的实践活动不断引向深入。这种学习，是学习的最高层次。

3.学习有一个过程

学习的过程是因人而异的，所得体会亦各有不同，笔者的体会是：

① 识字的过程。识别符号及其所代表的意义。识字过程贯穿终身，因为实践的发展会产生新的符号，需要重新识别；就是原有的符号，也在不断赋予新内容，需要重新识别。

② 识义的过程。即理解具体思想、观点上的涵义，并加以具体把握，而且能结合具体的条件去运用，像是识别一台复杂机器的各个部件、零件，把握零部件，使用零部件一样。

③ 识体的过程。学习、理解某一领域、行业的知识体系，知识体系中各个部分间的相互关系，各自的地位和作用，像是组装机器，使用机器，把握机器各部分间的相互关系，各自的地位和作用，以把握其核心和关键。

④ 实践的学习过程。真知源于实践。学习得来的知识毕竟是他人的实践，要真正变成自己的东西，非要自己亲身体验不可，

特别是要通过成与败、苦与乐、悲与欢和生理的、心理的体验，才能对自己所学的知识感受真切、感受深切，在新的实践中遇到种种困难、面对种种矛盾，甚至个人利害时，才不至于动摇。经商的陷阱有许多个，书上写得明明白白，为什么照样有人往陷阱里跳呢？凡属成功者，为什么初始阶段总要经历总总磨难呢？就是因为书上的知识成为自己的知识，必然要经过自己的亲身实践。所以，实践的过程是再学习的过程，也是再认识的过程。聪明人之所以聪明，就在于他把握实践，在实践中学习，在实践中认识融为一体了。

学习、实践、再学习、再实践，这样的过程，是一个循环往复、没有终结的过程。而每一个过程的实现，就使自己进入高一级水平。生活中，为什么一读书，明白了，一做事，糊涂了；再读书，又明白了，再做事，又糊涂了呢？为什么这样的明白、糊涂、再明白、再糊涂的次数多了，自己就学聪明了呢？就是因为读书和做事是学习过程的两个最重要的环节，少了哪个环节，就不能认为走完了学习的全过程。以上识字、识义、识体、实践的过程，是同时展开，相互交错，相互促进的过程，并非说完成了上一个过程才开始下一个过程。

4.学习可以进入不同的境界

① 以知道为特征的境界。书读得多，背得多，知道得多，积累得也多。有人开玩笑说："上知天文地理，下知鸡毛蒜皮"。这种境界，以知道为特征，但也只停留在知道的水平上。

② 以智慧为特征的境界。将学习的知识用于实践，在实践中不断"领悟"，使知识在头脑里反复"冶炼""内化"，成为自己的知识，实现了由客体（他人的，前人的知识）向主体（自己的知识）转化。这种境界，以思想为特征，以读书和实践为主要环节。

③ 以跃进为特征的境界。紧紧抓住知识前沿，不断跟踪学习。这种学习理念，不以在校学习为边界，不以获得文凭为止境，不以某一时期对某一理论的认识为满足，把学习作为终身课题，叫做一辈子学习工作两手抓，两手都要硬。到了这种境界，行业变化，能适应其变化；时代变化，能跟上其变化。到了这种境界，身上没有多少陈规，也没有多少知识的"负担"（舍不得丢掉已经陈旧的知识），因为他原有的知识已经"内化"为知识体系的一部分，而且时刻处于新陈代谢之中。这种境界，以灵活应变为特征，以知识的新陈代谢为内在运动形式，以知识的跃进为外在的表现形式。

二 关于创新

创新是创造原来没有的新东西。或者，是在原有的基础上提高到新层次，进入新阶段。例如新观念、新理念、新制度、新技术、新方法、新产品等，当代的创新主要是知识的创造，信息的创造。

人作为活动的、实践的存在物，不会停留在已经获得的成果上，不会满足现有的生存状态，总是要通过再创造改变现实，改变已有的生存状态，这就使创新获得了永恒的动力。可以说，创新便意味着对现实的不满足和改造，对现在没有的东西进行探索和创造，意味着对理想社会的追求和建设。我们的共产主义事业本身就是一种创造。

创新离不开现实的土壤，离不开已有的物质条件、认识水平、知识拥有量以及恰当的时机和客观的规律。更为重要的，它需要创造的主体——人的条件，一定历史条件创造的从事自然科学、社会科学的创造的人，即所谓"时势"。

创新是人类的最高本性，是地球生物圈内更新、变革和发展的最积极的力量。其中，创造力是生命力的最高能级。人类作为地球生物圈里的最高形态，独有一种自觉的创造力。在这个意义上，人区别和超越动物之处，在于动物只能生活在给定的自然界，而人却可以创造出人化的理想世界。

创新又是各个时代人类共同的本性，从最古老的石器、铜器、铁器，经历了一个漫长的历史过程。正是这种创新，使人类体验到、实现着生命的价值。人类的历史，其实就是不断创新的历史，每一次重大创新都使人类文明获得了质的提升。创新更是当代世界的共同追求，是最为关注，最为着力的方向之一。这对于我们中华民族来说，更显得特别重要。我们从倡导发挥人的创新能力，到提出建设"创新工程"，进而规划和组织"国家创新体系"，这便是当代中华民族的创新意识的历史性升华和时代性自觉。我们把"创新"既作为最高哲学理论和共同文化意识，又作为一项直接的、现实的"工程"来加以设计、规划、组织和实施，并贯穿于我们的全部生命和生活之中，这意味着我们民族对创造本性的深度发掘和自觉运用，这必将带来中华民族的伟大复兴。

创新还是一个十分严肃的科学活动。17世纪的欧洲，人们喜欢使用"新"字，如培根的《新工具》、维科的《新科学》、莱布尼茨的《人类理智新论》等等。20世纪后半叶，人们最喜欢用"后""新"和"创造"，如"后现代主义""新自由主义""创造学"等。历史告诉我们，每当人类历史的发展进入重大的转折关头时，一些意味着与传统思维方式进行决裂的思维就会涌现，"创造"情绪也跟着膨胀，甚至成为一种时尚，任何平庸之见，平庸之为都会戴上"创造"的光环，以致使当代一些人形成一种自我狂想式的一种幻觉，他们对前贤毫无敬畏之心，对科学毫无尊重之意，这是一种将"创造"这种十分严肃的科学活动庸俗化的倾向，这是对"创造"的亵渎。

1. 知识创新

创新的核心是知识创新，包括技术创新、管理创新和制度创新等。从知识的表现形式看，可分为编码知识和意会知识，知识创新则是这两类知识的创新。可编码的知识，即显知识，其知识单元是概念，创造一个新的概念；或者创造了两个或多个概念组成的理论，便认为是创造了新知识。从这个意义上说，知识创新就是概念创新。意会知识不能明确地用概念来表述，是"只可意会，不可言传"的知识，它存在于人们"主观的见解、直意、预感、思想、价值观、想象、象征、比喻和类比之中"，一旦被开发利用，其意义不亚于可编码知识。这种知识的创新，或者经过整合，多形成新概念转化为显知识，或者是在解决新问题的过程中产生的新技术、新工艺、新产品。

从一般的意义说，任何生产知识，应用知识的实践活动，都伴随着知识的增长、更新和革命。知识经济时代的到来，知识和技术在经济增长中的作用越来越重要，科学技术已上升为第一生产力，知识已成为第一生产要素。这种第一生产力和第一增长要素在经济中积极的、创造性的作用，鲜明地体现在其决定性作用上，它强化人的活动功能，扩大人的活动范围，深化人与自然界、人与人的关系，人的物质生产和精神生产在品位质量上，形式内容上得到了极大的提高和丰富。

知识在社会活动中积极的、创造性的作用，是知识作为一种特殊资源的自身特点决定的。在人类面临人口、自然资源、环境等发展的"瓶颈"制约时，不断增长的消费需求与不可再生资源的供不应求发生了尖锐的冲突，以无限制地开发使用自然资源为基础的工业经济快要走到尽头。于是，要实现可持续发展，就得转变经济增长方式。向哪个方向转变？向知识创新和知识的创造性应用方向转变，并以此建立新的发展基础。因为知识是一种可再生的资源，它可以源源不断地从无数人脑中开发出来；知识的生产是无限的，它不断地开拓人类知识的"新边疆"；还因为，知识作为精神产品，是可以共享并重复使用的，知识的消费没有排他性；知识虽然不能完全取代土地、劳动、资本等生产要素，但可以通过知识、技术、管理、制度的创新，提高土地、劳动、资本等生产要素的生产能力，大量节约物质、能量、人力等资源。所以，知识创新已成为当今社会生产力的解放和发展的重要基础和标志。

2. 思维方式创新

知识创新的先导是观念创新，而观念创新的前提是确立新的思维方式，即适应时代的、有利于创新的整体性的思维方式。因此，知识创新有赖于创造性思维活动的激活。当然，对于一个具体的创新活动来说，不会有一个固定的、放之四海而皆准的思维模式。

关于创造性思维方式，许多学者从逻辑思维、形象思维、灵感思维的区分之外，寻找新的视角。有的将创新性思维方式分为机制性思维、想象性思维、无控性思维等；有的从科学发展历程的研究出发，提出发散性思维和收敛性思维，以"打破旧传统，建立新传统"；有的则提出"打破现状思维"的思维方式，并对发散式、收敛式思维进行整合，进而提出"展开——整合式思维方式"，以实现潜知识与显知识的展开、整合和转化，实现既保持思想活跃，又保持头脑冷静，既处理人们的现实思想又顾及人们的愿望等。人们已经清晰地认识到，只有抛弃传统的机械论和还原论的思维方式，确立新的创造性思维方式，才能提高人类的智能水平，推动高效、持续的知识创新。

3. 邓小平理论创新

中国社会主义建设时期，邓小平提出"什么是社会主义，怎样建设社会主义"，是一个首要的、基本的理论问题。这个问题，毛泽东已经意识到并进行了探讨，但由于种种原因，未能解决好。邓小平反思了中国、苏联以及一些非洲国家搞社会主义的经验教训，回答了"什么是社会主义,怎样建设社会主义"这一首要的、基本的、前人没有完全搞清楚的问题，是对马克思主义当之无愧的创新。

邓小平理论是一种什么样的创新呢？是理论体系的创新。判断一种理论是否形成体系，是看它是否系统地回答了所研究领域的一系列基本问题。只要是系统的回答而不是零星的回答，是回答所研究领域的一系列基本问题而不是回答个别问题，那么，就意味着这种理论体系已经形成。邓小平理论之所以构成了一个科学体系，是因为邓小平运用马克思主义的立场、观点、方法，系统而科学地回答了当代中国社会主义建设的一系列基本问题，第一次系统地回答了在中国这样经济比较落后的国家如何巩固、建设和发展社会主义的一系列基本问题。毫无疑问，是对马克思主义关于社会主义建设的理论体系的创新。

这样的理论创新是在什么样的历史条件下形成的呢？是在苏联的社会主义建设搞了几十年并形成了一定模式的条件下产生的，是在我国社会主义建设搞了几十年并形成了一定观念体系的条件下产生的，是在"好多非洲国家搞社会主义越搞越穷"的条件下产生的，一句话，是在否定了原有理论体系的基础上形成的，即否定了以阶级斗争为纲后而转向以经济建设为中心的，否定了传统的计划经济而转向社会主义市场经济的，否定了封闭、半封闭社会运行模式而转向开放型社会的。不难看到，这种在十几亿人口的大国实现全社会的理论否定之后而创立的新理论，并且用十几亿人民的实践来检验这种理论，是何等艰难，要冒多大风险。

4. 领导干部与创新

领导，是领导者引导和影响被领导者，共同改造主、客观世界，实现其目标的社会活动过程，领导者是领导活动的主体。领导集团是由若干领导者组成的、具有多种功能的领导集体。作为我们党的领导干部，以及由领导干部组成的各级、各行业的领导集团，要引导和影响全国人民，为建设有中国特色的社会主义事业奋斗，就必须紧紧依靠全国人民，必须遵守领导纪律，必须廉洁奉公等等。但就领导境界而言，创新则是对领导干部、领导境界的最高要求。有的领导干部，勤勤恳恳、兢兢业业，但是不敢创新，至多只能守住现成的摊子。有的领导干部，紧跟上级不"乱来"，执行指示"不走样"，但不敢创新，往往陷入教条主义。有的领导干部，努力学习，有较高的马克思主义理论素养，认真贯彻上级指示，善于从总体上把握，与本单位实际相结合，提出创造性的思想、意见、措施、办法来，并努力付诸实践。勇于并善于创新的领导干部，才称得上合格的领导干部。每一个领导干部，都应当把开拓创新作为自己的领导境界去追求。

三　关于学习与创新

1. 学习的目的和最高境界是创新。

学习是为了改造主观世界和客观世界，其本性就在于创新。没有无止境的创新追求，就没有人类至今不断积累的知识财富。而且，为了创新，人类必须不断地探索，永无终期的学习。因此，学习之于创新，在于创新给予学习提供永不枯竭的原动力。

创新，就是在改造客观世界的同时改造人类自身的主观世界；主观世界的改造，又促进客观世界的改造。创新的过程，就是这样不断地改变主客观世界的过程。我们的祖先就提出了"天人合一"的思想，主张人与自然的和谐统一。到了近代，人类对自然资源的无限度的消耗，遭到了自然的惩罚。人们对改造世界提出质疑的同时，提出了人类必须顺应自然的理念。然而，这种质疑，不是被动的适应，而是主动的创造，是要改变原来改造世界的理念和方法，即按照自然的内在规律去改造自然，使自然界保持自然状态又高于自发的自然状态。而要将改造自然提到更高一级的水平，就更需要通过学习，去反复认识自然界的整体体现律，创造出既符合整个自然规律又高于原始自然界的、使人类生存得更好的人化自然。在新的历史使命面前，没有学习，没有整个人类对整个自然界的更为广阔、更为深远的知识积累，人类认识和改造世界的能力永远不能提高。

学习与创新，学习是手段，创新是目的。如前所述，学习，有为谋生而学习的，有为学习而学习的，有为创造而学习的。因为，学习活动，只是认识和改造世界整个活动的一部分，学习活动是否有效，是要运用学习的成果于实践，并获得实践的预期效果。从总的目标来说，是要推动人类社会的发展，满足人类不断增长的物质文化生活的需要。而推动人类社会发展的表现形式，便是不断创新。没有创新，最多只能是原地踏步，也就不需要创新了，因此，学习就是为了创新；离开创新，学习就陷于盲目。

2. 创新需要学习，学习，再学习

从领导自身的特点而言，创新，没有现成的模式，不能复制；没有现成的答案，不能照抄。因此，任何企图绕过不下苦功夫学习这道门槛，去简单地照抄、复制现成的东西的人，是不可能创新的。创新，所面对的是前所未遇的新情况，要解决的是前人没有解决的新问题。因此，不可能有现成的东西让你得心应手，除了学习、探索、实践，没有第二条路可走。创新，是一种现实的实践过程，并非无源之水，无本之木；又是一个不断展开，不断提升的过程，每一创新成果，都是在原有成果的土壤里生长出来的。因此，创新活动，不能离开源泉、根本和土壤而凭空发生，只有通过学习，吸取人类智慧，武装自己头脑，才能获得创新的基础和前提。

从创新者的素质看，创新是人的主体性活动，创新者的素质是创新得以成功的决定性因素。如前所述，创新的核心是知识创新，知识创新的先导是思维方法的创新。我们说创新者的素质，主要是指知识创新和思维方法创新的能力，这只有人类社会群体中的佼佼者才能担当此任。而要获得这种素质，一个是要有天赋。在一定意义上，创新者的天赋，指的是对客观世界的高度的敏感性、感受力、洞察力。就像政治家，以他高度的敏感，从现实社会中微小的征候就能洞察到将来社会的发展方向，并敢于逆潮而上，把社会导向到他所发现并认定的方向上去一样。有这种政治天赋的人，总是与众不同的。然后，天赋的具备只是一种可能，要把可能变成现实，途径是学习。如果把一个具有政治天赋的人置于野外，让他与动物为伍，他便永远成不了政治家。一个是有强烈的兴趣。天赋是一种动力机制，一个人对他所探索的对象缺乏深厚的兴趣，或者不能激发自己内心的意愿，即使是一个有天赋的人，也不可能成为一个创造者。然而，兴趣来自于学习。只有不倦地学习，对所研究的领域学得越多、越深，不断地发现其中的奥秘，他的兴趣才能激发。一个不爱学习的人，他的天赋是难以转化为兴趣的。再一个是顽强的意志力。一个人有天赋，也有兴趣，但缺乏意志力，他不能把自己的注意力长久的、锲而不舍的集中在自己的研究对象上，要成为一个创新者是不可能的。然而，意志力的源泉是学习。只有不断地学习，不断发现新问题，获得新成果，意志力才可能集中和持久，学习是获取的武器，获取认识研究对象的思想武器。没有武器，犹如一位开山者，没有工具，赤手空拳去开山，他就得不到开山的成果。

创新是科学活动，并不是只要有雄心壮志、有热情就能成功的；创新是大智慧的产物，并不是不要学习，单凭自己的小聪明或者天赋就能获得的；创新是对客观规律不断探索的结果，并不是鲁莽和蛮干（例如敢想敢干，人定胜天，亩产十万斤粮食）就能奏效的。因此，那种没有科学理论指导，没有丰富学识铺垫，没有高度智慧熔铸的创新，一句话，没有学习的创新，除了出笑话，是不会有什么结果的。

3. 领导干部的学习与创新

对于我们党的领导干部，学习问题不是一个一般的增长知识的问题，而首先是一个政治问题。没有革命的理论，就没有革命的行动，没有建设的理论，就没有人民的幸福生活。"只有用人类创造的全部知识财富来丰富自己的头脑，才能成为共产主义者。"只有用马列主义、毛泽东思想、邓小平理论武装头脑，才能正确判断形势，驾驭全局，提高领导水平。特别是当前，我国社会主义改革开放和现代化建设事业进入了关键的发展时期，我们还有许多难题要解决，许多困难要克服，许多领域要探索。当前，世界格局多极化，经济全球化深入发展，科学技术日新月异，知识创新突飞猛进，各种思想文化相互激荡，综合国力竞争空前激烈，在这种历史条件下，给各级领导干部的学习提出了更全面、更系统、更高的要求。学习，不断地学习，刻苦地学习，是每一个领导干部的重大任务。

学习的目的是什么？是创新，是在邓小平理论指导下，在国际共产主义运动遭受挫折的情况下，开拓创新，回答好前人没有回答或回答得不圆满的问题，把建设有中国特色社会主义的伟大事业推向前进。因此，创新、勇于创新，是每一个领导干部的又一重大任务。在这个意义上，可以说，学习与创新，是摆在我们面前的主要任务。

人类社会是不断发展的，创新没有止境；人类认识和改造世界的任务永远没有完结，学习没有终期。无论于整个人类，还是个人，特别是各级领导干部，学习、学习、再学习，创新、创新、再创新，这就是结论。我们的口号：不断学习，不断创新。

附 录:

突出特色 天地广阔
——访吉首大学党委书记、代校长马本立*

李树喜

马本立,律师,1943年生,湖南龙山人。1963年入伍,历任战士、报务员、电台报务主任、副政治指导员、军政治部秘书、教导员、团政治处主任、军干部处副处长和司令部直工处处长;1985年后,历任湘西自治州林业局党组书记、农委副主任、物资局党委书记兼局长、中共龙山县委书记;1992年5月任吉首大学党委副书记,1994年8月任党委书记。

在山川秀丽的湖南湘西土家族苗族自治州首府吉首市,在宁静的雅溪畔,有一所以土家族、苗族等少数民族学生为主的吉首大学,四十年来,这座有鲜明民族特色的综合性大学已经为国家输送了1.7万余名各类建设人才,被誉为民族教育的一颗明珠。

在简洁明亮的会议室,记者对学校党委书记、代校长马本立进行了访谈。

马本立介绍说,吉首大学是1958年经国务院批准建立的,

* 本文原载《光明日报》1997年11月24日第二版。

几度风雨，多次调整，国务院对这所学校坚持保留、巩固和发展的方针，以至成为今天这样一所地方性的具有民族特色的综合性大学，也是湘鄂渝黔边区唯一的一所综合性大学。

在开发湘西的过程中，吉首大学对湘西教育和经济发展起到了明显的牵动作用，其历届毕业生大部分留在湖南西部山区艰苦奋斗，如今湘西自治州，75％的初中教师，55％的高中教师，40％的党政干部毕业于吉首大学，各县市的领导人员，半数以上是吉首大学毕业生，被誉为"民族地区人才培养的摇篮"，"大山的希望"。在经济发展方面，吉首大学密切贴近湘西实际，完成了"中华猕猴桃米良一号""湘西晒红烟杂交新品系"和"敏感元件硅芯片传感系列新产品"等高科技成果。

特色是学校立足的根基，是一所学校有别于其他学校的地方，也是其优势所在。马本立强调说，以招收少数民族学生为主，为民族地区和边远山区服务，既是民族地区经济和社会发展的需要，也是学校自身生存和发展的需要，这是我们的优势和特色，一定要明确坚持的。总结几十年办学的经验和教训，我们明确"立足湘西，面向基层，服务于民族地区"这样一个办学宗旨。承担湖南省委、省政府期望吉首大学"解决湘西后顾之忧"的重任。

记者问，为民族地区服务主要体现在哪些方面呢？

马本立解释说，有两个方面：一是坚持教育与民族地区经济和社会发展相结合，为民族地区培养社会主义建设需要的"四有"人才。从民族地区实际需要出发，要不断进行专业的调整，与当地人才需要相适应。对招生办法和分配办法要改革，努力消灭民族地区专业人才"空白点"；另一个方面是坚持科学研究与民族地区经济和社会发展相结合，针对当地改革开放中面临的现实问题开展科研，为党政部门和社会各界提供决策思路和依据。湘西民族文化资源丰厚多采，这些方面的研究是很有前景的。

地处民族地区，经济条件相对艰苦，因此，艰苦奋斗、勤俭办学就成了吉首大学的传家宝。不是马书记介绍，人们很难想到，那新校区一片整洁的教学楼、宿舍和办公楼，现代化的操场和礼堂以及别具风格的拱桥，是仅用了 5 000 多万元投资建成的。其中很多项目是靠广大师生义务劳动完成的。吉首大学精打细算，在人财物资源配置上，坚持"教学优先"的原则。学校用房紧张，13 位校党政领导只用 3 间房子办公。省委拨给学校买轿车的钱，学校领导和财务处将这笔钱用于学校建设。在资金极为紧缺的情况下，吉首大学在教师住房方面却积极策划，尽力解决。中级职称能有两室一厅，使广大教职员工感受到学校的温暖。讲到这里，马书记还高兴地介绍说，最近，中国乡镇企业投资有限公司与吉首大学合作，利用湘西的丰富资源和大学的技术优势，开发了具有浓郁文化品味的高质量"老爹酒"，获得成功。公司成立的第一件事就是拿出 100 万元建立"光彩助学金"，专项资助吉首大学的贫困学生，并计划 5 年内将助学金扩大到 1 000 万元。

湖南是内陆省，吉首大学更在湘西山中，地理位置和客观环境比较闭塞。马本立常说的一句话是：越是闭塞越应该有开放意识。吉首大学要坚决走出大山，走出湘西和湖南以至走向国际舞台。湘西住有土家族、苗族等许多民族，在长期的历史中创造了多彩纷呈的民族文化。而对于地方民族文化的收集整理和系统深入研究，正是吉首大学独有的强项，吉首大学设有民族文化研究所，下设苗族、土家族文化等专门研究机构，有关于著名文学大师沈从文的研究室等，这吸引了海内外众多人士来湘西同吉首大学进行交流。我们的目标就是把吉首大学建成具有国际水平的民族文化研究中心。同时，我们还加强了国内联络和合作，在北京、长沙和上海建立了办事处，这对于人们了解吉首大学、吉首大学走向全国乃至走向世界，都是重要的步骤。

最后，马本立表示，虽然我们还是一所不大的学校，虽然我们地处湘西山中，有不少困难，但只要我们坚定不移地坚持党的教育方针，坚持不断改革和对外开放，吉首大学的前景一定是光明的。

代后记

本书收录的是我到目前为止创作作品的大部分，有散文、小说、序文、报告文学和论文。我还曾写过一些诗、小戏剧和论文，因多次搬迁，皆已散失。我在部队和地方机关工作时，因履行职务而起草的请示、报告、经验总结等，以及做领导工作后，由秘书或写作组等撰写的涉及职务行为的报告、讲话等，本书均未选载。

说实话，我不太喜欢写文章，或者说我怕写文章。因为写作是一种创造，而创造是艰辛的。这里收录的，有些是奉命或因命而作。虽如此，仍然留下了我的生命和我所处时代的点滴痕迹。

为了尊重和审视生命和社会痕迹的原貌，未对原文作任何修饰和修改。

本书的出版，得到汤涛同志的辛勤付出，得到上海三联书店钱震华同志的大力帮助，在此一并表达谢意！

马本立

2018 年 4 月 2 日

图书在版编目（CIP）数据

清澄的回忆：马本立作品选 / 马本立著；汤涛编.
一上海：上海三联书店，2019
ISBN 978-7-5426-6635-2

Ⅰ.①清…　Ⅱ.①马…②汤…
Ⅲ.①中国文学—当代文学—作品综合集　Ⅳ.①I217.2

中国版本图书馆CIP数据核字（2019）第039808号

清澄的回忆

——马本立作品选

著　者　马本立
编　者　汤　涛

责任编辑　钱震华
装帧设计　陈益平

出版发行　上海三联书店
　　　　　　（200030）中国上海市漕溪北路331号
印　刷　上海昌鑫龙印务有限公司

版　次　2019年5月第1版
印　次　2019年5月第1次印刷
开　本　700×1000　1/16
字　数　240千字
印　张　20.25
书　号　ISBN 978-7-5426-6635-2 / I·1503
定　价　68.00元